転生したら初夜でした。2

赤砂夕奈

eロマンス ロイヤル

Contents

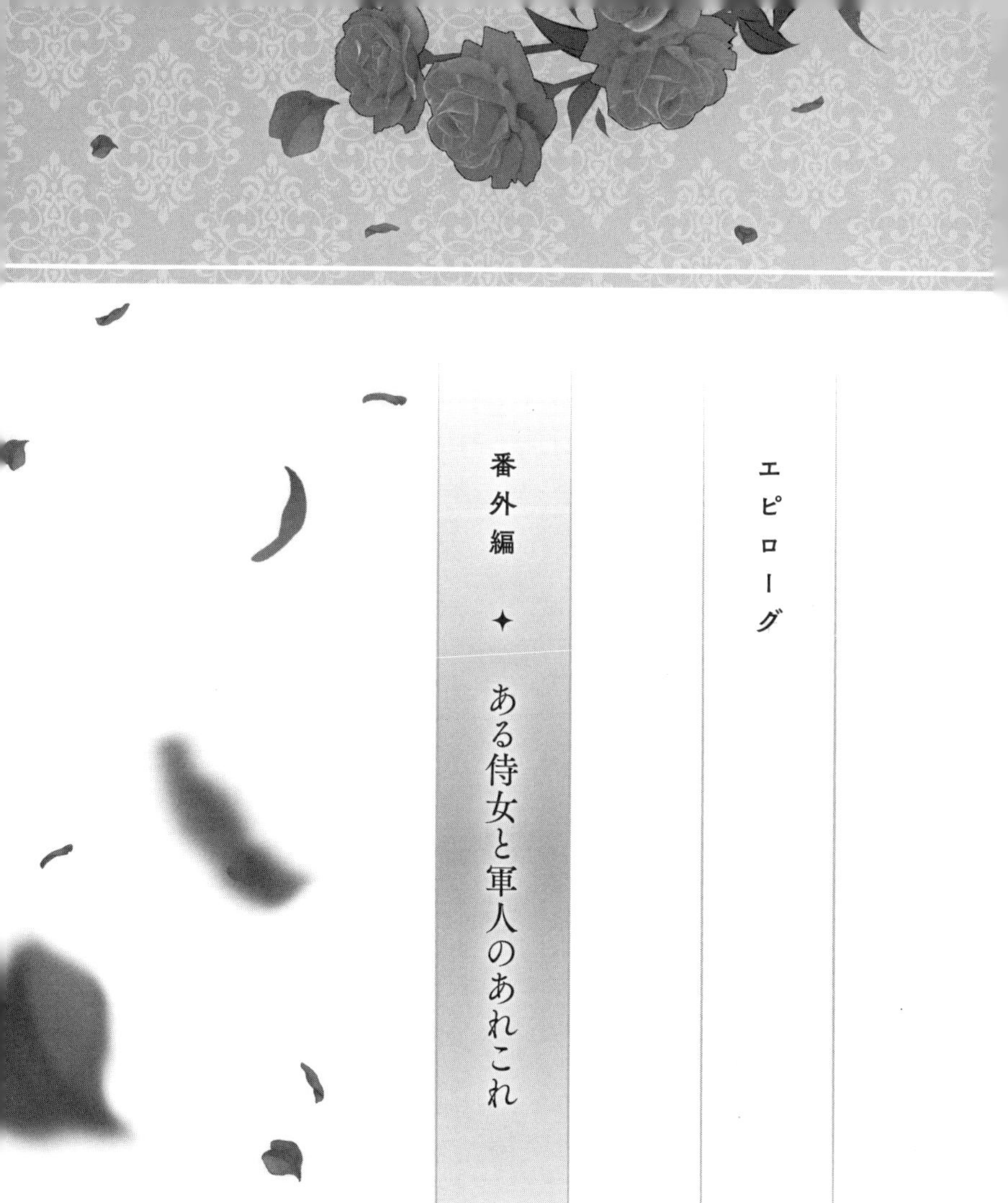

Character

アンジェラ・ジュダール

［十八歳］

王命によりジュダール将軍に嫁いだアルデヴァルド侯爵家の長女。前世はアラサー喪女で、大好きだったロマンス小説の「悪女」枠に転生していたことが判明。派手な容姿で王太子と異母妹の婚約に嫉妬し暴走し、原作では断罪の憂き目に遭う。推しキャラだったギルベルトとの初夜を無事乗り越え、前世の知識を活かしたアイデアで社交界でも名を上げていくが……。

ギルベルト・ジュダール

［三十歳］

生まれは辺境の子爵家の五男ながら、三十歳で王国軍の将軍になり、王国軍騎馬隊を率いる隊長でもある。褒賞として伯爵位を授かり貴族の妻を娶った。最初は「悪女」と名高い妻の扱いに戸惑ったものの、噂と違うアンジェラの心優しい様子に初夜からすでにメロメロに……。二人の努力で社交界でのアンジェラの噂も改善され、今では仲睦まじい夫婦として有名に。

エリオス・ド・エブレシア

［十七歳］

若く理想に燃えるエブレシア王国の王太子。姉ではなく、自由で純粋な妹のシェリースを婚約者として選んだものの、最近のアンジェラの様子に何か思うところがあるようで……。

シェリース・アルデヴァルド

［十六歳］

アンジェラの異母妹。素直な性格と愛くるしい容姿でエリオスに見初められる。最近の姉の変貌を見て、お飾りの妃にしかなれない自分のことを不安に思っているようで……。

マリー

アンジェラの専属侍女で、よき理解者。

リヒャルト

ギルベルト率いる国軍騎馬隊の副隊長。

プロローグ

「……よって、アンジェラ・ジュダール伯爵夫人の犯行であることは明白である。シェリース嬢は王太子妃になられるお方。此度彼女を害そうとしただけでなく、以前には王太子殿下や両親であるアルデヴァルド侯爵家にも悪事を働いたジュダール伯爵夫人は、厳罰に処するに値する」

「げ、厳罰だなんて、そんな……！」

朗々とした声でアンジェラへ告げられる有罪の裁き。厳罰に処する、ということは、国外追放や身分剥奪すら生温いということだ。与えられる罰の中で一番厳しいもの、つまりは、死刑が言い渡されたことになる。あまりのことに、被害者だったシェリースすらも悲痛な声を上げた。自分が酷いことをされそうになったというのに、その犯人として暴かれた異母姉に対して、まだ優しさを見せるシェリースに、隣にいた王太子は緩く首を振って言うのだ。

「優しいね、シェリース。けれど、彼女がしようとしたことは、王家への反逆ともとれる行為だ。彼女を生かしておけば、いずれまた別の犯行を行うかもしれない。国外追放にしても修道院へ送るにしても、その地でまた味方をつけてこちらに牙を剝いてくるだろう」

「お、お姉様がそんなこと……！　しないわよね？　私へのことは未遂で終わっているのだもの……せめて、死罪だけは……」

シェリースが憐憫の表情を向けた時、アンジェラは険しい顔つきで叫ぶように言った。

「やめて！　貴女に憐れみなんて向けて欲しくないわ。貴女に憐れまれながら生き永らえ、どこかで泥水を啜りながら生活したとしても、私の憎しみは消えず、執念でまた次の機会を狙うことでしょう」

「……お姉様……」

「厳罰、結構ですわ。覚悟していたことでもあります。命乞いなどするつもりもありません。私を要らぬというのなら、如何様にも切り捨てていただいて構いませんわ」

　高貴な生まれであることの自負がありながらも、それを認められることのなかったアンジェラ。ここで死罪を免れ生き延びたとしても、もはや彼女の憎悪の炎は消えないだろう。自分を貶めた人々へ、さらなる悪意を向けていくに違いない。

　悪事に手を染めたアンジェラは、自分を認めなかった全てのものを恨んでいるのだ。ここで地べたを這いずり生きることが罰だとするなら、その残された生の全てを使ってまた同じように悪意を向けるだろうと、アンジェラ自身もわかっている。

　死によって終わるなら、それもいい。今のアンジェラには、この国に未練などはないのだ。

　苦々しく重苦しい空気、アンジェラに向けられる数々の嫌悪の顔に、シェリースの表情はただただ沈痛なものだった。少女は未だに、異母姉と仲のよい姉妹になれたらよかったのにという幻想を捨てきれないでいる。けれど、王太子との婚姻とを天秤にかければ、その結果はわかりきっている。

シェリースはグッと唇を噛み締めて、俯いた。自分には、姉は救えないのだと。

そして、処刑が行われる。

娯楽の少ないこの国の生活では、犯罪者の公開処刑は興味をそそるものである。アンジェラの処刑は突然発表され、僅か数日の後に執行されるというのに、処刑台の周囲には怖いもの見たさもあるのだろう、多くの人が集っていた。

真っ赤なドレスを着たアンジェラは、後ろ手に拘束されながら処刑台に上った。しかしその表情は堂々とすらしていて、集まった人々はその厚顔ぶりに何と恥知らずなと、侮蔑の眼差しを向ける。それでもアンジェラは俯くことなく毅然とその場に立っていた。

処刑執行人としてその場にいたのは、彼女の夫であるギルベルト・ジュダール将軍その人であった。その物悲しい事実に、人々は固唾を呑んで処刑執行の行方を見守った。

夫婦らしいことが何もできなかった後悔から、せめて苦しませずに送ってやりたいと、止められなかった責任は自分にあるからと、そう言ってギルベルトは自ら刑の執行に名乗りを上げたのだ。

「……俺は馬鹿力だからな。苦しませずに一瞬で終わらせられるだろう。……そう思ってこの場に立ったが……形ばかりでも夫婦であったのに、と思わずにはいられない。もし、俺と結婚などしなければこんなことにはならずに済んだのだろうか」

「…………叶わなかったことを語っても過ぎた時は戻りませんわ。……将軍閣下との結婚をなさずとも、他の誰かの元に追いやられるように嫁ぐことになったでしょうから」

「……そう、か」

もし自分と夫婦になっていなかったらと、無念の表情で言うギルベルトに、アンジェラは緩く首を振る。結婚する相手が誰であろうと、妹の立場が揺るがない限りは結果は同じだと。

「今私にあるのは、あの娘を貶められなかった屈辱と後悔だけ。あの娘の幸福なこの先なんて、見たくもない。お優しいあの娘は、処刑された私のことを思って胸を痛めるのでしょうけど……こうして好きな服を着て、最期の時を一瞬で終わることができるなら、終わり方としては上々だわ」

強がりではなく本心からの言葉にすら聞こえる。それほど彼女の抱えた憎悪は大きく、それを晴らせないなら自分の生すら無意味だと言うことだろう。

二人の会話は間もなく終わる。名ばかりの夫婦であった二人には、それ以上語ることはなかった。

ギルベルトが腰に帯びた剣を抜く。

二人にとってはやるせなく、物悲しく虚しいだけの結末。けれど、輝かしい未来を迎えようとしている王太子とその婚約者にとっては、これは悪人が裁かれて退場する一つの幸福な結末なのだ。

未遂で終わったのならその罪は軽くなるべきでは、本当にここで終わらせるべきなのか、ギルベルトは一瞬迷ったものの、やがて決断する。

他の手段を講じるにはもう遅すぎるのだ。

処刑執行を補佐する者が、アンジェラを引き倒すようにして、這うような姿勢にさせた。そして、暴れないように肩や足を押さえつけると、ギルベルトの剣が振り下ろされるのを待つばかりとなる。

「……アンジェラ・ジュダールは、浅ましい嫉妬から、妹であるシェリース・アルデヴァルド嬢を襲撃し凌辱させようと企み、あまつさえ命の危険にも晒した。他にも王太子殿下やアルデヴァルド侯爵家にもその悪意を向けた事実から、その罪は重いとし、ここに斬首の刑に処するものとする」

罪状が述べられ、そして、ギルベルトが抜いた剣をアンジェラの首に当てる。固唾を呑んで見守る周囲の視線も、同情の余地はないと言いたげなものばかりで、その剣が振り下ろされる瞬間を今か今かと待っていた。

彼女はこんなにも死を願われる程のことをしたのか。高貴なる血筋を引いた由緒正しき令嬢だった彼女は、血筋に劣る異母妹の優遇に道を踏み外しただけで、何かが違っていたならば、こんな結末にはならなかっただろうに。

だが、叶わなかったことを嘆いても、時は戻らない。

ギルベルトは覚悟を決めたような強い眼差しでスッと剣を振り上げ、磨き抜かれた鋭い刃先を、アンジェラの首に勢いよく振り下ろした。

「……――っ、」

思わず声にならない悲鳴を上げそうになって、飛び起きる。

「……ゆ、め……」

あれは、原作におけるアンジェラの最期。悪女の結末の場面だ。原作は小説だったのであの場面の映像は私の想像の産物だと理解できるのに、表情や声、全てが現実のようで、身震いしてしまう。

原作があの結末を迎えたのは、アンジェラが王太子とその婚約者となった妹へ悪意を向けたからだけでなく、アンジェラがその処罰を受け入れたからでもある。屈辱を受けながら生き続けるよりも、その死の瞬間まで気高いままでいたいと願ったアンジェラ。

あれは私ではない。前世の記憶と知識を得た私は、あの選択はしない。

「……ん、どうか……したか？」

「ご、ごめんなさい、起こしてしまったかしら。……ちょっと、嫌な夢を見てしまっただけよ」

隣に寝ていたギルベルトが寝惚けた様子で声をかけてきて、飛び起きた私の寝ていた場所を探るようにシーツの上を撫でている。私は苦笑して、その手を取っていつもの定位置になるように身体を横たえる。いつものように、彼の逞しい腕を枕にして、私は再び目を閉じるのだ。ギルベルトが肩のあたりを撫でてくれて、その温かさにホッとする。

私はあの結末にはならない。そうならないようにしてきたのだ。いや、そうならないようにしてみせる。

前世の記憶の持ち主である私が意識の主軸を担うことになったのは、きっとそういうことのはずだから。彼女がしてしまったものとは別の選択をするためにこそ。

そして、原作の結末で同じく責任を感じて、その地位と名誉すら手放してしまうこの人に輝かしい未来を与えてあげられるのも、きっと私しかいない。

私達には、明るい未来があるはず。そう願いながら、力強い腕と温かい体温に包まれて、私は眠りに落ちていくのだった。

一章　好転と暗雲

「あの、ギルベルト。お願いがあるのだけど……」

「うん？　君から何かを求められるなんて珍しいな。何だ？　俺にできることなら何でも言ってくれ」

それは、災害支援で一月ほど邸宅を離れていたギルベルトが帰ってきてから数日後のこと。

再会の喜びもあって、以前にも増して夫妻の寝室では、毎夜蜜月かのごとく私達は睦み合っていたのだが。

今夜もまたそうして触れ合おうかと二人いそいそとベッドに上がった折、私はそれを口にした。

そう、お願い、である。

私から何かをねだるようなことはあまりなかったので、ギルベルトは笑顔で、ドレスか宝石か？　あまり散財はできなくても可能な限り求めには応えるぞ、と言わんばかりに聞いてくれた。

私は、そこでゴクリ、と息を呑んで、言う。

「あの……縛ってみてくれないかしら……！」

いつもは髪をまとめる時に使うリボンを差し出して、私は緊張しつつもそう言った。言われたギルベルトは、目を瞬かせて、そして首を捻るのだった。

「……髪を、か？　俺がやっても上手くまとまらないだろう。……それに横になる時には結ばない方が楽なのでは」

「いえ、違うのよ。……あの、手……を、ね」

「手……？」

「手首、というか。……ええと……その……普段とは違うことを、してみたらと思って……」

「……………縛る……」

そう、私が言っているのは、閨事の愉しみの一つとして、身動きが取れないようなことをしてみたらどうかということなのだ。

しばらく考え込んでから、ようやく言葉の意味を理解したギルベルトは、驚きのあまり咽せ、咳込んだ。これで寝酒でも飲んでいるタイミングだったら、ギルベルトは盛大に吹き出していただろう。

私が何故こんなことを言い出したのかと言えば、それは楽しげに話している使用人の会話をうっかり聞いてしまったからだ。

母親ほどの年齢の噂好きの使用人らが、楽しそうにクスクスと、私達夫婦が仲睦まじくて云々と話していたのだが、あんなに毎夜しているのに飽きないなんて、ということを言っていたのである。

私はそれを聞いてハッとした。

そう、人は同じことをしていたら飽きるものだ。今はまだお互いにようやく慣れ始めたところだし、特別に用意した下着の存在などで興味を惹くことはできているが、そのうちそれすらも飽きてくるのではと、私はそんな危惧を抱いたのである。

　そうして思いついたのが、前世の知識から思いついた行為のアクセントとして、ちょっとした拘束をしてみる、というものだったのだ。

　ギルベルトは戸惑いながら首を振った。

「縛るなどと、何故そんなことを……」

「い、いや、ただ目新しいことをしてみたらって。……たまには思いがけないことをしてみるのも、と思っただけなのだけど」

「確かに思いもよらなくて驚いたが……。いや、駄目だ、君を縛るのは駄目だ……そんな、動けない君を見て喜ぶなんて俺は……」

　必死に駄目だと言うギルベルトはどの程度の拘束を想定しているのか。私はちょっとだけ縛られて気持ちよくても身動きできない、そういったアレコレを想像していただけなのだが、軍人であるギルベルトの考える拘束はもっときつく激しいものなのかもしれない。

　しまった、変なことを言った、と私が撤回しようとしたところで。

「もし縛るなら、俺を縛るといい……！　いつも乱暴にしてしまいそうになるから、その方がいいはずだ」

　ギルベルトがそんなことを言いだしたのだ。


　と、いうわけで。

　只今私は、リボンで後ろ手に手首を縛ったギルベルトに跨っております。

「……きつくない？　……大丈夫？」

「あぁ、全然。……しかし、これは楽しいのか……？」

「……ごめんなさい、凄く……楽しいわ……」

私は何というか、こういう時に攻める方は得意ではないと思っていたけれど、正直凄く楽しいと言わざるを得ない。

入浴後に少し雑務を済ませてくると言っていたギルベルトは、今日はバスローブではなくシャツにトラウザーズ姿のままで、後ろ手に縛ったせいでゆったり着ていたシャツが程よくはだけて、申し訳ないがとてもいい。もぞもぞともどかしげにしているのも、普段とは違っていい。

「貴方に触ってもらうのも好きだけど、触りたい、とも思っていたから……。好きに触っていいのかと思うと堪らないわ……」

「別に縛らずとも好きにしてくれていいのだが」

「そうだけど！　動きたくても動けないところで、というのがやってみたかっただけなのよ。……もどかしいと思うけど、それを楽しむ、というか……」

言いながら、ツゥ、と指先で胸筋から割れた腹筋までをなぞると、くすぐったいのか苦笑いをしてギルベルトは身を捩る。私が跨っているためかそれ以上思うように動けずに、なるほどもどかしいな、と困ったように笑う。

「……君がこんなに近くにいても触れられないとは、なかなかに辛いものだ。……だが触れてくれるのは嬉しい」

「ふふ、今夜は私に任せてもらうしかないわ。どうしても嫌なことはしないから、その時は止めてね」

「君にされて嫌なことなど思いつかないが……」

相変わらず優しい言葉を言ってくれる唇に、ちょん、と触れるだけの口づけをすると、ギルベルトはそれ以上何も言わずに顔を傾けて深い口づけを求めてきた。けれど求められるものを与えるだけなのはちょっとだけつまらない気もして、私は悪戯っぽく笑うともう一度軽い口づけだけして顔を離してみる。そしてそのまま顎の先から首筋を吸い付きながら辿り、開いたシャツの隙間から手を這わせて脇腹を撫でた。

ん、と息を漏らすのが何だかとても嬉しい。普段は色々としてもらうのは私の方で、すぐに乱されてしまうものだから、私は楽しくなってそれはもう堪能するようにギルベルトの肌を撫で回した。

若干……いやかなり変態的なのは自覚しているが許してほしい。いや、ギルベルトも困ったような表情だが、好きにしていいと言う言葉に嘘はなく、されるがままになっている。

シャツの裾をトラウザーズから抜いて、更にそれを開くと、私はどこをどうしようかと一瞬悩んだものの、普段はあまり触れたことのない彼の小さい乳首を口に含んでみた。男性のそこは感じない人も多いらしいが、ギルベルトはどうだろう、と吸ってみたり軽く歯を立ててみたりしてみる。

「こうされるの、嫌？」

「……ッ、嫌、ではないが……。くすぐったい、な」

「続けていると感じ方も変わるらしいけれど……。してみる？」

「いや、それは変なところで弊害が出そうだな。さすがに君の前以外で醜態を晒すことになるのは避けたい」

「それもそうね……。今日は私が貴方を気持ちよくしてあげたいと思ったけど……」

撫で回して舐めて吸って、気持ちいいと思うところを増やしてみたいなんて思ったけれど、それが彼の威厳を損なうことになるのは私も避けたいところである。

となると。私が彼に快楽を与えるならば、もう決定的な箇所に触れるほかないのでは。

ちょっと迷ったけれども、ここまで来たらもう引き返せない。私はギルベルトのトラウザーズの前を寛げて、少し窺うように問いかける。

「……ギルベルト、あの……。な、舐めてみて、いいかしら」

「ん、何をだ？」

「こ、これ……、だ、駄目？　はしたない？　嫌？」

「…………は」

前世の知識でいえば性知識の中でも口淫はオーソドックスなものだったけれど、こちらでは貴族の女性は基本的に受け身である。娼婦ならば容易く口にできる言葉でも、本来私は口にすべきではないと思う。ベッドを共にして身体の関係も毎夜のようにあり、だからこそあれこれと言えるようになってはいるが。普通に羞恥心もあり、言ったら嫌われるかとも考えたが、結局ここまで来たらと口にしてみたのだ。

これ、とそっと反応している男性の象徴を撫でて、ちらりと窺うようにギルベルトを見ると、言葉の意味を理解しかねていたようだがそのうち呆けたような顔になった。嫌がったり私のことを変に思っているようではなさそうだが。

「い……、や、駄目だ、そんなことしなくていいから」

「……もし、私がこんなことを言って、嫌いになるかもしれない、なら……絶対にしないわ。……

ただ、そうでないなら、してみたいの。……貴方に触れられて、いつも気持ちよくて……貴方にもそう思ってもらいたいだけで」

「そ、それは……。嫌いになる、なんてことはないと断言するが……」

「じゃあ、少しだけ……。私にさせて？　……不自由で思い通りにならない様を愉しむ趣向なのだし」

ね、と微笑むと、ギルベルトはまた苦笑して、それ以上は駄目だとは言わなかった。そうは言ったものの、私自身、特別な技術があるわけではない。前世のぼんやりとした知識のみのことで、奉仕といえばこれだろうか、というぐらいの認識によるものである。

というか、こういう行為に前向きすぎる私と、精力旺盛なギルベルトとでは、普段は私が彼に何かをする前に、繋がるための身体的な準備が整ってしまうのだ。

なので、私がリードして、しかもギルベルトの自由を奪うような場面など初めてのことで。少しばかり興味があったこの口淫をしてみたかったのである。

トラウザーズを寛げて、下着の上から彼のそれを撫で、指先を引っ掛けて下着をずらすと、緩く勃起して硬さを持ち始めた男性器が露出した。

ごくり、とやや緊張しながら、私は舌を伸ばして根元の方から舐め上げる。

「目に毒だ……」

「瞑っていてもいいのよ」

「……いや、見ないというのも難しい……ッふ」

とりあえずこれは最終的に吐精することが目的ではなくて、彼の快楽のためでもあり、準備のためでもあり、私の興味を満たすものでもある。どこをどうしたら彼に官能を与えられるか、という問題のみに集中して、指や舌で愛撫してみる。戸惑いや罪悪感のようなものだろうか、ギルベルトは眉間にシワを寄せながらも、後ろ手に拘束されていることもあって、止めることもできずに見下ろしている。

女性を支配したり奉仕させることに満足するような人もいるのだろうに、ギルベルトはそんなことは考えもしないのか、けれど拒絶しきれないことにも戸惑っているようだった。私はそんな彼が愛おしくて、力が入っている太ももを撫でながら、拙い動きで楽しげに口淫を続ける。次第にギルベルトの吐息が荒くなって、舐めて咥えてと触れていたそれも血管が浮くほどになってきて、私は達成感のようなものを感じながら、唇を離した。

「……どう？　気持ちいい？」

「それは、もう。……というか、これはいつまで続くんだ……？」

「そうねぇ。どうしようかしら……。せっかくだから、もう少し？」

「……そうか、そろそろ俺も君に触りたいのだが」

吐精には至らないところで止めたこともあって、言葉は穏やかなのにギルベルトの眼差しは早く拘束から解き放たれたい獣のような獰猛さを孕んでいる。こういう時に理性の箍が外れて荒々しくなる彼のことが好きな私は、ゾクゾクするような高揚を感じながら、もう少し我慢して、なんて言ってしまうのだった。

とはいえ、これ以上何をするのがいいのかなんて私も思いつかなくて、彼の気持ちや身体から熱が引いてしまう前に、更に先へ進めてしまおうかと思い至る。

リードする側でも興奮してしまって、私の身体も恥ずかしながらほぼ準備万端と言える。ただ、触れてもらういつもよりは若干足りていない気もして、私はそっと自分の夜着の下、濡れているだろうそこに手を伸ばす。

ちなみに今夜も脱ぎ着のしやすい夜着を着ていて、更にサイドを紐で結ぶ例の下着も着けている。こんなことをしているのに、自分で脱ぎ捨てるのは少し恥ずかしくて、夜着の裾を捲って、下着の中に手を入れて、そっと肉の襞の隙間から滑りを確かめるように触れてみる。

いわゆる自慰行為などもする間もないくらいに毎晩二人で過ごしていたし、一月ほど離れていた時期も、余計に虚しくなりそうだったので触れることもなかった。それが、ギルベルトの眼前でこんなことをしているなんて自分でも驚きだ。

「……ん……」

「…………ッ、あ、アン、ジェラ……な、何を……」

「ごめんなさい、はしたない、わね……。たぶん、もう大丈夫……だと……」

ぬるりと湿るそこの熱さに、もう大丈夫だと言って改めてギルベルトの上にのしかかると、下着をくいっとずらしてそのまま口淫で準備の整った彼の剛直を擦り付ける。下着を脱ぎ捨てるのは恥ずかしいからついしてしまったことだが、これはこれで淫猥な気もする。しかし気にしても仕方ないからと強行することにした。

そして腰を落として繋がってしまおうと思った矢先、ぶつん、と何かが千切れるような音がした。

ん？　と思う間もなく、視界がぐるりと回り、私はベッドに押し倒されていたのだった。

「え、え？」

「……悪い子だな、アンジェラ。君は一体どこでこんなことを覚えてくるんだ？」

「……あ、えぇと……」

先程の音は、彼を拘束していたリボンの千切れる音だったらしい。ギラギラと欲情に塗（まみ）れた視線で私を見下ろして、散々煽（あお）ったことを責めるような物言いで、ニッと笑ってそう言ってくる。

私はその表情一つで、身体中が熱くなるような気がした。リードするのも新鮮で楽しかったけれど、やっぱり私はこうやって荒々しく求められる方が好きなのだと思う。

ふう、と息を吐いたギルベルトは、そのまま私の足を開かせて、ぐいっと身体をねじ込んでくる。そして、自身の屹立（きつりつ）を私がしたように下着をずらして、焦（じ）らすように擦り付けながら、更に言うのだ。

「……大人（おとな）しくされるがままになって、君の好きなようにしてもらうつもりだったのだがな。……こんなことを誰に教わったのかと思ったら気が気でない」

「お、教わってなんていないわよ、ただ、したいことを……考えただけで……」

「……本当に？　君に閨事について助言するような人物はいないのだな？」

「もちろん、こんなにいつもしているのだし、飽きられないようにしたいだけで……あッ」

私の妙な知識は大抵前世からのもので、それはいずれ彼に伝えてもいいだろうけど、今は告げるべきことではない気もしている。浮気やら何やらを疑われたわけではないだろうけど、その知識の出処（でどころ）がどこなのか、そんなことを入れ知恵してくるのは誰かと言いたげなギルベルトに、私は飽きられたくなくて自分で考えたことだと伝えた。

すると、飽きる、と言う言葉に苛立（いらだ）ちのような感情を見せて、ギルベルトはグッと腰を入れて焦らすように擦りつけていた屹立を押し込みながら、馬鹿なことを、と言うのである。

「まだ、飽きるほどの年月など過ぎてもいない。俺は君のことをもっともっと知りたくて、欲しくて欲しくて堪らずにいるのに、余計な心配にもほどがあるぞ……」

「ん、んん……ッ、あ、あ……っ」

「少しきつい、な。もう少し慣らしてやるべきか」

「え、あ、やだ、抜かないで、だめ……！」

じりじりとこじ開けるように切っ先がねじ込まれ、けれど滑りは足りていても確かに慣らすという行為は足りていなかったせいか、私もきつさを感じていて、浅いところでピタリと動きを止められてしまう。そのまま浅いところで抜き挿しをされて、私はそれこそ焦らされてしまってギルベルトに縋りついた。

ギルベルトはそんな私を見下ろして、今度は意地悪そうに、どうして欲しいか言ってくれ、と笑いながら言う。

「……あ、……お、奥まで、い、いれ、て。いっぱい、突いて、おねがい……」

私は、もはやここまで来たら恥ずかしさよりも何よりも、正直にもっと奥まで欲しいのだと告げてしまう。

その言葉に、ギルベルトが口角を上げて笑いながら、グッと腰を進めてきて、浅い繋がりが一気に深くなる。

「ん、んぁあっ……！」

「ふ、はは、あぁ、本当に……。可愛いな、アンジェラ。……抱き潰してしまいたいほどだ……っ」

「あ、あぁっ、は、ハァッ」

痛みはなくても圧迫感は強くて、わかりやすい快楽にはまだなっていない。けれど何度か深く抜き挿しされているうちに支配されている感覚と快楽の兆しが重なって、私の口から上擦った喘ぎがひっきりなしに漏れていく。

覆い被さるようにされて、逃げ場もなくひたすらに奥を突かれて、身体も感情も昂ってくるのを感じる。そうして、それは交わりの度に発する粘着質な水音からもわかる。

そして大きく引き抜かれてからズッと肉壁を削ぐように一気に突かれた時、大きな喘ぎとともにピシャッと何かを噴くような感覚があった。快楽でぼんやりと霞む思考で、これはもしかして潮吹きってやつだろうか、なんて思ったのだけれど、その直後に汚してしまった、という考えに切り替わる。

「……あ、待って、やだ、よごして……」

「ん？　汚した、って、これか？」

少し待って、と動きを止めて、汚してしまったと表情を曇らせていると、ギルベルトは淫らに引っかかっている下着の紐を解いて、ズルリと引いて脱がしてしまう。紐で結ぶそれは繋がりを解かずともいとも容易く外されてしまった。

私は今更なのだが恥ずかしさもあって、いやいやと首を振った。汚してしまったと思ったのは、下着ではなくて。

「や、ちが、それじゃなくて、服、の方……」

「服？　あぁ、脱がないまま始めてしまったからな。ふ、確かにびしょびしょだ」

「ご、ごめんなさい……」

「構わない、閨で濡れて汚すことなど、悪いことではないさ」

「でも……ん……ッ」

私が気にしたのはシャツやトラウザーズを着たままだった彼の衣類を汚したことだったので、それを正直に伝えたのだけど、ギルベルトは気にしていない、とそのまま再び動き始めてしまうのだった。下着を取り払って触れやすくなったとでも言わんばかりに、彼の指先が私の肉芽を擦り、更に内部を捏ねるような動きをされて、一度落ち着いた快楽の波にまた簡単に襲われた。

そして先程の願望を叶えるかのようにまた何度も奥を抉られて、もはや自分の意思では止められないまま、更に濡らして、汚してしまう。

「あ、ぁ、は……っ、だめぇ、とまらな……」

「はぁ、君がそうやって困っていても、止められない……このまま、泣いて縋るまで、追い詰めてしまいたい、そんな、酷く凶暴な気持ちになる」

「……う、んんっ……、ぁ……」

ギルベルトの瞳が、ギラギラとした暴力的なものと、紳士的な優しさのせめぎ合いに揺れている。

私は、そんな彼にめちゃくちゃにされたい、と思ってしまうので、葛藤しつつ踏みとどまる彼に、そうしても構わないというように笑って答える。

「……しばってみる……？　……好きにして、いいから……」

最初に持ち出した拘束の遊びを口にしてみれば、ギルベルトは少し考えた後に、首を振る。

「…………いや、やめておこう。……俺は、君に無理を強いるより、縋って求められる方がいい」

「……そういうところ、大好きよ」

きっと私は、彼により強く求めてほしいからこそ、拘束の遊びなんてことを思いついたのかもしれない。乱暴に縛りつけるほどの激情を向けて、無体を強いるほどの強い願望があれば、何があっても私達に離別は訪れないような気がするから。

でも、こういう優しくて誠実な人だからこそ、好ましいのも事実なのだ。

「……じゃあ、離さないで、……もっとして」

私は手を伸ばして、彼の耳元でそっと、願いを口にする。

「言われなくても」

ギルベルトはそう言って、また荒々しい動きを、再開するのだった。

そうして、その夜もまた、飽きることなく繋がって、結局夜明け近くまで二人で睦み合っていた。

まだ当分、私達に飽きるなんて心配は無用のことであるらしい。

「……まだ気にしているの？」

「……む……ここまで来たら引き返せないとわかっている……。だが……」

王家主催のパーティーは、宮殿の敷地内にある離宮の大ホールを使って行われる。今回のような収穫祭を兼ねて夕方から深夜まで行われ、食事なども振舞われるパーティーから、貴族の子女を迎えたデビュタントパーティー、新成人を祝う夜会などもここで行われるのだ。年に数回のパーティーとあって、どれも豪奢で華美なものだ。

　今はその離宮内の大ホールに入るための順番を待っているところだった。下位の貴族から入場していき、最後は王族が入場する。ギルベルトは伯爵位ではあるけれど、一代貴族で家門の歴史もないので、序列としては下になる。入場は子爵家の後すぐである。

　今日の私はドレスを効果的に披露するために、ギリギリまでロングケープを纏っている。まだ周囲はこちらのことにさほど興味を持ってはいない。

　そんな中の、先程の会話である。

　ギルベルトは今日ずっと渋い顔をしている。仕上がったドレスをジュダール邸で見せた時から、惚けたような表情と心配そうな表情とを繰り返して、そんな格好なんてしたら男がどんな目で見るか……！　と言っていたのだ。

　あの観劇の日のようにあれこれ言われるのが気にかかるのだろう。マーメイドラインはスタイルが際立つから、肌を出していなくても大人びて扇情的ではあるのだ。

　でも、私は人目を避けて隠れるのではなく、あえて打って出ることを選んだのだ。大勢の人に私が変わったことを認知させていけば、私を嫌う誰かの言葉よりも、私を信じる人も増えると信じて。

「美しく扇情的で、悪く言う輩もいるだろうと思うとどうしてもな……」

「ありがとう。でも、誰に何を言われても、貴方が隣にいてくれれば大丈夫よ。……それに、私、色々と頑張ってきたのよ？　今はその成果はあったのか、ちょっとだけ期待もしているの。……それでも、本当にどうにもならなかったときには、適当な理由をつけて連れ出してくれると助かるわ」

「……それはもちろん、任せてくれ」

壁際でお互いにだけ聞こえるように、そんな会話をしていると。どうやら色々な根回しが効いているのか、周囲の視線は本当に仲がよいのかと確信しているような様子だった。疑うような眼差しはなく、私は少しホッとする。まぁ、ドレスを見せた瞬間から、その視線が鋭くなるのは覚悟しているけれど。

しかし、周囲のドレスの流行を見るに、最近の悪女人気による影響もあるのか、大人っぽいイメージで、透ける素材やレースを効果的に使ったものなどが多くなったようだった。それだけでも、悪くない状況だといえる。こうした色気を強調するようなものよりも、可愛らしい雰囲気のものが流行していく原作の流れとは確実に変わっている証拠なのだから。

「……そろそろね」

「あぁ。……さぁアンジェラ、行こうか」

私はグッと覚悟を決める。そろそろ入場という頃合いでロングケープを脱いで、それを傍に控えているクローク管理の使用人に預ける。

そしてギルベルトが差し伸べた手に自分のそれを重ねて、後は周囲の視線など振り切って歩き出すのだった。

「ギルベルト・ジュダール伯爵、アンジェラ・ジュダール伯爵夫人のご入場でございます」

そして大扉をくぐり、階段を降りてホールに向かう。流行とは形の異なるドレスは異彩を放ち、その隣に立つギルベルトも堂々としたもので、既に会場内にいた貴族から視線が集中するのを感じる。

薄い色合いのコーラルピンクに、自分でも惚れ惚れするスタイルのよさが流線を描き、膝上くらいから美しく広がるドレスの裾。裾はさざなみを彷彿とさせるデザインで、縫い付けられた真珠も泡のように見せている。

身体のラインが出るそのドレスは確かに扇情的ではあるけれど、色合いや装飾デザインは控えめでもある。周囲の視線や密やかに交わされる会話は、よいとも悪いとも言いかねているようだった。

来場者の入場が終わるまでは和やかな歓談が行われている。王都に住まう貴族だけでなく、社交シーズンの始まりともあって遠方に領地を持つ貴族も来ているのだ。新たな交流や仕事の繋がりを得るのに、こうした場での振舞いは大事なのだ。

時々あからさまに否定的な視線や声が聞こえるのは、きっとその遠方から来ている貴族からのものだろう。そうした貴族は、現在の王都における私の……僅かに回復しつつある立場を知らないか、そもそも私のことを詳しく知らない可能性も高い。

まぁ、もはや前世の記憶を持ちつつも貴族の女性として気丈に振舞うことにも馴染んできた私には、隣に最大の味方がいてくれるだけで、もう何を言われようとも気にならない。私はギルベルトと共にウェルカムドリンクを給仕から受け取って、二人で穏やかに微笑みながらそれを口にする。

「……あ、さっぱりしてて美味しい」

「……ふむ、美味いものだ。だが俺にはアルコール分が足りないな」

「ふふ、ナイトキャップに飲むような強いものはあるかしらね？　ワインならあると思うけど、頼んでみる？」

「いや、この後ダンスをしなければならないんだ。……止めておくべきだろう。ただでさえ危ういステップを更に危うくする」

「みんな避けてくれるって豪語していたじゃない。それになかなか上手だったわよ」

「ちゃんと復習したからな。……君に恥をかかせるわけにはいくまい」

クスクスと笑いながらそんな話をしている私達の様子は、仲睦まじく見えているに違いない。いや、嘘偽りなく仲睦まじいので素直に見たまま受け取って欲しいものだ。

ギルベルトはこうした場でのダンスは不得手だと言っていた。生まれこそ貴族であるが、家を出たのが早かったギルベルトは、そうした社交の教育は中途半端だったのだという。ドラーケン公爵家と交流を持つようになってからは、覚えておいた方がよいと時々教えられていたそうだが、あまり実践していなかったらしい。体格のよさから豪快な動きになりやすく、周囲の方が気を遣って避けてくれるという話を屋敷で練習がてら踊った時にしてくれたものだ。

ただ、さすがに大舞台とも言えるこの場で笑い者になるような醜態だけは晒すまいと、彼は気負っているようだった。私はそういう……私を大事にしてくれるギルベルトに、胸がじんと温かくなるのを感じる。本当に、これだけでいいと思うほどに幸せなのだ。

「……上手くなくてもいいから、楽しそうにしていればいいのよ。あとは、まぁ他の人にぶつからないように気をつけておけばね。私達が上手くても下手でも、勝手に楽しんでいることに文句なんてつけられる筋合いはないわ」

「……楽しそうに、か。そうだな、君と踊るのはとても楽しい。心配なのは君がたくさんダンスを申し込まれて忙しくなってしまうことだな」

「どうかしら。上向いてきているとはいえ、私の評判はまだよろしくないし、それにダンスは未婚の男女の交流として行われる方が多いもの。物珍しさで誘われることは……どなたかにはあるかもしれないけれど」

「さて、どうかな。俺の妻は有能でやり手だからな。とりあえず囲い込んでおくに限る」

ギルベルトはそう言って私の腰に手を置いて、ピタリと隣に立つのだった。

茶会でのあれこれ、悪女が改心する物語、それから英雄の絵画など、離れていた間に起きていたそれらのことを、ギルベルトは感心して聞いてくれて、私のことをそんなふうに評してくれる。それは全て彼が隣にいてこそのものなのに。

私達が他の誰とも歓談せずに二人でそうして過ごしていると。

少女が二人、私達の傍にやってきた。

大人しそうな容姿の、濃茶の髪の頬にそばかすのある少女と、堂々としたたたずまいの灰銀色の髪の少女だ。その少女二人は私達……いや、私の前に立つと、悠然と微笑む。より正確に言うならば、大人しそうな少女は控えめに、堂々とした少女はやや高飛車に、まるで身分が下の人間に相対するかのように、ごきげんよう、と声をかけてきたのだった。

「…………」

私は何も言わず、二人を見つめる。

この二人には見覚えがあった。見覚え、と言っても、私が前世の記憶を取り戻す前の、アンジェラの記憶の中でのことだが。そして、前世の記憶……原作の小説にも、この二人は出てきていた。

大人しそうな少女はメニエル、堂々としたやや高飛車な少女はフィアナ。彼女たちは、小説においてヒロインの友人枠として出てくる人物だった。そしてアンジェラの記憶にも、異母妹シェリースの友人としてその二人がいた。

　最初は王太子妃になる予定のシェリースに、親に命じられて近づき友人関係となる二人だったが、次第に本当の友情を育んでいくようになる……原作においてそんな役割で二人は登場する。アンジェラが冷たい言葉や態度でシェリースに接するたび、酷いわ！　なんて言いながらシェリースを応援するわけだ。後々になって親に命じられての友情だったことがバレて一悶着あったりするのだが、とにかく簡単に言えば友情エピソード担当という立場なわけである。

　その二人が何故私に、今ここで話しかけてくるのか。それも、身分が上のような振舞いで。

　確か二人の生家はそれぞれ歴史ある伯爵家だったはずだ。家格で言えば確かに、今のジュダール家よりは上になるが。

　アンジェラはこの二人のことを、シェリースの友人とはつきあいたくないからと挨拶もせずに無視していた記憶があるので、その意趣返し……のつもりなのかもしれない。家格や爵位が上位の人から話しかけてよいという、貴族的な慣習をもって、二人はこうしてここに来たのか。今までアンジェラは侯爵家の令嬢だったので、二人のことを無視しようが何も言えなかったから。

　ここで私が悔しそうな表情でもすれば、二人の溜飲も下がり、更に二人は喜々としてシェリースにそのことを話すのかもしれない。そして私のことを悪く言うのを、シェリースは諌めたりするのだろう。そんなことを言うものではないわ、なんて。

　私はそう現状を把握した。そして、どうしたものかと思案したが、すぐに心を決める。ここで、この二人に挨拶を返す必要はないと。

「……どなただったかしら？　随分とマナーのなっていないご様子だけれど」

「な……っ」

「……え……」

挨拶ではなくそんな返しをした私に、少女二人は驚き反発するように目を見開いた。どうやら何が悪いのかわかっていないらしい。私は穏やかに微笑みながら、若輩者を窘めるように言う。

「……どこのお嬢様でしたか忘れてしまいましたけれど、まだご結婚もされていないはずよね？　……まさか、夫人と令嬢が同等だと思っていたりはしないわよね？」

「……あっ……」

そう、貴族は確かに、公侯伯子男と序列が決まっている。そして同じ爵位であっても、家格によって上下があり、確かにジュダール伯爵家は貴族としては新参である。だが、基本的に婚姻前の令嬢には確かな地位というものはない。実家の名前を名乗るだけで、身分としてはただの良家の娘というだけである。夫人もまた爵位自体は持たないが、当主を支える立場として地位は明確だ。つまり、夫人と令嬢では、爵位の上下は関係なく、元々立場が違うというわけだ。

まぁそれでも、交流を持ちたい家の令嬢などであれば、丁寧に対応するのがベストだ。無礼を働かれたわけでもないので、挨拶くらいは返すべきだったかもしれない。私にしても、社交界で上手くやりたいなら余計な波風は立てないほうがよかったのかもと思いもするけれど。でも、ここでシエリース側の人間に下に見られて、それを受け入れる方がよくないだろうという考えが勝った。

「……あ、わ、私……っ」

「し、失礼致しましたわ。ご無礼を……！　フィアナ、行きましょう」

私の言葉と冷えた視線に、先程までの堂々としていた少女は焦り、大人しそうな少女はすぐに礼をとって、二人で私の前から離れていく。私はふう、と溜め息を吐いた。すると黙って隣に立っていてくれたギルベルトが、心配そうに問いかける。

「……大丈夫か？　アンジェラ」

「ええ。彼女達は妹の友人なの。今まで彼女達とも関わってこなかったのだけど、私が伯爵位に嫁いだことで、あんなふうに話しかけても許されると思ってしまったようね」

「……なるほど。それで返り討ちにあってしまったのか」

「……私が悪く言われるのはこんな対応をしているからなのだろうけどね。……侮られてそれを受け入れるのは、やっぱり嫌だもの」

「あぁ、それはわかる。過大評価も困るが、侮られるのは屈辱だな」

貴族はそうした高い自尊心によって成り立っていると言える。そして元々のアンジェラの気質も含めて、彼女は周囲に何を言われようと強く気高く振舞った。それは膝を折った方が上手くいく場面においても、だ。王家に、家族に膝を折れば、それは楽だっただろうけど、それができなかったのだ。

前世の記憶を取り戻した私であっても、そうしたものに屈したくない気持ちは痛いほどわかる。屈したくないと思いながらも負けてしまっていた前世の私にしてみれば、尊敬すらしてしまうほどだ。そして、そのアンジェラの気持ちは、確かに今の私の中にも残っている。だからこそ、私はそう振舞えるのだ。

ただ、私のそんな言動は、周囲の注目を改めて集めてしまっていた。目新しいドレスのデザインも相まって、悪目立ちに近い状況でもあった。

けれど、入場してくる人々が高位貴族になってくるにつれ、次第に視線がそちらに集まっていく。侯爵家、それから公爵家が続く。実家であるアルデヴァルド侯爵家、それから交流を持ってくれたドラーケン公爵家、絵画をきっかけに私のことを認めてくれたらしいマイネッケ公爵家、それから実母バルバラの生家であり文官の長でもあるリンブルク公爵家。

実父と義母を見ても、私の心は強く揺さぶられることはなかった。既に、期待することはなくっているのかもしれない。……ただ、祖父に当たるリンブルク公を見て、その髪色が白髪交じりではあったが私と同じ赤みがかった金髪だったことに、血の繋がりを少しだけ感じ取ることができた。きっと私のことは、どうとも思っていないのだろう。厳格な老人といった様相のリンブルク公に、それこそ血縁としての期待など少しも持てなかった。

そして、次いで高らかに告げられる声。

「我がエブレシア王国の若き太陽、エリオス・ド・エブレシア王太子殿下と、アルデヴァルド侯爵家ご令嬢、シェリース・アルデヴァルド様のご入場でございます」

エリオス王太子殿下と、パートナーであるシェリースが、笑顔で階段を降りてくる。

「…………」

シェリースのドレスは、花の色を思わせるようなピンクであった。華やかなフリルや金糸による刺繍がなされた、ふわふわと広がって可愛らしいイメージの、私とは正反対のドレス。

実を言うと、私はこのパーティーでシェリースが着るドレスを知っていた。原作に、きちんと描写があったからだ。

あえて同じ色合いにしたのだ。ここで、私のドレスを含めた評価が少しでも高くなされたなら、シェリースに対しても、比較の目が向くことになるだろう。

私への評価が変われば、シェリースへの評価も変わる。私が冷たく当たっていたことへの同情もあって、今までシェリースは周囲から温かく見守られていたのだから。

本当は、ここまでしなくてもいいかとも思っていたけど……。

時間をかけている余裕はない。あのエンディングのタイミングまでに、大きく立場をひっくり返すなら、今日のこのパーティーはうってつけなのだ。

異母妹を貶めたいわけではない。正当で、真っ当な社交界の評価を得るためだ。私を悪とすることで高まった異母妹シェリースの評価を、正当なものに戻すには、まともに比較できる素材を与えなくては。

王太子とシェリースの視線が、こちらを向いてぴたりと止まる。

浮かべていた二人の笑顔が、若干固まったようでもある。

私は逆に、悠然と微笑み、いわゆるカーテシーの礼をとった。

私には、これ以上ないほどの視線が集まっていた。

国王陛下、そして王后陛下、二人の国王側妃も入場して、会場には全ての来場者が揃った。

「今年は残念ながら災害に見舞われた地方もあったが、無事に収穫を終え次の年に備えることができて何よりである。今宵は心ゆくまで交流と食事を楽しんで欲しい」

開宴の言葉を国王陛下が告げ、それからしばらくはまた歓談の時間である。特にこの時間は国王陛下と王后陛下が主だった貴族に声をかけるので、皆待ち構えてそわそわするのだった。

私としては別に王家から声をかけて貰わなくても構わないのだけど、ギルベルトは放っておかれないだろう。それに、以前王后陛下と会った時もそうだが、私達夫婦は王家が繋いだ縁でもあるわけなので、無視や素通りはないと思われる。

　そうこうしているうちに、本当に国王陛下がこちらに目を向けて、穏やかそうな笑みを浮かべた。現国王は温厚で争い事を好まない人柄で、有事にあっては頼りない人物だと評されることもあるが、豊かで平穏な生活を守るという点においては評価の高い人である。だからこそ、ギルベルトのような能力の高い軍人を得難いものだと認識してくれているのだ。

「ジュダール伯爵、先日は被災した地に向かってくれて感謝している。戦場以外にも、君は有能なのだと知らしめることになったな」

「もったいないお言葉です、陛下。だがそれも、行けと命じてくださったからこそ。こちらこそ感謝しております」

「……うむ。それから……久しいな、アンジェラ嬢。いや、もはやジュダール夫人として名高い活躍と聞いている」

「もったいないお言葉、ありがとうございます、陛下。これも王家に……陛下に繋いでいただいた縁によるもの。……これ以上ないほどに得難い主人と出会えましたこと、心より感謝申し上げます」

　私は国王陛下の声かけに、この生活に満足していることを知ってもらうべく、そう笑顔で返した。王太子には異母妹のこともあって嫌悪を向けられているけれど、以前言われたような離縁だ何だというのは、彼の一存では簡単にはできないことだからだ。だからここは、現在この国のトップである国王陛下に、離縁させるなどあり得ないことだと認識してもらうのが一番よい。

「はは、今後も夫妻の素晴らしい活躍に期待しているぞ。では」

国王陛下からの覚えもめでたいギルベルトと、彼を支えて真面目に夫人としての役割を果たしている私と。報奨として与えた結婚が上手くいっているのなら、命じた国王陛下も喜ばしいに違いない。笑顔でその会話は終わり、国王陛下は別の貴族に話しかけに去って行った。

チラ、と周囲を見れば、王后陛下は別の貴族と歓談しており、二人の側妃は笑顔で静かに控えている。王太子と異母妹シェリースは、二人並んで両陛下とはまた別の相手と話しているようだった。ただシェリースは、時々こちらを気にして視線を向けてきているようで、私はその視線が交わらないように自然にそれを逸らす。ただでさえ王家の動向は注目されているので、私が王太子らを見ているだけでも口さがない人々は睨んでいるだとか言いかねないのだ。

あえて話しかけてくることもないだろうと思い、私は私で自分のための……私達夫婦のための交流を心がけようと思うのだった。

と、そこに。

「おお、これはジュダール夫人!!　その、ドレスはまさか……っ」

ツカツカと私に向かって足早に近づいてくる男性の姿が目に留まる。それは変人と呼ばれるマイネッケ公爵だった。目を輝かせてこちらに歩み寄ってくるのを、私は礼をして迎えた。

「お久しゅうございます、マイネッケ公爵閣下。サロンでお会いして以来でしょうか」

「あぁ、マルクトの絵画のことも話したかったのだ！　だがまずそのドレスだ、それは、あれかね、人魚の物語の？」

マイネッケ公爵が興奮してそう言うのを、私はにこやかに笑って返答する。蒔いた種がここで芽吹いたかという気持ちだ。

「ふふ、さすが文化芸術のマイネッケ公爵閣下。そうですわ、人魚のお話をモチーフにしたドレスなのです」

「おおやはり!! 下半身が魚という人魚の姫を模したものではと、遠目からも目を引いてな。挨拶はさておきこちらに飛んできたわけだ」

「ルーグレールの物語をお聞きになったのですね。えぇ、私もあの物語を聞いて、それを模したドレスにしてみたらと思ったのですわ」

マイネッケ公の邸宅に呼ばれていた詩人のルーグレールに、そこで人魚の話をして欲しいと言っておいたので、そこの参加者からこんなふうに話しかけられることがあればいいと思っていたのだ。まさか当主本人が引っかかってくれるとは思わなかったが。それだけ新しいものが好きな好奇心旺盛な人物なのだろう。

そして、公爵本人からこんな様子で話しかけられている私へ、また多くの視線が集まる。更にその視線は、次第に羨望の眼差しへと変わっていくようだった。

私は内心の逸る気持ちを表には出さずに、マイネッケ公と談笑する。きっと上手くいく、私への見方はガラリと変わるはずだという期待が、大きく胸に広がっていく。

「うぅむ……芸術的なドレスは多々あれど、モチーフや見せ方、どれをとってもよいものだ……。色は珊瑚色で、真珠まで使っているのだね!?」

「はい。さすがの慧眼でいらっしゃいますわ」

「……素晴らしい……あぁこれは、是非とも私とも踊っていただきたいものだ。いいかね? ジュダール伯爵」

「はい。えっ……マイネッケ公爵閣下と……私が？」

褒められていい気分になって笑顔で頷いていたら、まさかの言葉をかけられて私はつい頷いてしまった後に問い返していた。

だ、ダンス…!? まさか、マイネッケ公と踊るの!!?

私の脳内は混乱し始めている。もはや断れる雰囲気ではない。変人と名高いこの公爵閣下は、人の意見など聞かないと噂である。

隣で話を聞いていたギルベルトにそのまま許可まで取っていて、私はどうしようと悩ましい気持ちで彼を見上げるが。

「……まずは私が先ですよ、公爵閣下。美しい妻を相手にダンスをする栄誉は、そう簡単には手放せないものですから」

「ふむ。最初のお相手はまぁ仕方あるまいな。では二曲目に、お願いしよう、レディ」

「まぁ貴方、お若い夫人を困らせていらっしゃるのね。……ごめんなさいジュダール夫人、この人の気まぐれはしつこいのよ。お相手してくださらない？」

「えぇと……あの……はい……」

ゆったりとマイネッケ公の後を追ってこちらにやってきたマイネッケ公爵夫人に、おっとりと頼まれてしまえば更に断れない。いや、ここまで来たら断らずに受けてしまう方がいいのだろうけど、まさかここまで食いつかれるとは思わなかった。

緊張はするが、会話の内容などを聞いていない会場の人々にも、マイネッケ公爵家に認められたのだと思って貰えるに違いない。

私が前向きにそう考えていると、今度は別のところから声がかけられる。

「それではその次は儂とお願いしようか、ジュダール夫人」

背後から声をかけられて振り返ると、そこにはドラーケン公爵夫妻が歩み寄ってきていた。そして私は、またもかけられた言葉の真意を測りかねて、戸惑った声を出してしまった。

「え……っ、ドラーケン公爵閣下？　わ、私とでございますか？」

「あぁ、たまには何曲か踊ってやろうと思うのだが、妻は一曲でいいと言うのでな。おつきあい願えるかね？」

「それは……構いませんけれど」

パーティーにおける一曲目は来場したパートナーと踊るのが一般的である。その後は社交として思い思いの相手にダンスを申し込んで数曲踊るもよし、ホール内にいくつか設置されているテーブルセットで会話をするもよし、立食スペースで軽食をつまむのもよし。休憩室や支度部屋も用意されているので、ホールを出ても構わない。

大抵、王家や公爵家は一曲目にパートナーと踊るか、そもそも全く踊らない場合も多い。国王、王后両陛下は高座に置かれた専用の椅子に座ってパーティーを眺め、時々誰かを呼んで話しかけたりする程度だ。そして王家の傍流であり、家門一つで王家に次ぐ権勢を誇る公爵家は、その一曲目を踊る程度で後はテーブルセットで優雅に過ごしているのが通例だった。

ダンスをするのは結婚相手を探しているような若い男女が多く、何曲も当主自身が踊るようなことはあまりない。だからこそ、この状況は異例なことで、私の混乱はもっともであった。

そして一曲目の案内があり、私はギルベルトを見上げた。この状況に戸惑う私に、ギルベルトは大丈夫だ、と安心させるように腰に手を当ててエスコートしてくれるのだった。

　ギルベルトと楽しく踊れればいいと思っていた一曲目のダンスは、半分考え事をしてしまって集中できずに始まった。が、ギルベルトがそんな私の腰を抱いて抱き上げてターンをしたので、ようやく考え事を途中で切り上げることにする。

「……ごめんなさい、集中できてなくて」

「まぁ状況が状況だ。気になるのは仕方ない。この後に二人の公爵と踊るんだからな」

「……えぇ、マイネッケ公はともかく……ドラーケン公は何故そんなことを……と思ったら考え込んでしまって。……というか、もう大丈夫よ、下ろしていただいても」

　ターンを終えてもそのまま浮いた状態で、ギルベルトのステップに合わせて運ばれているようだったので、私は苦笑して下ろしてくれと言うと、ギルベルトは楽しげに口角を上げた。

「下手なステップも君を持ち上げていれば間違っても足を踏むこともなく、周りにもバレないだろうと思ったんだ。考え事をしている君を邪魔したくなかったし」

「気遣ってくれてありがとう。でももう集中するわ。せっかくの貴方とのダンスなのに……」

「そうしてくれるとありがたい。もう曲も残り半分だ。せっかくだ、楽しげで仲睦まじいところを見せつけないとな」

　トン、と下ろされたところから、私はステップをきちんと踏み始める。下手なステップと言うけれど、ギルベルトは間違えても堂々としていて、絶妙に踏まないように躱(かわ)している。それがおかしくて、私は笑いながら次は右、次は左と口にした。ギルベルトも頷いてしれっとステップを修正していて、私はまた笑った。

一曲目のダンスは大勢が踊っており、その中で王太子とそのパートナーであるシェリースはフロアの中央で踊っている。視界の端に時折二人が映るけれど、気にもならない。私達はフロアの端の方で楽しく一曲目のダンスを終えた。

それからマイネッケ公に手を引かれ、今度は二曲目のダンスを緊張しながらも踊る。ダンスの間も彼は人魚の姫君と踊るなんて光栄だ、と一人喜々としていて、けれど気品溢(あふ)れるスマートなステップを見せていた。文化芸術の分野での顔とも言うべき人物は、ダンスにおいても素晴らしい技術を持っているらしい。

こちらこそ、お相手させていただいて光栄です、とにこやかに笑って、それから画家のマルクトのサロンでの評判をダンスの合間に教えてもらった。あの英雄の絵は入選し、マルクトの評価も一変したという。

「いやはや、ジュダール夫人こそ慧眼の持ち主だ。またサロンで美術談義をさせて貰いたいものだね」

「ええ、私でよろしければ是非」

「そのドレスも素晴らしい。物語を使ったことも含めてな。……ドラーケン公ばかりでなく、我等家門ともよき交流をお願いしたいと思うよ」

「……っ、光栄ですわ、閣下。こちらこそ、是非……」

つまり彼は、新たな芸術家の発掘や、流行のあれこれなど、知らぬところで広まるよりは目の届くところで行って欲しいのだろう。自分の管轄(かんかつ)と呼ばれる分野を、私のような新参者(しんざんもの)に荒らされないようにというわけだ。

頼むというよりは決定事項をただ告げるような眼差しに、公爵家当主の貫禄を見る。私は気圧されながらも頷くのだった。味方というわけではなくとも、認められたのは間違いないだろう。

　そうして緊張のダンスを終えるが、今度はドラーケン公爵が待ち構えているのだった。体力的なものもあるが、精神的に摩耗するというか。私はきっと今日のダンスを終えたら、疲労困憊するに違いないと感じながらも、笑顔で武力の象徴と名高い公爵の手を取った。

「すまんな、夫人。マイネッケ公が君に話しかけてダンスをと言うのを聞いて、少しばかり悪戯を思いついてな」

「悪戯……、でございますか？」

「あぁそうだとも。……三公は均衡を保つべき、というだろう？　だから、リンブルク公も引っ張り出してやろうと思うわけだ」

　三曲目のダンスを踊りながら、私は悪人顔の公爵のニヤリと笑う顔を見上げる。武人の誉れ高いドラーケン公は、ギルベルトに似た大きな動きで、けれどステップは淀みない。ダンスに不安はなかったが、私はドラーケン公の言葉に戸惑い、思わず聞き返す。

「……リンブルク公爵閣下を……？」

「……あぁ。君の祖父にあたる、あの男だ。何、頭が固いだけで、そう悪い男でもない。話す機会くらい、あってもいいだろう」

「……そ、それは……」

　ドラーケン公の狙いを知って、私は動揺を隠せなかった。狙いはリンブルク公をこの場に引っ張り出すことだというが、私は簡単に頷くことはできないでいた。明確に無関係だとでも言われてしまえば、細い繋がりすらも断ち切られてしまうような気がするからだ。私の……というよりアンジェラ自身の誇りの在処が、あの公爵家の血筋であるということだからである。

けれどドラーケン公は自信に満ちた顔で笑うのだ。大丈夫だと。

「儂が引っ張り出すだけだ、君は隣にいるだけでいいし、たとえ断られても気にすることはない。それは君がどうこうというより、立場や状況から見てのことだからな」

「……そう、なのでしょうか……」

「あぁ。それに上手くことが運べば、三公を相手に堂々と振舞う君は、社交界において揺るぎない地位を得るはずだ。……ジュダール夫人、儂は、聡明で度胸がある人間が好きだ。……これは応援でもある。……頑張りたまえ」

「……は、はい」

今でさえ、二人の公爵と踊った私には、驚愕の視線が向けられている。侮られていたものが、畏敬の念を含むように、その変わりようがありありとわかる。更にここでもう一つの公爵家が出てくれば、私を取り巻く環境は大きく変わるに違いない。

悪女だなんだと悪評ばかりだった私が、結婚を機に変わって、そして三公に認められるに至ったと、実情はどうであれ、そう思われるだろう。

このタイミングを逃したら、今後リンブルク公と話すこともないのかもしれない。それよりは、絶好の機会として、ここはドラーケン公に任せて一歩踏み出すべきかと、私は迷いながらも覚悟を決めて、頷いた。

そして三曲目が終わり。

ドラーケン公は私を連れて、ホールの一角に配された豪奢なテーブルセットにゆったりと座る、厳格な老人という風情のリンブルク公に話しかけた。

「久しいな、リンブルク公。さて、三公は均衡を保つべきとのことだが、ここで貴殿が出ないとなるとどうなると思うかね？」

「…………相変わらずだな、ドラーケン。やり方に品がない」

確かリンブルク公の方が少し年上だったはずだが、ほぼ同年代の二人は挑発し合うように言葉を交わす。けれども、言葉の割にはその空気は険悪ではなく、気安さもあるのが私にも感じ取れた。

無言で傍に控える私に、リンブルク公はまだ視線を寄越さない。ドラーケン公は、私をチラと見つつ、この場だけに聞こえる程度に抑えた声で言う。

「だがこれで、貴殿が……娘の忘れ形見の手を取る大儀名分ができただろう。夫人を亡くされてはや数年。こういう場に出ても一人で気難しい顔で、辛気臭いのだ。……彼女を気にかけていたなら少しは話でもしてきたらいい、ダンスでもしながらな。それとも公は、年老いて足元まで覚束なくなったか？」

リンブルク公の正妻だった女性は、数年前に亡くなっている。リンブルク公はその後数年、ずっとこういうパーティーにはパートナーを伴わず、一人で参加していた。それ以前からもダンスはしないでこうして席に座り、宮廷の仕事仲間と話しているくらいだったのだ。

ドラーケン公が言うには、私のことを気にかけていたそうだが、否定するかと思いきや、その時ようやく視線がこちらに寄越される。

その瞳は一見冷たくも見えたが、若干の配慮も浮かんで見えた。そしてリンブルク公はスッと立ち上がると、フンと鼻で笑う。

「うるさい男だ。ステップくらいまともに踏めるわ。……仕方ない、安い挑発に乗ってやろうではないか」

　そしてリンブルク公の少し皺のある骨ばった手が、私の前に伸ばされた。

　私は何だか泣きそうな気持ちで、その手に自分のそれを重ねる。

　その行為に、ホールはまたも、ざわめきに包まれた。

「……すみません、お手を煩わせて……」

「謝る必要はない。マイネッケの気まぐれに便乗したドラーケンに引っ張り出され、その挑発に乗ってやっただけのこと。なに、貸し一つだと思えば安いものだ」

「…………はい……」

　未婚の若い女性が身内の男性と踊ることはあるが、私はすでに結婚しており、家門同士の繋がりも薄い今の状況で、何をどうするのが正解なのかわからないままどうにかステップを踏む。家族や身内からの愛情とは無縁だったアンジェラの、心の拠り所でもあった家門の高貴なる人物に、私は粗相のないようにと緊張したまま足を動かすのだった。

　私のそんな様子に、リンブルク公はふうと息を吐いて、緊張を解してくれようとしているのか、少し落ち着いた声で話しかけてくれる。

「……娘とすら、こうしてダンスをしたのはいつのことやら。まさか、孫とこうして踊ることになろうとは」

「……孫と、おっしゃってくださるのですね。……私は爪弾き者でしたから、もはや閣下と話すことすらないのだろうと思っておりましたが」

「……バルバラは、私の娘達の中では唯一、髪色まで私に似て生まれてきた子だった。私は嫁いでいった娘が婚家で何かあったら、連れ戻すくらいの気持ちは持ち合わせていたとも。だがバルバラは病に連れて行かれてしまった……」

私を孫と呼んでくれ、それから実母への情を語ってくれて。ようやく、私は彼の血縁者だと思っていいのだと、ホッとする。そして一緒に過ごした記憶すらない実母に、リンブルク公と共に思いを馳(は)せる。

「………」

「思うところはあれ、君に対して何もしなかったのはアルデヴァルドの顔を立ててのこと。後妻を持つのも早過ぎると思いはしたが、嫡男(ちゃくなん)が早く欲しいと言われれば仕方ないと……」

「わかっております。私も既に嫁いだ身ですもの。今、閣下に何かをして欲しいとも、後ろ盾が欲しいとも、考えてはおりませんわ。……ただ、閣下とは対立はしたくないこと……それから……」

家門が第一であり、当主としての己が全てで、たとえ妻子への情はあっても、そうしたものは捨てられない。それは貴族ならば当然のことで、リンブルク公も違(たが)わずそういう人物だった。わかってはいたし、それ以上を求めてもいないのは確かだ。実母や私に対して、責任感からかもしれないが、情は持ってくれていただけで、私にとってはありがたいことである。

「それから？」

私が彼に求めるのは、権力関係において対立しないことである。

「……お祖父(じい)様、と呼べたらいいなと……それだけです」

心の拠り所である身内として、血縁者として、いてくれるだけでいいと。もちろん迷惑のかからない範囲でいいからと。私が口にしたその言葉に、厳格なリンブルク公でも何か思うところがあったのか、一度押し黙った後に、好きにすればいいと返してくれる。

私は、ありがとうございます、とようやく彼に笑顔を向けることができたのだった。

三人の公爵と連続で踊った私は、体力的にも精神的にも疲労困憊だった。ギルベルトが私の傍に来て、お疲れ、と労うように背中を撫でてくれる。

落ち着いたところで周囲の様子を窺うと、思った通り、私への視線は以前のものとは全く違うものになっていた。

もう私を悪く言う人はいなくなるだろう。それくらい、今日この日の出来事は今までのことを全てひっくり返すくらいの衝撃的なことだったのだ。

その衝撃は、私にだけでなく、王家や、王太子、シェリースに対しても、強く影響を与えるものだった。

「あぁ緊張する……。本当に毎回慣れなくて困るわ……」

「大丈夫だよシェリース。君の愛らしさはみんなを和ませるんだ。私の隣で笑っていてくれるだけでいい」

「……ええ、それだけが取り柄だもの。……勉強はしているけど、何を覚えても、上手く会話に繋げたりできなくて……難しいわ。もっと上手く立ち回れないと、って思うのに」

「腹の探り合いなんかしても、屈託のない笑顔には勝てないものだよ。……君の笑顔はそういう強さがあるから。本当は、社交界での立ち回りなんて関係なく過ごして欲しいくらいだけど……」

「……うん、私、頑張るわ。頑張りたいの。殿下はいい娘を選んだって言ってもらえるように。……だからまずは、笑顔ね！」

「うん、その調子だ。さぁ行こう、入場の時間だ」

「えぇ、エリオス殿下！」

王太子エリオスとそのパートナーのシェリースは、入場前にそんな会話をして見つめ合った。

こうしたパーティーでは同年代ばかりでなく、親世代の社交界や政治経済界の重鎮もいて緊張してしまうのだ。

それに、シェリースには値踏みされるような視線がいつもまとわりついていた。あれが王太子の、あの娘が王太子妃に、いずれは国母に……。そんな言葉とともに、彼女が相応しいのか否かをずっと見定められる中、懸命に努力する姿を見せることで今まで何とか立ち回ってきたのである。

能力的なことでいえば未熟だという自覚はある。だから、せめて笑顔で振舞おうと、シェリースは愛らしい顔立ちに似合う柔らかな笑顔を浮かべ、王太子のエスコートで入場する。

だが、その日のパーティーは、シェリースの知るこれまでのパーティーとはどこか違っていた。

普段ならば見守るような視線を向けられたり、応援しているからと声をかけてくれたり、それが表向きのお世辞で、たとえ本心からでなくとも、みなそれを隠して接してくれていたのだ。王太子の婚約者という立場は、そういうものだった。

それが、今日のパーティーでは周囲からの視線が厳しいものに感じる。シェリースは王太子の婚約者として相応しいのか否か、それを厳しく見定められているようなのだ。

　その原因にはすぐ思い当たる。パーティーに出席している異母姉アンジェラとシェリースとを比較しているらしいことは、周囲の人々の視線の動きや時折漏れ聞こえる言葉からわかったからだ。

　会場に入った瞬間から、姉のアンジェラの雰囲気が今までと違うことに気づいた。元々高位貴族の令嬢らしい堂々とした振舞いをする人ではあったが、人間嫌いというのか、誰にも本心を見せず信頼もしないような人で、周囲から孤立することが多かったのに。

　結婚相手のジュダール将軍に柔らかく微笑み、満たされたような表情で二人並んでいて。一人だけ会場の誰とも形の異なるドレスを身に纏った姉は、それだけで視線を集めていたが、批難めいた視線というよりも、興味深い様子で意匠などを見る人の方が多いようでもあった。奇を衒ったというほどでもなく、純粋に初めて見るよいものに惹かれてしまうような、羨望の意味合いが視線には含まれているのだ。

　そうなると、今度はシェリースが姉と見比べられる。シェリースも有名デザイナーのドレスで、良質ではあるが、ただそれだけという値踏みの視線。さらにそれは、姉がマイネッケ公爵に話しかけられたことで顕著になった。

　姉のドレスはどうやら物語をモチーフにしたドレスであるらしい。今の流行とは全く異なる、女性らしいラインを品よく見せるドレス。すでに姉は、流行を作り出す側にいるのかもしれないと、シェリースは思うのだった。

　それだけならばまだいい。元々しっかりと教育を受けていた姉の能力が高いことはわかっていたので、シェリースは妃教育を含めて勉強中の身で、そうした部分では現状に納得できている。

ただ結婚をしてからというもの、一度は落ちた姉の評判はじわじわと好転していて、夫であるジュダール将軍を立ててあれこれと行動しているらしいことも噂となっている。それは素晴らしいことではないかとシェリースは楽観視していたのだが、逆にまさか自分がこんな風に冷ややかな値踏みの視線に晒されることになるとは思わなかった。

やはり姉の方が王太子妃には相応しかったのでは、妹は愛らしいだけの少女ではないか、お飾りの妃になるのではないかと。明確な言葉でそう直接言われたわけではないが、シェリースに向けられる視線にはそうした意味合いが含まれていることは察せられた。

王太子がジュダール将軍へ挨拶するのなら、姉と直接向き合わなければならないのかと身構えていたシェリースだったが、ちょうど姉がドラーケン公爵から話しかけられており、割り込む空気でもなかったようだ。王太子が別の貴族と話しているうちに、比較対象の異母姉妹が直接話すこともないまま、ダンスの時間を迎えることになってしまった。

「大丈夫、シェリース。君は誰からも愛される素晴らしい妃になるとも。朗らかで優しく、場を和ませることができるのは才能だよ」

「……ありがとう、殿下……」

すっかり気落ちしてしまって、どうにか笑顔を貼り付けて対応していたものの、ふう、と息を吐いたところで王太子から慰めの言葉をかけられ、シェリースは力なく笑い返した。

その言葉は慰める一方で、シェリースのよさは人柄や容姿でしかないのだと認めているような気がして、自分でも王太子妃に相応しかったのは姉だったのかもと思わずにいられなかった。

でも、いまさらどうすることもできない。姉は結婚して夫婦として上手くやっていて、それはシェリースも王太子も願った通りのことなのだ。あとはこちらの結婚が上手くいくかどうかは、自分達の問題だとわかっている。政略結婚のような気持ちのない関係ではなく、シェリースと王太子は信頼と愛情を寄せ合っていて、もはや何も問題はないはずなのに。

始まったダンスでは、姉はホールの端の方で、楽しげに将軍と踊っている。こちらのことなど、全く気にした様子もない。

あんな風に心から楽しんでいる姉の表情は、今まで一度も見たことがなかった。

ふと、シェリースが王太子を見上げると、彼もまた姉の方を見ていた。苦々しいような、何処か苛立つような、そのくせ憧れめいたものすら感じるような……。

シェリースはドキッとする。王太子が姉を嫌っていたのは、わかりやすく高慢な貴族令嬢らしいところと、シェリースに冷たく当たることが理由だった。そして王太子妃にはシェリースよりも自分が相応しいと言ったことを機に、姉への嫌悪が強く噴出したのだ。

そうでなくなったらどうなるのか。彼の姉への評価がもし変わったら。彼がシェリースを無能だと、社交の場では使えないと思ってしまったら。……そしてそれが、事実であることが、更にシェリースを追い詰める。

……愛らしく場を和ませるだけの、人形のような私しか、必要ないのかしら……。

シェリースが姉のように振舞えるかというと、おそらく無理だろうと思う。能力的にも無理だが、仮に振舞えても、今度は王太子から期待されている自分とは変わってしまったと思われるかもしれない。

どうしたらいいのかわからない。自分から王太子妃に相応しくないと身を引いたら、王太子は引き止めてくれるだろうが、国王陛下や王后陛下は承諾してしまうかもしれない。婚約破棄になれば、今後まともな婚姻は望めない可能性もあり、そもそも王太子のことが好きなのだから身を引きたくなない気持ちも強い。

　悩ましい気持ちで何とか一曲目を踊りきったシェリースだったが、姉が今度はマイネッケ公爵とダンスを踊り始めたことで更に衝撃を受ける。

　シェリースは王太子の婚約者であるということで、貴族家の当主に話しかけられることも少なくないが、三公は別だった。王家の傍流の三公は、王太子にわざわざすり寄る必要もない。王家とは別の権勢を誇る公爵家とはそういうものだった。むしろ今後の治世のためにそれぞれと良好な関係を持っておくべきである王太子の方が、彼らに気を回しているくらいだったのだ。となれば、王太子の婚約者など、挨拶をする程度で、視界にも入らないのが常だったのに。

　姉がその公爵家との縁を作っているさまを、この場のダンスで知ることになって、シェリースは更に困惑(こんわく)した。

　そして王太子もまた、その様子から目が離せないようだった。

「ドラーケン公とは将軍の縁故(えんこ)で繋がることもあるだろうとは思っていたが……まさかマイネッケ公まで……」

　その後、姉はマイネッケ公爵だけでなく、ドラーケン公爵ともダンスをし、更にはリンブルク公爵をもフロアに連れ出したのだった。三公の、しかも当主三人と挨拶だけでなく、ダンスを踊ったという事実。それはこの会場の全ての人々にも衝撃を与えた。王太子に婚約者の件で嫌われ、更に異母妹に冷たく当たる悪女はもうここにはいない。後ろ盾というほどのものでなくても、三公は姉を認めたというのが大多数の見方になるだろう。

もはやここまでくると、王太子も言葉がないようだ。他の誰かとダンスや交流をすべきなのだが、そんなことも思いつかないほど、姉に視線を奪われていた。

そして姉がリンブルク公爵と踊り始めた頃合いで、王太子は国王陛下に呼ばれてシェリースを置いて離れてしまった。

シェリースはポツンとひとりその場に残された。

――……どうしたらいいの……、私は、お姉様みたいになんてできないわ……。無力で、無能で、笑顔だけの王太子妃にしか、なれない……。むしろ、このまま無事に結婚できるかすら……。

助けを求めるように視線を周囲に彷徨(さまよ)わせると、別のところから同じく姉をジッと見つめている両親の姿が目に入る。両親もまた、姉の今の堂々とした姿を、驚きと困惑の表情で見つめている。

リンブルク公爵は、姉とは交流がなかったはずだが、姉の実母の父に当たる人だ。つまり姉の祖父であり、アルデヴァルド家とも関わりのある人物だ。両親にとっては、自分達の結婚のために、苦言を呈(てい)されても意志を押し通したことで、引け目のようなものもある。

女性は結婚したら婚家の一員となるのだからと、特にそれ以上の口出しはなかったそうだが……。それでも血縁には違いない。姉がどう動くかによっては、リンブルク公爵家と対立しかねないのだと思うと、シェリースは更に不安に陥(おちい)った。

そんなシェリースの元に、友人二人が足早に近づいてきた。お茶会や自宅での勉強会などで一緒に過ごすことも多い、メニエルとフィアナだ。二人ともそれぞれ有力な伯爵家の令嬢で、シェリースとは友人らしく気さくな関係を持ってくれる、シェリースにとって信頼できる少女達である。

シェリースはホッとしつつも、二人に気安い笑顔を向ける。

「シェリース、あぁ、ようやく話せるわ。こういう場では、やはり気軽に話しかけたりなんてできないもの」

「フィアナ、それからメニエル！　嬉しいわ。ちょうど誰かと話したいと思っていたの」

敬称はいらないと言い合って、こんな風に話せるのはこの二人だけだった。元々自由奔放に育てられたシェリースは敬語や気を遣い過ぎるような令嬢同士の友人関係は若干苦手であったが、この二人とは本音で話せると思っている。

「……みんなアンジェラ様に釘付け（くぎづ）だものね。仕方ないけれど」

「そうね……お姉様は凄い人だとわかっていたつもりだったのに、わかってなかったんだわ……」

「凄いだなんて！　もう、シェリースったら。確かに立ち回りは上手いかもしれないけれど。気性（きしょう）の荒いところは、変わりない様子だったわ」

「お姉様と話したの？　二人とも」

「……話したというか……あぁもう！」

苛立つフィアナとそれをまぁまぁと抑えるメニエルの二人から話を聞くところによると、姉は二人が声をかけたところ、夫人と令嬢の立場の違いはわかっているのかとピシャリと言い放ったという。

「……王命とはいえ、愛情もない結婚だったはずなのに……。この短期間で上手くやったものだわ」

「フィアナ、失礼よ。……せめて人目のないところで……ね。さすがに、視線がアンジェラ様に釘付けでも、耳まではそうはいかないわ」

「……そうね、メニエル……わかっているけど……」

友人二人の会話を聞きながら、シェリースは思う。夫人と令嬢では立場が違う。そう、それは間違いないことなのだ。

シェリースは未だ成人を迎えていないので、一つ年上の王太子との結婚はおそらく二人とも成人してから……つまりシェリースの成人を待ってのことになるだろう。それまで最短で一年と数ヶ月。もしかしたら二年ほどかかるかもしれず、その間、姉は社交界でどんどん立場を変えていくのかもしれない。そんな思考が、シェリースの不安に染まる脳内を埋め尽くしていく。

ズキン、と痛みだした頭を、シェリースは眉間にシワを寄せて押さえた。そんなシェリースに気づいて、友人二人は慌てて大丈夫かと声をかけてくれる。

「……ごめんなさい、頭が酷く痛くて……」

「大変、休憩室を使わせてもらう？　あぁでも、もし酷いならこのまま帰るのもいいかもしれないわ。王太子殿下のパートナーとしてダンスをする役目は立派に果たしたのだし……」

「…………そう、そうね……」

「とりあえず、私はアルデヴァルド侯爵閣下と夫人に話してくるわ！」

メニエルがそっと寄り添うように言ってくれて、それからフィアナが両親を呼びに行ってくれた。

シェリースは酷い頭痛に苛まれながら、どうしよう、どうしたら、と自問を続けるのだった。

結局、シェリースはそこで両親とともにパーティーから退出することになったのだった。

王太子は使用人からそっと話しかけられて、ホールで踊るアンジェラとリンブルク公爵を気にしながらシェリースから離れて父である国王と王后の元へと向かった。

シェリースと一緒に向かわなかったのは、一人で、と指定があったからだ。シェリースは一人残され、物憂げに立っている。それが、王太子には心苦しかった。

「お呼びですか、陛下」

父と母であっても、気安く呼ぶことはあまりない。親子というよりも国王と次期国王という面が強くなっているせいでもある。まだ成人を迎えていないエリオス王太子は、未だ親子の情というものに憧れめいたものが残っており、だからこそシェリースの明るさに惹かれたところもある。

ともかく、王太子はいつものように礼を執って国王に問う。

すると国王はほとんど表情を変えずに、スッと声を低くして、密かに問いかけてきた。

「……いや、どう思うのかとな」

「どう、とは」

「……アルデヴァルドの……いや、今はジュダール夫人だな。王命を使ってまで、結婚させたのはよかったのかどうなのか。……結婚からまだ数ヶ月。それが、ここで三公を引っ張り出すほどの働きを見せるとは」

今はまだ王家は盤石である。派閥はあれど大きく対立姿勢を見せるような家門もない。けれど、今のアンジェラの存在感に、国王は打つ手を間違ったかと脅威としてとらえているのだ。王太子はホールへ再び視線を投げかけ、答える。

「…………彼女が聡明であるのは、わかっていたことです。だからこそ、ジュダール将軍の貴族としての立場も支えられるだろうとの判断だったはず」

「……惜しいとは思わんのか？　どれほど聡明で有能だろうと、彼女はもはや王太子妃には据えられない。愛妾として寵愛を与えることはできるかもしれんが、それも将軍が嫌がるだろうな」

「王太子妃として迎えるのはシェリース嬢です。そしてジュダール夫人がどれほど有能だろうと、私が彼女に寵愛を与えることはありませんよ」

「……周囲がどう思うか、ということを言っているのだ。姉妹のうちわざわざできの悪い方を選んだと思われることは、付け入る隙を与えることにもなりかねん。……別の選択肢を準備しておくことも、検討すべきかもしれんな」

「…………別の……とは、新たな婚約者を立てるということですか。シェリース嬢には何の落ち度もないというのに」

「さて、どうするのがよいのか、お前も考えておくといい。周囲に反対されるような相手をわざわざ王太子妃に据えようとすれば、要らぬ反発を招くかもしれないこともな」

「……ご忠告、ありがとうございます、陛下」

王太子は目眩がするようだった。結局、彼女はいつだってこうして自分の前に立ち塞がるのだ。もはや感情には蓋をして、彼女を選んでおいて、シェリースを愛妾か側妃にという言葉通りにすべきだったのかとすら思わずにいられない。

確かに彼女は美しい。それは王太子も認めざるを得ない。アンジェラはこれからますます社交界で花開いていくだろう。

だが、王太子は選択を間違ったとは思っていない。いや、思いたくないというのが真実だろうか。

美しく聡明な人物は他にもいるかもしれないが、シェリースの貴族令嬢でありながら明るく朗らかで前向きな人間性こそ、何よりも得難いものだと思うからだ。

リンブルク公爵と踊っているアンジェラから、そっとシェリースへと視線を向けると、彼女は顔色を悪くして、友人の令嬢に寄りかかるようにしていた。

王太子はハッとして、そちらに駆けつけようと、国王にお話はそれだけですかと問いかけた。

今まで黙っていた王后が、ゆったりと口を開いた。

「妾(わらわ)は応援しておるよ、シェリース嬢を。あの娘は素直で柔順ですからね」

応援すると言ってはいるが、つまるところ、アンジェラよりもシェリースの方が御(ぎょ)しやすいと、そういう意味で言っているのだと、王太子はわかっている。

「……失礼いたします、陛下」

笑顔の裏で思惑を何重にも巡らせるような世界に、シェリースを巻き込むことへの罪悪感を覚えつつ、王太子は苦い気持ちを押し殺して、国王と王后の傍(かたわ)らから一礼して離れる。

何故、上手く行かないのだ。

そんな苛立つような気持ちを腹の底に抑えつけて、王太子はシェリースの傍へと戻るのだった。

疲れたわ、と息を吐いて笑ったアンジェラに、ギルベルトも笑みを浮かべて頷く。自分と踊った後に、連続して三人もの高貴な人物と踊ったのだから、気疲れも体力的な消耗も相当していること

だろう。

「どこかで休むか。休憩室にでも行こうか？」

「そうね。ホールを出たいわ。周りから見られているだけでも、やっぱり疲れるもの」

かつて悪女と呼ばれてひそひそと噂話とともに見つめられていたアンジェラは、今やこの場では三公に認められた女性だと認識されたわけで、今度は羨望やら興味やらの視線を集めてしまっている。ドレスのことも気になっている令嬢は多いらしく、そわそわと話しかけたくて仕方ない様子の女性が多く見られた。

ギルベルトは妻の評判がよくなってそういう視線を向けられることは嬉しくはあるが、あれこれ話しかけられ囲まれてしまっては更に疲れることになるだろう、アンジェラはもうやるべきことはやったともいえるので、ホールから出るのもいいかと思う。

「……だいたい役目を果たしたと思うから、帰ってもいいとは思うのだが……。ドラーケン小公爵と少し話があってな。彼の手が空くのを待っているから、もう少しだけ時間がかかる」

そう、ギルベルトにはまだやることがあるのだ。ホールを出て休むにしても、帰るわけにはいかない。

ギルベルトは、アンジェラがリンブルク公爵へとパートナーを変えて踊り始めたところで、踊り終えたドラーケン公爵の傍へと行き、話しかけたのだ。

辞めさせたケネスの件について、護衛騎士を選出してくれたドラーケン公爵の息子である、ランドルフ・ドラーケン小公爵と話がしたいと。すると公爵はもう少し待たないと手が空かないだろうなと教えてくれたのだ。だから、ギルベルトはもう少しここで待つつもりだった。

現在、ドラーケン公爵家の実務はほぼ公爵の息子の小公爵に任されている。小公爵は近衛騎士団の騎士団長を務めており、このパーティーでも警護の要を担っていて、日々多忙な人物なのだ。

ドラーケン公爵が将軍だった頃は、近衛騎士団長はドラーケン公爵家とは別の家門が務めていたが、それ以前はドラーケン公爵家がほぼ歴任していたのである。将軍職がギルベルトに引き継がれてから、武力の要たるドラーケン公爵家の名誉のためにもと、宮廷や王家を守る近衛騎士団長の座が公爵家に戻されたというわけだ。

近衛騎士団には国中の私設騎士団やその他の騎士団等あらゆる場所から、精鋭の騎士の情報が集まってくる。そしてその中から優秀な人材を引き抜くこともあるとのことで、だからこそギルベルトは護衛騎士の選出をランドルフ小公爵に頼んだのである。現役の近衛騎士団長ならばよい人材を見つけてくれるだろうと。

アンジェラに男女の誘いめいた声をかけたのがケネス本人の意思だとしたら、そんなことをする騎士を選んだ小公爵の意図を知りたいと思ったのだ。そしてケネス本人の意思でなかったとしても、それを命じた誰かがいるなら小公爵は関与しているのか。おそらく小公爵の関与はないと思っているギルベルトだが、それならば誰の横槍が入ったのか、それを確認したい。

事は立ち話で済むようなものではないはずで、すぐには帰れそうもない。ギルベルトはそうアンジェラに告げた。

「ええ、大丈夫よ。私も、もう少し残っておきたいの。パーティーの様子を、まだ見ておきたいから……」

「……そうか。……ご実家の方々は先程お帰りになられたようだが……」

「……そうね。……あちらはそうなのだけど……」

まだ何かを気にかけている様子のアンジェラに、そう知らせると、アンジェラもそれはわかっているとと頷いた。

体調不良だろうか、アンジェラの異母妹は両親や婚約者の王太子、二人の友人にも囲まれて、ホールを出ていった。ただ休むだけかと思われたが、馬車の用意をさせている様子だったらしく、ひそひそとした周囲の話し声から王太子の婚約者は帰ってしまったらしい、ということがわかったのだ。

しかしアンジェラはまだ何か気がかりなことがあるようで、チラと視線を別の方向へ移す。出入口付近に向けられたその視線は、婚約者家族を送って戻ってきたらしい王太子へと向けられる。

従者を伴って戻ってきた王太子は、柔和な表情を貼り付けてはいたものの、ホール内のざわめきや視線を集めているアンジェラを察してその眉間に少しシワを寄せた。まるで異母妹の体調不良の原因がアンジェラにあるとでも言いたげだ。ギルベルトは小さく溜め息を吐いた。

「……あぁなるほど。また何かの言いがかりをつけられないかと、そういう心配だな？」

「そうなの。すっかり嫌われてしまっているから、何をどう思われるか気が気じゃなくて」

「……俺だけでなく三公にまで取り入って、とか何とか、確かに思われていそうだな。……はぁ、嫌悪の感情で視野が狭まるのは、まだ若い証拠か」

「……私がいないうちにまた何か言われて、それが広まってしまったら嫌だもの。……もう少しだけ、パーティーには残るわ」

でもホールから出たいのは確かなので、休憩室に行くというアンジェラに、ギルベルトも頷く。

王家主催ではあるが、王家も公爵家もパーティーの最後まで残ることはあまりない。王太子もまだ成人前ということもあり、遅い時間までは参加しないのが常だ。

このまま何事もなくパーティーが終わってくれれば、アンジェラの評価は揺るぎないものに変わるだろう。それくらい、この国の公爵家当主を引っ張り出したことは大変なことなのだ。

ギルベルトは休憩室までアンジェラを送り、何かあったら使用人を使って呼んでくれと言って、名残惜しい気持ちで自分だけホールに戻ってきた。

程なくして、ようやく時間が取れたというドラーケン小公爵と話すことができた。ホールが見渡せるバルコニーで、二人は果実酒の入ったグラスを傾けて話しはじめたが、小公爵が疲れた様子で息を吐くのを見てギルベルトは苦笑する。

「忙しい中すまないな」

「いや、正直休憩したかったから助かったとも、ギルベルト。いや、ジュダール伯爵と呼ばなければだな」

「好きに呼んでくれ。こちらも気安い呼び方を許して頂いた身だ、なぁランドルフ殿」

「まぁそうだな。いやしかし、真面目に将軍をやっていると感心していたら、今度は真面目に貴族もするようになったのだな。それもこれも、例の奥方のおかげか」

ランドルフ・ドラーケン小公爵は顔立ちは母親のロレーヌ夫人に似て優しげだが、性格は父親のドラーケン公爵似だ。揶揄(やゆ)するような物言いにも親しみと気安さがあり、ギルベルトとしてはつきあいやすい人物で、三十代半ばの小公爵の方がいくつか歳上(としうえ)ではあるものの、同年代の友人のような関係でもあった。

妻の話題を振られたのでギルベルトは大きく頷いて、ありがたく惚気させてもらうことにする。

「あぁ、美しく聡明で何物にも代えられない妻だ。彼女のおかげで貴族としてもそれなりに形になっている」

「……へえ、噂には聞いていたが随分と愛妻家になったものだな。以前は結婚なんてする気もないし相手なんて考えてもいないとか言っていただろう」

「まぁ、以前はな。今となっては、どんな意図で繋がれた縁にしろ、結婚させてもらってありがたいくらいだ。そうでなければ手の届くことのない相手だった」

「今日のパーティーでも素晴らしい立ち回りだったらしいな。まさか父上まで出てくるなんて」

ギルベルトの惚気に呆れたような表情をしながらも、小公爵はわからないでもないと頷いた。同年代の重鎮、家門の当主、優秀な騎士か、軍人でも秀でた能力の持ち主、そうした相手との交流を持つ姿は見てきても、若い女性の後押しをするドラーケン公爵は、息子である小公爵ですら見たことのないものだった。

身内だからこそ、ドラーケン公爵がこうした場で動くことの重大さがわかる。強面だが内面は軽妙洒脱で、気安い部分はあるけれど、簡単に人助けなどする人物ではない。ただ能力がある人物の後押しをすることは好むので、ドラーケン公爵が誰かを押すということは、その人物が有能であることの証左でもあるのだ。ギルベルトが将軍職に就くことになった時もあれこれ言われたものだが、最終的にはギルベルトの能力とドラーケン公爵の後押しこそが決め手になった。

だからこそ、そのドラーケン公爵がアンジェラの手を取ったという事実は、大きな意味を持つのである。

「お前がのめり込むのも仕方ない女性だということだな。……あぁ本当に、お前に貴族籍をという話が出た時に、ドラーケンに入れるかどうかという話が頓挫したのは逆によかったわけだ」

「……あれは……実現しようのない話だっただろう。まさか、ランドルフ殿を義理でも父と呼ぶなど、あり得ない」

「何を言う！　うちの娘は世界一可愛いんだぞ！　お前にも懐いていて好いているようだし、涙を呑んで婚約させるべきかと数日、悩み暮らしたというのに」

「歳の差婚がよくあることとはいえ、まさか十歳の娘と婚約は無理があるだろうよ」

そしてアンジェラとの結婚はよい縁組だったという話から、ドラーケン小公爵は以前あった一騒動のことを口にする。

実を言うと、アンジェラとの結婚話が進む前に、ドラーケン公爵家との縁を持たせることも検討されたのである。養子として迎え入れるか、婚姻により姻戚関係になるか。

だが公爵が王国軍を率いることに苦言を呈されたことを思えば、養子などといってギルベルトがドラーケンを名乗ってしまったらまた将軍職を退かせるべきだの何だのという話になりかねない。能力的なことで言えば高名な騎士などもいるにはいたが、貴族との縁者の多い騎士では派閥などとは無縁であるべき将軍職にはそぐわないのだ。そういう意味でも、ギルベルト以外の適任はほぼいないと言えた。

では姻戚関係を持ち後見として……、という話もまとまらなかった。残念ながら現在のドラーケン公爵家には妙齢の女性がいなかったのである。公爵の孫であり小公爵の娘である十歳の少女が、唯一数年待てば結婚可能になるかと検討されたのだが、まぁ皆が皆、即行で却下したわけだ。

公爵はお前が義理の孫だとか思いたくないと悪人顔を更に苦い表情にして言っていたし、小公爵も娘の結婚なんてまだ考えたくないだとかギルベルトはいい男だがそれでも息子にはできないだとか随分と苦悩していたのだ。意外と当の少女は嫌がっていなかったものの、ギルベルトもここで無理に決めずともよいでしょうとあっさりしたもので、ロレーヌ夫人も小公爵の奥方もそれもそうねと頷いた。

ともかく、ギルベルトと懇意にしている公爵家ではあったが、結局話は頓挫したのだった。その後ギルベルトはあれよあれよという間に伯爵位を与えられ、そしてアンジェラとの結婚が王命により決まったのである。

今となっては、いい方向にまとまってくれたものだとギルベルトは思う。アンジェラの評判も今夜を境に変わるはずで、これで全て丸く収まったのだろう、と、安心できればよかったのだが。

「……ランドルフ殿。……お呼び立てしたのは世間話のためではないのだ。………俺が頼んだ護衛騎士の件で、聞きたいことがある」

「……聞きたいこと？　……何だ、今更何か気に入らなかった、と？　……あ、いや、そういえば一人解雇したとか聞いたような気もするが」

「あぁ、その件だ。その、解雇した騎士のことで」

まだ不穏なものを感じざるを得ないのだ。特に、アンジェラを嫌い、信じようとしない人々が、彼女の躍進をどういう目で見るか。嫌悪するだけならまだいい、疑心とともに何かをされたり、悪事をなすり付けられたりしたら。

ギルベルトはケネスの件も、そうした不穏なものの一つだと感じている。もちろん、主が不在の間に美しく艶めいた女主人に懸想する輩が出ただけの可能性も否定しきれないが、上手く説明はできないが誰かの意図を感じるのだ。

　そうして小公爵に経緯を説明した。アンジェラからの又聞きにはなるが、何があったのかを告げると、小公爵は眉根を寄せた。

「確かに美しく聡明な奥方で、懸想するのもわからんでもないが……。そうか、そんな経緯が……。悪かったな、私の選定が不味かったのだろう。……しかし、自分の娘ほどの年齢の女性にそんなことを持ちかけるとは……」

「……ケネスはそんな大きな娘がいるのか？　俺と同年代に見えたが。……そもそも、その辺りから妙だと思ったのだ。俺が頼んだのは、妻に懸想しそうもない、ベテランで年嵩の騎士、という条件だったはずで」

「……ん？　いや、私は確かに三人とも同じような年嵩の騎士を選んだはずだ。……待て、ケネス……？　……私が選んだのは、ケイニス、という騎士だったと思うが……」

「………こちらに来たのは、ケネスという、俺と同年代の無口な男だったが……」

　話していくうちにどうやら人物像に認識の齟齬があるらしいと気づいた。ギルベルトは改めてジユダール邸にやってきた騎士の風貌を伝えると、小公爵は暗い表情になって謝罪してくるのだった。

「………すまない、もしかしたら書類が入れ違ったか、部下への指示の段階で伝達にミスがあったか……。私は選定だけして、通達などは部下に任せたのだ。忙しさにかまけて、最後まで確認をしなかった、私の責任だ」

「……では本当はケイニス、という年嵩の騎士が来るはずだった、ということか。どこかでミスがあったと」

「あぁ、そうだと思う。名の綴りも似ているし、ちょうど名前の似た騎士がいて、そちらに通達してしまったのだろう。私も、名前の響きも似ていて最初は気づかなかった」

「……名前が似ているだけの、選定したはずの騎士ではない男が、問題を起こした……そういうわけか。……………きな臭いな」

小公爵は伝達におけるミスがあったと解釈したようで、深く謝罪してくれたのだが。ギルベルトは余計にきな臭さを感じていた。本来選ばれたはずの人物ではない男。明らかに若かったりしたら小公爵に問い合わせていて、もっと早くにこの事実が露見していたかもしれないが、ギルベルトと同年代ということでそこまで若すぎるとも感じなかったことがまた更に違和感を覚える。これは、やはり意図して別の人物を紛れ込ませたのでは、と。

考え込んでいるギルベルトに、小公爵は怪訝な表情で問いかけてくる。

「………何か疑っているのか？　いや、私のミスは確かだ、本当にすまない」

「……いや、ただの伝達ミスで誤った人選だったにしては、絶妙に紛れ込んだものだとな。………誰かがわざと、書類やらを入れ替えてその男を送り込んだ、そう考える方が自然だと」

「……それは……」

「ランドルフ殿に言うことでもないが、俺は高名で由緒正しい騎士の方々には嫌われているところもある。そういう方面からの差し金だとも思えなくもないが、……俺と同年代で体格なども似通った男が妻に懸想して……となると、最初からそれが目的だったと思える。後に妻の悪評を立てようとしたか、俺と不仲になるよう狙ったか」

「口にしたら不敬になるだろうな。……でも、そうではないかと思っている。その人物の命令か、周囲の人間が彼のためにやったことかはわからないが……」

ギルベルトが言う存在を小公爵も察して、問題の大きさに青ざめる。

王太子がアンジェラを嫌っていることは衆知の事実で、ギルベルトとの結婚も王太子から彼女を遠ざけるためのものだったことも、知る人は知っていることだ。とはいえ、本当にそこまでするのかという疑念もあるようで。

全て希望通りに上手くいっているなら、そこまでするはずはないだろうとも。特に近衛騎士団という王家や宮廷を守る立場の小公爵なら尚更、そちらに疑いを持ちたくはないのだろう。

ただ、ギルベルトの言い分もわかるようで、小公爵は深く溜め息を吐いてから言う。

「わかった、こちらでもどこで入れ違ったのか、調べてみることにする。お前は下手に動くなよ？　足元を掬おうとしている連中もいるのだから」

どこからの差し金にしても、王家の周辺やギルベルトの存在をよく思わないところからのものであることは確かで、下手に動いて疑いをかけて、対立してしまうのはよろしくないと小公爵は言いたいようだった。

「別に将軍職を退けと言われるならそれでも構わんが、侮られたままなのは癪だな。とりあえず、調べてくれるなら助かる。ランドルフ殿も色々と板挟みだろうにすまんな」

「まぁ、慣れているよ。それにしても、私がやったとは疑わないのか？　私が命じられて逆らえず、わざとそういう人物を差し向けたとは？」

「……まさか」

不遜(ふそん)な物言いをするギルベルトに、ドラーケン小公爵は呆れつつも自分のことは疑わないのかと尋ねたが、その問いにギルベルトは笑って答える。

「ランドルフ殿が逆らえないというだけでその黒幕の正体はわかるし、そもそも女や子供を相手に何かを企(たくら)むようなことはドラーケン公爵もランドルフ殿もしないだろうと知っている。それにランドルフ殿が俺を失脚させるべく動くなら、食事に毒でも盛って腹でも下している時に決闘を仕掛けるとか、そんな感じだろうよ」

「……ギルベルトお前……私のやり方が汚いとでも言いたいのか？」

「いや、俺はそういう方がわかりやすくていい。俺のことで不満があるなら、決闘でも何でも申し込んでくれよ。回りくどいことなどせずとも、真っ向から勝負してやるから」

「……絶対嫌だ。お前のことだから腹を下しててもシレッと勝ったりするんだろ。……私は旗色の悪い賭けには乗らない主義なんだ」

誰かに命じられて逆らえずに、自分の知り合いが自分のことを陥れようとすることも、あり得ることだとギルベルトは知っている。けれど、たとえ悪事を働いたとしても、譲れない部分というか矜持(きょうじ)というものは見え隠れするもので、今回の件に関しては小公爵の関与はないと最初から思っていたのだ。

それはギルベルトの友人への信頼でもある。冗談めいた言い方ではあったが、そうした信頼がわかったのか、小公爵もまた笑う。

「お前はよい友人だ。裏切らなくて済むうちは、絶対に裏切らないから安心しろ」

「……そうだな、この先ずっと裏切らないとは言えない。俺達は、違うものを大事にしているのだから、それは当然だ」

「……なるほど、お前にとってはそれが奥方ということか。……とはいえ、そんな日が来ないことを願うばかりだな」

「それはそうだな」

きっとギルベルトはアンジェラのためなら小公爵ですら敵に回す。彼もまた同じように、国や家族や家門のためならば躊躇（ちゅうちょ）なくギルベルトを切り捨てる。お互い、それでいいと思っているのだ。できることなら長くつきあいたいが、変わるものもあることを知っている。

ギルベルトは改めて果実酒の入ったグラスを呷（あお）る。喉（のど）を通る酒の強さを感じながら、まだ若い、いつか自分の上に立つはずの人物を思い描く。

彼が若さゆえの視野の狭さを自覚し、状況が変わってくれるならよいのだが。もし、そうならないのなら。ギルベルトの大事なものを、侵すようなことをされたとしたら。

誰かに忠誠を誓う騎士ではないギルベルトは、いつでも身分や何もかもを捨てる覚悟がある。そうならない方がいいことは確かだが、そのために矜持やら譲れないものを投げ出すことはできない。

彼もまた譲れないもののために立ち塞がるというのなら、対立するもやむなしかと、ギルベルトは思うのだった。

◆◆◆

「……この状況、どうなのかしら。どう思う？　メニエル」

「………よくない、と思うわ。シェリースは冷たい義姉に色々と言われても明るく振舞う健気な少女、という立ち位置だったのだもの。彼女から何もされなくなったら、しかもその能力差をここまで見せられてしまったら、シェリースをよく見てくれる人は減る……でしょうね」

「こ、婚約はそのままよね？　次期王太子妃は、変わらずあの子のままよね……？」

「……どうかしら。アルデヴァルド家から別の候補に変わる可能性はあり得るかもしれないわ。とはいえ、身分と年齢の釣り合いが取れるようなお相手はそう多くないはずだけど……」

「………せっかく王太子の婚約者の親友になれて、お父様からもお褒め頂いていたのに……。そんなことになったら……次はその子と親友に……なんてできるわけがないわ」

　二人の少女はひっそりと話し合う。体調を崩して帰宅した王太子の婚約者とその両親を見送って、そのままホールへ戻る前に人気のないところで立ち止まり、つい胸の内を吐露してしまう。

　王太子の婚約者が決まってから、二人の少女は似たようなタイミングで、似たような状況で王太子が見初めた少女と友人関係になった。最初は打算的なもので、親に言われたから結んだ表面的な友人関係。この二人の少女は、お互いの立場が同じだったことで、共犯者のような心持ちもあり、深いところまで話せる間柄であった。

　由緒正しい伯爵家とはいっても二人の家は高位貴族と並ぶほどの家柄でもない。だからこそ、未来の王太子妃の友人という立場は重要だった。それが今、揺らごうとしているのかもしれないと、二人の少女は戸惑っている。

「……アンジェラ様とシェリース……あとは王太子殿下が、和解というか……関係性がよくなればまた違うかしら？」

「……シェリースはそれを求めるかもしれないけれど、アンジェラ様はどうかしらね。……そんなに簡単なことなら、最初から拗れていなかったはずだもの」

「殿下も……シェリースを傷つけたアンジェラ様を簡単に許しはしないかしら……。……もう、アンジェラ様があんなふうになるなんて思いもしなかったわ」

「そうね。アンジェラ様の評判がまた下がりでもしない限り、シェリースの立場はよくないのかも」

「…………」

悩ましい問題だが、二人にできることはあまりない。まだ状況が変わり始めたばかりで、どうなるかもわからないことなのだ。あれやこれや気を揉んでも、仕方ない問題でもある。

本来ならば、ここで放っておくべきだった。けれど、今夜のうちならば、まだ状況は変わるかもしれないと、二人は考えてしまった。

つまり、またアンジェラの評判が下がるようなことが起きればいいのではと。

「……ワイン……とか、かけられた、と泣きついてみる？　結局アンジェラ様は何も変わっていないと噂になれば……」

「いえ、私達がホールで、夫人と令嬢は違うと窘められた事実があるわ。あれを見た人々は、その現場でも見せない限り私達の言いがかりだと思うかも……」

「……じゃあ、どうする？　どうすれば……」

何かを仕掛けて、それをアンジェラの仕業だとすれば、と二人は考える。二人で相談しているうちに、やってはいけないことなのに、止まれなくなってしまっていた。

「……王太子殿下に対してのことなら、どうかしら。もし、何かを企む様子があると殿下が確信したなら、王太子殿下の嫌悪は更に強くなるはずよ。……さすがに、公爵家といえども王太子殿下と直接対立することもないはず……」

「な、何をするの？」

「………確か今夜のパーティーでは、強いお酒が希望者には振舞われるそうなの。それを、アンジェラ様から頼まれたと、持っていけば……どう？　強いお酒を飲ませて何をするつもりだったのかと、そう、ならないかしら？」

まだ若く未熟な少女達は、その発案が実現したらどうなるか、本当の意味ではわかっていないのかもしれない。シェリースのため、自分達の立場を守るため、そうした安易な気持ちから、とんでもないことをしようとしているのに、これはよいことなのだと思い込んでしまっている。

覚悟を決めたような表情で、二人の少女は頷きあうのだった。

「ふぅ……疲れた……」

休憩室に入り、長椅子にドサッと座って、アンジェラはようやくホッと息を吐く。

個室を与えられている貴族家もあるが、ジュダール家はまだ新参で、ここは共用の部屋である。

部屋付きのメイドには特にして欲しいことはないから休ませてくれと告げてあるので、部屋には今私だけだ。気を抜いた所作になるのも許して欲しい。

原作の小説ではこのパーティーで、アンジェラは王太子に対して酒を飲ませて色仕掛けめいた行動に出ようとする。白い結婚を貫いていたアンジェラは、色仕掛けでシェリースよりも先に王太子の手付きになって、正式に王太子妃になることは無理でも愛妾などの立場を得ることで二人の邪魔をしようと計画するのだ。二人が純粋な愛を掲げ、貴族や王族でも望まぬ結婚はしない風潮にしたいと夢見ていたからこそ、アンジェラはそういう手段に打って出る。二人の関係は脆いのだと、崩れやすいものなのだと、見せつけるためにも。

そして結果的に色仕掛けは失敗するが、酒を飲ませることと二人でいるところを他者に見られることには成功し、シェリースを疑心暗鬼にさせることにも成功する。

そもそもシェリースは明るく朗らかで可愛らしさが全てに勝るタイプの少女で、色気や艶めいたものとは無縁なために、男性を惹きつける女性的な魅力には欠けていると自覚しているところがあった。そして異母姉のアンジェラは正反対のタイプであるとも思っていたのだ。アンジェラにしてみれば勉強を重ねて気品ある令嬢として振舞っていたわけで、そんな妹からの評価は嬉しくも何ともないものだったが。

ともかく、姉は女性的で男性を惹きつけるものがあるし、自分は令嬢らしくないところを見初められただけだと、シェリースの自己評価はさほど高くないのだ。それは姉のアンジェラがことあるごとに冷たく当たり、妹を酷評していたからでもある。両親からの愛情溢れる甘い言葉も、アンジェラや周囲の貴族の令嬢などの冷ややかな視線を受けてしまうと、それも身内の贔屓目だからだろうと盲目的に信じられなかったようでもある。

姉を優秀だと、女性としても魅惑的だと思っているような、そんな素直なシェリースだからこそ、疑心暗鬼にもなってしまうわけだ。

私は原作に沿った行動なんてするはずもないし、諸々(もろもろ)の前提条件は変わったはず。はず、なのだが。

もう、そういうルートは回避した、……と思いたいのに。漠然(ばくぜん)とした不安が消えない……。

原作の流れは変えられていると思ってはいたが、やり切ったと帰る気にもなれずにいた。

このパーティーで今までの姉妹の評価は逆転した。妹に対する言動で悪評が高かった私が、三公に認められることで、逆に妹シェリースには改めて厳しい目が向けられ、姉と比べて凡庸で可愛いだけの娘だと思われたようだった。

尚かつ、そうした現状やら何やらに立ち向かえずに体調を崩して逃げ出してしまったシェリースは、原作とは意味合いは違うものの疑心暗鬼に陥っていると言えなくもない。つまり、原作とは変わっていない、とも言えるのだ。

評価や立場が逆転しようと、ストーリーの流れや起きる出来事が大きく変わらなければ安心はできない。私の不安が消えないのはそういう理由からだろう。だから、もう少しパーティーの様子を見ようと思ったのだ。特に、今夜のパーティーの出来事は、妹とのあれこれよりも、王太子とのあれこれの方が重要なのだ。

会わないようにしておけばいい、ただそれだけで済む話ならいいけど。どうにも落ち着かない。

ふぅ、と再び溜め息を吐いて、こめかみを揉みほぐす。

と、そこで、部屋付きのメイドが、他の方が休憩室を利用しにやってきたのでお通ししますと告げてきた。共用の部屋なので断れるはずもない。どうぞ、と告げると、一人の女性がスッと部屋に入ってきた。

　私はその女性に見覚えがあった。というより、前世の記憶を取り戻す前の記憶に、だけれど。

　ジャネット・バルリング。少し垂れた伏し目がちな眼差しとぷっくりとした唇、豊満で肉感的な体つきに対比するようなほっそりとしたウエストラインの、私よりも少し年上の美女である。彼女は、私とはまた別の意味で悪い噂を立てられていた女性だった。

　彼女はその出で立ちだけで異性の目を引くものがある。アンジェラの雰囲気も大きく分ければ方向性は似通っているが、アンジェラは前世の知識から言えばスレンダーなモデル系で、彼女はグラビア系とでもいうのだろうか。

　彼女の生家の子爵家は困窮していたらしく、彼女を自分のものにしたい貴族の令息や後妻に迎えたいという年嵩の貴族からの求めも多かった。けれど彼女は声をかけてくるそういう男性には振り向かなかった。あからさまに体目当てというか、欲望が透けて見えるせいだったかもしれない。本来選べるような立場ではなかったかもしれないが、ともかく彼女は近寄ってくる男性を冷たくあしらっていたのだ。

　問題が起きたのは、どこぞの侯爵家の令息が彼女を欲しがり、他の男性と同じように冷たくあしらわれた時だ。身分差があるにもかかわらず、自分の意思を押し通した彼女に、怒りを向けたその令息は、あろうことか無理やり既成事実を作ろうとしたのだ。

　その時は未遂に終わったものの、異性に襲われたという事実は彼女にとって不名誉な醜聞となってしまった。その体で男を誑かす悪女、という噂が立ち始め、その時に例の令息が自分と結婚すればそんな噂は消える、とそそのかしたのだが、彼女はそれでも頷かなかったのだ。

結果として、令息も謹慎以上の罪にはならず、彼女は不名誉な噂を消せないまま、更に生家の子爵家も孤立してしまって更に困窮したのだった。

だが彼女は去年、別の男性と結婚した。相手は商売に成功し巨万の富を築いた平民で、困窮していた子爵家を立て直すため彼が婿(むこ)入りするという形での結婚だったという。今はその人物が既に跡を継ぎ、その富によって子爵家は持ち直したものの、元は平民のために他の貴族家からは距離を置かれているような状態らしい。噂ではその新しいご当主は随分と彼女に惚れ込んでおり、女神か何かのように扱っているそうだ。

ジャネット嬢……いや今はバルリング子爵夫人ね。……激動過ぎてそれだけで物語になりそうな人だわ……。

アンジェラとはタイプの異なる悪女同士、時々同時に話題にも上ったし比較されたりもした。アンジェラ自身も彼女に意識は向けていたけれど、こちらも侯爵家と子爵家で、そこまで交流を持つこともなく過ごしていたのだ。交流を持ったら持ったでまた悪い噂になるだけだっただろうから、気にかける以外のことはできなかったのだが。

「……ごきげんよう、バルリング子爵夫人」

「……えぇ、ごきげんよう、ジュダール伯爵夫人」

声まで艶めいて色っぽい女性だった。これは、話しただけで舞い上がってしまう男性もいたに違いない。

前世の自分だったらまず関わらないような相手だったが、アンジェラとまざっているような今の私は、この女性が気になっていた。筋の通った考え方や生き方、立場まで含めて。だからこそ最初にこちらから話しかけたのだけれど。

バルリング子爵夫人は私を見て、目を細めて微笑む。そしてゆったりとした動きで歩いてきて、私の傍の長椅子に座ると、彼女は私の方を向いて口を開いた。

「……お話ができたら、お礼を言おうと思っていましたの。ジュダール夫人」

彼女はそう言った。けれど、私には感謝されるような覚えはなく、首を傾げて問い返す。

「お礼……？　お礼をしていただくようなことをした覚えはありませんけれど……」

「……ふふ、悪女が改心するお話の流行のことですわ。あのお話のおかげで、私のことも皆持ち上げてくれるようになりましたの。……元は平民の主人というのも、平民の間では喜ばしい要素なのですって。……残念ながら主人は英雄と呼ばれるほどの人物ではないので、流行に便乗する形なのですけどね」

「……まぁ……」

あの英雄によって悪女が改心して……という物語は主に平民の間で人気になっている話だ。そして似た設定で登場人物を変えた物語というのも派生して流行しやすいものである。

バルリング子爵家のあれこれは、平民の間で似たような悪女の話として噂となり、そうした流行の恩恵を受け、悪評が転じた……とそういうことらしい。

「話を聞かせてくれだとか……物語にしてもいいかだとか……。そうこうしているうちに私まで改心したいい人だと思ってくれるようになって。……ふふ、面白いわね」

「……あの話が流行したのは、私ではなく主人が人々に愛されているゆえのことですわ。それと、バルリング子爵夫人は、魅力的で周りが放っておいてくれないだけでしょう。改心も何もないでしように」
「あら、ありがとう。そういうジュダール夫人も、周囲が放っておいてくれないようですわね」
「……ええ、困ったことに。……お互い苦労しますわね」
アンジェラの妹に対する振舞いは確かに冷たかったし、悪女と呼ばれてもまぁ仕方ないところではあるけれど。バルリング子爵夫人については、本当にただうっとうしいほど異性に好かれただけなのだ。身分や時代背景から強く言えなかっただけで、彼女を悪女と同枠で評するのはどうかと思う。

そう思ったので正直に告げたのだが、彼女はまさか自分のことをそんな風に評価されるとは思わなかったのか、最初は目を丸くしていたが、すぐに私のことも慮るように言葉を返してくれた。

行動の善し悪しは確かにあるけれど、自分の矜持のために曲げられなかったものがあるだけだ。本来ならば同族嫌悪のようになってしまいがちなのかもしれないが、私は彼女と仲よくなりたいと、よい友人関係になれるのではと思うのだった。

わざわざ友人になりましょうとは言わなかったが、私達は思いつくまま話をした。特にお互いの夫のことに関しては饒舌になってしまう。それはバルリング子爵夫人も同じで、どうやら彼女の結婚はお金だけでなく、きちんと感情の伴ったものであったようだとわかる。

彼女の夫は、平民ゆえの商売の限界を感じており、貴族の籍に入ることを望んでいた。そしてバルリング子爵の令嬢だった彼女に会い、自分の利益と与えられるものとを包み隠さず告げて求婚したのだと言う。ただ、お金で彼女を支配しようという気持ちはなく、商売の発展のためという気持ちが主だった。子爵家の今後のことや商売のことなどを中心に語り、協力して欲しい、と彼女に男女の関係を無理強いしないとまで告げたらしい。
　彼女がそれまで体目当ての求婚を拒絶し続けたのは、容貌などいずれ衰えるものなのだから年老いてから投げ出されても不幸になるだけだということだったらしく、その条件ならば自分からも与えられるものがあると思い、それならばと求婚を受け入れたのだという。だが夫は本当に男女の関係を進めようとせず、彼女を尊重しているためなのかなかなか触れようともしないことが、今や彼女は不満になっているようだ。嫡子を得なければということで、かろうじて白い結婚ではないそうだが。

　私は、そのツンデレ……というか、契約結婚から始まったあれこれ……というバルリング子爵夫妻の話に、テンションが上がってしまった。前世においてロマンス小説は私の癒やしであり最も好んでいたものなのだから、仕方ないだろう。
　そしてついつい、あのこっそり作らせた下着が役に立ったりしないか……？　と考えてしまう。こんな女性からそんなものを身に纏われて迫られたら、さすがの彼女の夫君も白旗を上げるのではと。そもそも、彼女がそういう気持ちであると知らないからこそ、禁欲を決め込んでいるのだろうし。

　さすがに簡単には口に出せないような提案だが、あの下着は商売をするにしても、口コミ的な広め方をしようと思っていたので渡りに船とでも言うべきか。何と言うか、以前のアンジェラも今の私も、残念ながら同年代の友人関係はとても希薄なので、私からお願いできる相手がいなかったのだ。そしてバルリング子爵夫人も同じく同年代の同性の友人は少ないと聞いているので、内容が内容だが提案してみることにする。

別にどうしても商売にしたいというわけでもないが、商売人の夫君に気に入ってもらえたら、新しい展開になりそうな気もして、私はどうにかこうにか誘い文句を考えて口にする。

「……あの、夫人。……きっと好意があることやそれを望んでいることがわからないと、ご主人は気づかないのかもしれませんわ。でも急に貴女(あなた)からそういうことを言い出すのも難しいでしょう?」

「……ええ、まぁ……」

「……それで、もしよろしければ、このドレスを作った工房の新作に、そういう時に女性が身に着けたら異性に喜ばれるだろうものがございまして……」

言いにくいながらも恐る恐るそう言って、彼女に顔を寄せて小声でこっそりと、そういう下着なのだが、と告げる。侮蔑(ぶべつ)のように受け取られ、怒らせてしまうのではとヒヤヒヤしたがそんなことはなく、ただ彼女はまた目を丸くしていただけだった。どうやら私からそんな提案をされることが意外だったらしい。

「……ふふ、本当にジュダール伯爵ご夫妻は仲睦まじいのですね。それだけで諸々わかるというものですわ」

「…………あ、すみません、差し出がましいことを」

「いえ、まさか私にそういうものを薦めてくださるとは。……身体で異性を誑かすのは得意だろうとしか周りから言われたことがないもので」

「……勝手に惑(まど)わされるだけの人々の言葉なんて放っておけばよいのですわ」

結局、華やかな装いも異性を喜ばせるような艶めいたものも、見せたい相手に見せるためのもので、周りは関係ないのだと。鼻で笑って言った私の言葉の意図を察して、彼女はまた面白そうに笑ってくれる。そして最後には、恥ずかしいけれどそういうのもいいわね、などと答えてくれたのだった。

そしてパーティー後も交流を持ちましょうと話していると。ふと、思い出したようにバルリング子爵夫人が口を開く。

「……そういえば、遅いですわね」

「？　……何が、でしょうか」

「……あの、どこぞの伯爵家のご令嬢に、お酒を持ってくるように頼んだのではなくて？　彼女たちが給仕にひそひそと話しかけているのを、私こっそり見かけてしまったのだけれど」

「……え？　……何のことかしら……」

「……ここに私が来る少し前にね、あの、パーティーの序盤で貴女にやり込められていたご令嬢お二人が、貴女にお酒を持ってくるように頼まれたと……。だからしばらくしたらここに来るのかしらと思ったのだけど。来ないわね」

「……ッ」

バルリング子爵夫人の言葉に、楽しく話していた私の背筋に冷たいものが這うような感覚が走る。

何のことだ、と首を傾げながら彼女の言葉を聞いていたが、色々なキーワードを並べて考えて、ハッと閃くものがあったのだ。

パーティー序盤で私がやり込めた令嬢二人というのは、メニエル嬢とフィアナ嬢で間違いない。

そして、私からお酒を持ってくるように頼まれたという言葉。成人前でも隠れて酒を飲むような時はあるし、罰則が厳しく課せられるわけではないのだが、特に成人が未成年に無理に与えるような場合は状況によっては罰せられることもある。ということは、私が未成年に与えたことにされて、罰せられるような状況になることもあり得てしまうかもしれない。

　あの二人が何故そんなことを、という疑問よりも、私の脳裏に浮かんでいるのは、パーティーでアンジェラが王太子に酒を飲ませて色仕掛けしようとした原作のエピソードのことだ。

　シェリースが疑心暗鬼になってこの会場を去ったという事実だけを見れば、原作の流れは回避できていないのではという不安が、ますます大きくなって私にのしかかる。

　あの令嬢二人がどうするつもりかは詳しくはわからないが、その酒が王太子に渡って、私からのものだと、頼まれたのだと二人が弁明したら。そうすれば、私を嫌う王太子はどちらの言い分を信じるだろう。人は、信じたいものを信じてしまう。好意的に見る人の言葉は信頼し、嫌悪感のある人の言葉には不信感を持つものだ。

　私はザッと立ち上がる。バルリング子爵夫人がどうかしたかと聞いてくるので、私は用事を思い出したので失礼すると言った。

　何かを察したような彼女は改めて、苦労するわね、と微笑み、また後日お話ししましょうと言ってくれたので私も頷く。まだ歓談していたかったが仕方ない。名残惜しい気持ちもあるが、すぐに動き出すことにする。

　部屋付きのメイドに、他の使用人をやって急いでギルベルトを呼んでくれと頼むと、私は足早に部屋を出た。

　原作では望まぬ結婚に憔悴したアンジェラの姿に罪悪感を覚えた王太子に、二人きりで話したいと言って、どうにか受け入れてもらうのだ。そして、王太子用の休憩室に向かって、そこであれこれと起こるわけだが。

これが偶然にせよシナリオ通りに進めようとするこの世界の強制力のようなものにせよ、おそらく王太子はそこにいて、令嬢二人はそこを訪ねるのだと、私には妙な確信があった。

休憩室として割り当てられている部屋はホールとは別棟になっていて、その上層に王族専用の階がある。私がいた場所からは階段で上がっていくだけで、おそらくそこに行けるはず。護衛騎士はいるだろうが、シェリースの友人である令嬢二人は王太子とも顔見知りで、門前払いにはならないだろう。問題は私だ、この状況では入れない可能性は高い。

それでも立ち止まることも引き返すこともできない。問題回避のためには、私自身が彼らに割って入ることが必要なのだ。

そして王族専用の階に着くと、案の定護衛の騎士が立っていた。私は用件を聞いてくる騎士に、メニエル嬢とフィアナ嬢がこちらに来なかったかと尋ねると、思い当たる節があるような顔をしたので、真剣な表情で言い募る。

「彼女達は差し入れに飲み物を持ってきたでしょう。あれはお酒よ、間違えて持ってきてしまったようなの。しかも私からの差し入れだと。私は罪に問われたくないわ、早く止めて！」

「……ッ、少々お待ちを」

慌ててもいたので経緯は上手く伝えられなかったが、それでも急いでいることは伝わったようだった。騎士がそのまま部屋へ向かおうとするのを、私はそのまま一緒に付いていく。

令嬢二人はちょうどここに来たばかりのようだった。王太子がいるらしい部屋の前に、飲み物の入ったグラスとフルーツなどを載せたトレイを持った令嬢二人が、今まさしくドアを開けてもらっているところだった。

「……待ちなさい!!」

私が、少し大きな声を上げて令嬢二人に向かって言うと、驚きに二人の少女はビクッと身体を揺らす。そして、恐る恐るといった様子で振り向いた。私は、焦燥感に駆られつつも表情は落ち着いた様子を装って口を開く。

「……それ、私からの差し入れとして持ってきたのでしょう。……お酒よね？ ……お二人に頼んだ覚えはないのだけど……きっと疲れていて使用人にでも頼んだつもりが貴女達に言ってしまったのね」

「……ぁ……、アンジェラ……様……」

「あ、あの……これは……ッ」

「……まさかそれを王太子殿下に渡すなんてことはなさらないわよね？ 私は未成年にお酒を振舞うようなことはしないわ。さぁ、それをこちらに寄越して」

令嬢二人の表情が血の気の引いたものになっていくのを見つめながら、私は追い詰めたいわけではないのだとどうにかこの場を収拾する方法を考える。そして、彼女達の言葉を全て否定も非難もせずに、ただの間違いだと撤回させようと試みた。ただ、彼女達を咎めないのも気持ちとしてできずに、揶揄するような言い回しにはなってしまったけれど。

そして令嬢二人がどう返答したものか戸惑っていると、部屋の中から王太子が姿を現した。怪訝な表情で何がどうなっているのかとこの場にいる人物を見回し、私を見て眉を顰める。

私は、令嬢二人が私に頼まれて酒を運ばされたと言い募る前に、すぐに王太子に向かって言う。

「どういうわけだか、私がお二人にお酒を頼んだことになっていたようですわ。しかもどう間違えて聞いてしまったのか、王太子への差し入れだと勘違いなさってしまったようです。……ですから、大慌てで引き止めに参りましたの。お騒がせして申し訳ありません、殿下」

「……殿下、違います……!! あの、私達は……!」

「お酒だなんて聞いていません、差し入れを、と頼まれたのです……!!」

「……一体……何がどうなって……」

強い酒は色合いが透明に近いので、パッと見れば水か何かに見えなくもない。香りが強いものもあるが、今ここに持ち込まれたグラスの中身はそうではなく、普段酒を飲まない人物であれば、水だと誤解したまま口をつけることはあり得る。そして原作で使われたものもこれと同じものだった。水と誤解させやすいものを、酒と知らずに誤って与えてしまったと弁明しやすい種類のものだったのだ。

今回のことに関して言えば、王太子が実際に飲む飲まないは問題ではなく、私が王太子に酒を与えて何かをしようとしたという客観的な事実ができ上がることが問題だ。シェリースのことも合わせて、私の立場がどうであろうと、起こった事実は原作の流れとほとんど変わらなくなる。

そして今、王太子は現状を見て何がどうなっているのかと把握しようとしている。でもきっと、私が令嬢二人を唆(そそのか)し、それが露呈しようとしているので弁明していると思うに違いない。

私は今どうすべきか必死に考える。どうすれば原作と変えられるのか、結果を変えるには。

そして、私は覚悟を決めて、令嬢二人と王太子の傍へと近寄った。警戒する二人の令嬢から、酒の入ったグラスを奪い取ると、ニッコリと笑った。

「これがただの酒だとしても、毒が入っていようとも……、これを、私が飲めばよいのですわ。私が飲む分には何も影響がないでしょう。未成年に飲ませずに済んで、毒が入っていたとしても私が命を落とす分には構わないでしょうし」

「……え……」

「そもそも私はお二方に何も頼んではいないのですが、きっと殿下は信じてくださらないのでしょうから。お二人もごめんなさいね、そしてありがとう。これは私がいただくわ」

ともかく結果的に酒を飲ませようとしたという事実を撤回するには、これしかないと思った。この衆目の中で、私がこれを飲めばいい。酒だろうと毒だろうと、それを私が呷れば、誰も何も言えないはず。私はそう言って、戸惑うこの場の面々の前で、微笑んでそのグラスを一気に飲み干した。

口をパクパクとさせている令嬢二人と、目を見開いている王太子と、先程から訳も分からない状況の騎士も、私を注視している。

喉を焼くような強い酒を、一気に流し込んだことで私の身体はカッと熱くなった。本当なら一気飲みなんてしては危険なものだし、そもそも私はそこまで飲酒に慣れていない。倒れてしまうかもしれない可能性もあるが、私は余裕の表情で笑って、ご馳走様でした、と告げた。

呆然とするその場の人々を放って、私はくるりと踵を返す。酒を飲ませようとしたとしても、毒を入れようとしたとしても、それを自分で飲み干した……となれば話は変わってくれるだろう。そうでなくては、身体を張った意味がない。

……駄目、何か急に……ぐらぐら……してきた……。

気を張ってどうにか歩いていた私の膝から力が抜けて、ガクン、と身体を揺らしてしまう。ハッとして騎士と王太子が駆け寄ってくるようだったが、階段の下から急いで駆け上がってくる足音とともに、慌てている様子のギルベルトの姿が視界の隅に映って、私は手すりに縋ってそのまま階下に向かおうとする。

私を支えようとする手があったが、それを振り払い私は舌の回らない声でギルベルトを呼んだ。

「……アンジェラ!!」

階段を二段も三段も飛ばして駆け上がってきたギルベルトを見て、私はようやく心から安堵して、微笑む。そして、ぐらりと力が抜けていく。

倒れそうになった私を、駆けつけたギルベルトが抱え込むように支えてくれた。

私はもう大丈夫だろうと、意識が朦朧とする中で、そのままギルベルトに身を委ねる。

ふわふわとした意識の中で、ギルベルトの低い声が聞こえた。

「……何がどうなっているのかはわかりませんが、彼女を連れて帰り休ませます。……御前を失礼致します、殿下」

私の身体は横抱きに抱えられたらしく、ふわりと足が床から離れるのを感じる。

あぁ、ようやく、ようやくパーティーが終わった……。

早く帰りたい。疲れて安堵した私は、ギルベルトの胸に頬を擦り付けると、安心させるように顔を寄せてくれたギルベルトが、もう大丈夫だ、と言ってくれた。

私は頷いて、そうして意識を手放した。

目を覚ますとジュダール邸の夫婦の寝室のベッドの上だった。

あれは急性アルコール中毒……みたいなものではなく、疲労と緊張と急激なアルコールの摂取で悪酔いというか……そういうものだったらしい。同じベッドの上、隣にいたギルベルトが、ホッとした表情で心配したと告げた。

私もよかった、とホッとする。死にたくないとか言いながら、危ない橋を渡ってしまったと反省する。もっと上手いやり方はあったかもしれないのに、あのときはあれしか思いつかなかったのだ。

「それにしても……何故あのご令嬢方はあんなことをしたのか……」

私の隣で、ギルベルトが事の子細を把握しようとしたのか、難しい表情でそんなことを呟く。まだ休んでいろと言うように優しく私の肩を撫でながらのその呟きに、私は答えた。

「……パーティーで私が三公まで引っ張り出したことで焦ったのでしょうね。……妹の旗色が悪くなると、そちらについた意味がない……とでも思って、私が再度悪者になる案を考えて実行したのだと……」

「いやしかし、王太子からの妹御への寵愛が変わらないなら、旗色が悪くなることもないのでは？」

「……さすがに私を遠ざけてまで選んだ妹の評判がよろしくないとなると、王太子への評価も下がりますから。このまま押し通すとは思いますけど、妹への風当たりは強くなるでしょうね」

妹シェリースのよさは、素直で人をすぐ信じてしまうような性格と、あのふわふわと柔らかく可愛らしい容姿で人を和ませるところだ。血筋や振舞いを貶めるようなアンジェラの冷たい言葉にも、その通りかもしれない、なんて困ったように笑って、否定的な言葉も言わないで受け入れていた。そんな様子が健気にも見えて、実際妃教育などで努力もしていたので、王太子の寵愛も含めて妹の評価は悪くなかった。まだ成人前で、表舞台に出る機会が少なかったこともある。

それが、改めて実力差が露呈したことで、姉妹の評価は変わったのだ。いくら性格が悪かろうとも、社交界での振舞いは私の方が上であると。まぁ、王家に嫁ぐ女性は直系男子を産むことが第一に求められ、振舞いやら政治的な手腕はあまり重要ではない。ただ、妹と王太子が結婚するのは妹が成人してからになるので、それまではどうしても社交界での振舞いなどが評価の対象になるのだ。

これから彼女は改めて私と比較されて、本当に王太子妃に相応しいのかと探るような目を向けられることだろう。私としては現状や未来を変えるために必要なことというだけで、必要以上に妹を苦しめたいとは思っていないが、今まで愛され甘やかされてきた者には辛いだろうと冷めた気持ちになる。

「なるほど。……しかし何故酒を王太子に、などという手段になったのか。……アンジェラが王太子にそんなことをするはずがないだろう？　そんなことをして何になる？」

「……私が王太子と和解したいと思ったなら、仲介を彼女達に頼むこともまぁなくはないので……。妹の友人なので、彼女達は王太子とも面識がありますし。和解のために差し入れを、と言って彼女達に持たせた……という設定かしら」

ギルベルトの疑問は今度は令嬢二人が考えた私を陥れるための嘘についてに向けられた。そういえば私はシナリオの強制力のようなものが働き、少し無理矢理な行動もあり得るかと考えてしまっていたが、確かにそんなことをしても私にあまり利点がない。

だがまぁ、もし王太子と和解をしたいと思ったのならあり得なくもない話なので、令嬢二人はそういう名目で差し入れと称したものを持っていったのだろう。ちょうど私が休憩室に行ったタイミングを見計らった上で。

「だが持っていったのは酒だったと。……君が何かを企むにしてももっと用意周到にすると思うがな。侮られたものだ」

「まぁ、そうねぇ。私がお酒を彼女達に持たせて何かを企むとしたら、……成人前の羽目外しだとでも言って王太子殿下の評判を下げようとしたとかかしら？　それともご令嬢二人との噂でも立てて、妹を孤立させようとするとか……？　でも本当に私が頼んだのなら、彼女達は殿下にすぐさま言うでしょうしね」

「どちらにしても粗だらけで詰めが甘いと思うのだが……結局問題は王太子殿下が何を信じるかになるわけか……はぁ」

ギルベルトは私のことを信頼してくれているからこそ、もし何かしらの理由があってそういったことを企んだとしても、もっと上手いやり方をするはずだと悪戯っぽく笑ってこちらを見た。悪事をするような人間だと思われているというよりは、その能力を軽んじられたことに対する憤りのようで、私もクスクス笑って答える。

だが問題は結局、私がどう変わろうとも信じられずにいる王太子に帰結するのだ。私がギルベルトを籠絡して云々というような言葉も以前あったように。とりあえず、混迷を極める事態になる前に、あそこでどうにか引き止められたのはよかったと思いたい。

「……結局本当のことを言っても、ご令嬢方は否定するでしょうし。……彼女達がお酒を頼むところを見た夫人もいらっしゃるのだけど、あの方も悪評が立ってしまった方だから……。信頼してもらえるかどうかは怪しいのが辛いところね」

防犯カメラも指紋などを使った証明方法もまだ発達していない時代なのが辛い。これがゲームやファンタジーの世界観だったなら魔法などがあって代替方法があったかもしれないけれど。まぁないものねだりをしても仕方ない。現状でやれる限りのことをするしかない。

二人で頭を抱えながらそんな話をしていたが、ギルベルトはふうと息をついて、私の肩から手を滑らせて、ゆったりと私の背を撫でていく。それが心地よくて、私は微睡むように目を細める。

「……致し方ないことだったとはいえ、あまり無茶はしないでくれ。……本当に、倒れた時は心臓が止まるかと思ったぞ」

「ええ、私も似たようなことが起きても、これからは信頼する誰かを連れて行くわ。ギルベルトがいてくれるのが一番だけど」

「……俺も何もなければずっと傍にいて離れない、と言えるのだがな。……遠征しかり、どうしても難しい時もある。護衛騎士を傍に置いて、一人で動かないようにな」

ギルベルトが護衛の話をして、あぁそうだ、と思い出したように口にする。私が視線を向けると、あのパーティーでドラーケン小公爵と話した内容を教えてくれた。

「……辞めさせたケネスの話だが。……どうやら書類が入れ違ったかすり替えられたか……最初に小公爵が選んだ人物ではない男だったようだ。名前の似ていた別人だったようで、事故か故意かはわからないそうだが。……諸々の事を考えると、怪しい気がしてしまうがな」

「……そう、なの」

「あぁ。小公爵の所属する近衛騎士団には王太子殿下の従者もいたはずだしな。そちらの差し金だった可能性も高いと思う。故意だとして、誰が指示を出し誰が実行したかは、まだわからないが」

私はそれを聞いて、ケネスのことを思い浮かべる。違和感を感じつつも、男女の関係を仄めかされた嫌悪感から、事情も聞かずに追い出した護衛騎士。確かに、彼には私にそんなことを言うようなな、どうしても堪えきれないような感情は乏しく見えた。……命じられて口にしたことならば、納得がいく。

護衛騎士をつける前は、ジュダール邸の使用人は王国軍の関係者が多かったので、他の息がかかった人物が入り込むことは難しかったはずだ。護衛騎士はちょうどいいタイミングだったと言える。

騎士と王国軍は別組織のため、同じ武力であってもまだ相容れないものもあり、ジュダール邸の内情を知りたい誰かもいるかもしれないが……。私にはあのケネスという護衛騎士は、王太子の周囲が差し向けた人物だったのではと思えてしまう。

ギルベルトの不在の折、護衛騎士の男と、しかも年齢や体型などがどちらかというとギルベルトに近い男のケネスと私がそんな関係になれば、私が英雄たる人物に愛され改心したわけではなく、ただのそういう男性が好みなだけだと貶めることも可能になる。悪女は改心したわけではなく、似た男なら誰でもよかった、だとか、そんな噂が駆け巡っていたかもしれない。

原作でも、怪しい動きをするアンジェラに対して、王太子が探るようなことを言う場面もあった気がする。明確な描写はなかったけれど、きっとケネスのような人物が、名前のない脇役として動いていたのだろう。

「……いずれ問題が大きくなる前に、どうにかできるならどうにかしたい問題ではあるが……ただ簡単に和解して手を取り合えるのかというと難しいものだな。……アンジェラはどう思う？　例えば向こうから和解を求められたら応じるか？」

「え……あ、……それは……」

私が原作云々も含めて考え込んでいたところで、ギルベルトからそう尋ねられた。私は返答に迷ってしまう。確かに原作でいえばアンジェラが悪役で、妹と王太子はヒロインとヒーローなわけで。元々の性格やら考え方などは善性の人間だと知っている。だけど、王太子は妹に冷たく当たっていたアンジェラへ嫌悪感を抱いており、それはそう簡単に払拭できないだろうこともわかっている。

先程もし和解するなら……なんて言ってはみたけれど、私はそれを許容できるのだろうか？　相手がギルベルトだったから感謝すらしている王命の結婚だって、他のどうでもいい相手を宛（あて）がわれていたら王太子に強い恨みを抱いただろうし。それよりも妹や実家との和解の方が根深い問題なのかもしれない。

彼らが何も変わらないのなら、手を取り合えるとは思えなかった。せめて、私を尊重する姿勢や謝罪があればと思うけれど、何も間違っていないと思っている彼らでは、改心した私を受け入れることはあっても、向こうからの謝罪はないだろうと思う。

その上、原作の今後起こりうる事象を見ても、パーティーで起こったことを考えても、全てが私を悪女に仕立てようと動いてしまうのかもしれないのだ。何がきっかけで手のひらを返されるかわからない。だから今更手を取りあうことは難しいだろう。少なくとも、原作におけるラストシーンの場面までは。

　私はギルベルトに、緩く首を振って言う。

「……今はまだ、難しいわ。気持ちの上では。……でも、受け入れなければ不利になるのなら、迷うところではあるけれど」

「……もし、身分や地位を守るために受け入れざるを得ない状況になったとして、それが君の心を傷つけるものなら、以前も言ったと思うが、俺はそれらを捨ててもいい」

「……それは……でも……どうにもならない時の、最後の手段であるべきよ」

「あぁ、俺も君に要らぬ苦労はかけたくないし、それは最後の手段だ。……けれど、少なくとも王太子殿下が王として立つ時に、何も状況が変わっていなければ、その時は俺は将軍職を辞そうと思う」

　感情としては難しいが、状況として受け入れざるを得ない場合があるのなら、それは仕方ないと思うと正直に答えると。ギルベルトはいつか私に言ってくれたように、王家よりも私を尊重すると言って、更には決別の意志すらも見せるのだった。

　私は、それを聞いて、嬉しいとただ喜ぶことはできない。つまり、将軍職すらも辞する覚悟だと。王家だけではないのだ。国民の多くが、きっと彼には長く軍を率いてほしいと願っているだろう。何ももちろん、彼もすぐにどうこうしようと言っているわけではなく、王太子が王位を継ぐ時だと、それはどんなに早くても数年の後のことだ。原作においてのエンディングの後のことなら、どう選択してもいいのかもしれない。そしてその時に私が生き残れているのなら、それこそ全てを捨ててもいいのかもしれない。

それでも、それはこの国から英雄を奪うようなものではないのだろうか。もちろん、不利益を被らされて彼が将軍職を追われるようなことになるのなら、私も全てを捨てて付いていくことに異論はないのだけれど。

「ギルベルト……」

「国のために尽くしたいと思う気持ちもあるが、不信感を覚える王には尽くせない。……そうなれば爵位も返上することになるかもしれないな。何もなくなった俺に何の価値があるかはわからんが、それでも君は付いてきてくれるだろうか」

「……もちろん、貴方が将軍でなくても伯爵でなくても、私は傍にいたいと思うわ。付いていきたいと思うし、連れて行ってくれなければ怒るわよ。……でも、貴方が私に苦労をかけないようにと言ってくれるように、私は貴方が女のために国を捨てた悪者にされることは望まないわ」

そう言葉にして、お互いに真剣な眼差しで見つめ合う。相手の能力や存在価値を高く評価しているゆえに、私たちはお互いそれが貶められることが許せないようだった。言葉は違っても、考えていることは同じ。そして、困ったように笑うのも同時だった。

「……今はまだ、考えるだけにしておくべきね。……せっかく上手く行き始めたのだもの、もう少し頑張って色々手を尽くして、そうならないようにしないと」

「……あぁそうだな。想定しておくにしても、それは頭の片隅に置いておくことにしよう。……あちらと再び顔を合わせる時に、言動には気をつけることにして」

「……そうね。次に顔を合わせるのは、狩猟大会になるかしら」

「狩猟大会か……俺は参加するのは初めてだな」

社交シーズンの始まりとなる収穫祭を兼ねたパーティーの次には、大きな社交の場としては狩猟大会がある。王室所有の狩猟場に多くの獲物を放し、捕獲(ほかく)した数や獲物の大きさを競(きそ)って、一番になった家門には名誉と褒賞が与えられるものだ。

　原作では、パーティーでアンジェラが仕掛けた一件でシェリースは疑心暗鬼に陥って、王太子ともぎくしゃくしていた。だがそこで狩猟に参加していた王太子が勝利を収めて、シェリースにその勝利を捧げる。そしてそれを見ていたアンジェラが、また嫉妬や怒りに悪感情を募(つの)らせていくのであった。

　ギルベルトは貴族籍を得たので今大会から参加するのだが、原作ではアンジェラとの関係が良好ではなかったので、勝利を捧げたい相手もおらず、勝利に固執もせずにその日を終える。結果的にシェリースと王太子の絆(きずな)を見せつけられることになったアンジェラは、せっかく噂まで立てたというのに王太子から見向きもされないことを周囲に冷笑とともに揶揄される。そして苛立ちとともにアンジェラはギルベルトに役立たずだと言い捨てる……という流れだ。

　さすがにここの場面は似たようなことにはならないはずだ。ギルベルトの表情を見ても、狩猟大会には前向きであるらしい。狩猟大会は武力を見せる意味合いもある。

「……あまり詳しくないのだが、これは手加減すべき大会ではないよな？」

「……王太子も王家を代表して参加されるはずだから、見せ場を譲る貴族はいるかもしれないけれど、別に好きなようにやって大丈夫よ。優秀さを見せたい家門などは毎回必死に上位を狙おうとしているわ」

「……ふむ。ならば褒賞も貰えると言うし、本気でやってみるとするか」

ニヤリ、と笑ったギルベルトに、私もにっこり頷く。ここで勝利する人間が変わることは原作と流れを変えたい私としてもありがたいことだ。それに、原作通りに王太子が勝利したとしても、別に私は悪感情を募らせたりしないのでどうでもいいことである。

それならばギルベルトが活躍して格好いいところが見たい、と単純にそう思うのだ。しばらく表に出ていなかった推しに対するファン心理みたいなものが顔を出したのかもしれない。

「期待しているわ」

微笑んでそう言うと、フッと微笑み返したギルベルトが、グッと腕に力を入れて私を改めて引き寄せた。そして、顔を寄せて口づけて、おやすみ、と告げてくる。私もそれに頷いて返して、目を閉じた。

狩猟大会が行われるのは半月ほど後だ。大きなシナリオの流れは変わっていないとはいえ、それぞれの持つ感情や立場などはかなり変わっているはず。原作ではアンジェラが仕掛けた罠によってぎくしゃくするあの二人は、今は私が立場を大きく変えたことで起こりうることへの不安や疑心に揺れているようだ。

願っていた通り、努力した通りに結果を出せたのに、私も不安が拭えない。あのパーティーでのことも、最悪の事態は回避できているはずなのに。きっと、原作の知識がどこまで正しくて、どこまで通用するのか、変えられないものがあるのかどうか……そういう不確定の要素があるからだろう。

でも本来であれば知る筈のない知識なのだから、あまり頼りすぎるのもよくないだろう。最初から現状維持を選ぶことができなかった私には、これからも同じように努力して変えていくしかないのだと思う。

これまでの努力やしてきたことは間違ってはいないはず。得ようとしている未来のためにも、必要なことだったはずだ。

でも……。いずれ、この国を捨てることも考えなくてはいけないのね。

王太子と和解したとしても彼の不信感は完全には拭えず、燻ってまた再燃したらと懸念は尽きない。特にこのままいけば彼は王位を継いで、いずれ最高権力者になるのだ。正義感の強い人だけれど、その正義は弱者を守ることだけに向けられ、悪人の更生や改心には関心がない。彼が変わらないのなら、私が生き残ったとしても、この国での幸福な未来はないのかもしれない。

目を閉じた私の脳裏に、今まで関わった多くの人々が浮かんでは消えていく。協力してくれた人、私を認めてくれた人。せっかく得たものを手放すことは、どうしたって辛いことだ。

それでも。何よりも手放せないものは決まっている。

私の幸せは貴方の傍にしかないわ。貴方の選択に、私は付いていく。

ギュッ、と隣のギルベルトに抱きつくようにして、そんなことを決意しながら、私は眠りに落ちていった。

◆◆◆

「……これを私が着る……、ですって……？」

「……だ、駄目、でしょうか……？」

パーティーから数日後、私は改めて話をしたいと、バルリング子爵夫人をジュダール邸に招待した。小規模でもお茶会を開いて、と考えないでもなかったが、時間もなかった上、彼女に見せたいものがものなだけに、彼女一人を招くに留めたのだ。

そして、人払いをして、ジャルダン婦人と試作した例のもの……レース仕立ての下着を見せたのである。揃いのガーターベルトにストッキングと夜着も一式にしたので、下着だけ悪目立ちはしていないはずだが。

頬が染まって目が泳いでいるのを見ると、夫人は羞恥によって戸惑っているだけで、こういったものを差し出した私へ嫌悪を向けているわけではないらしい。

よかった、痴女だなんだと罵られなくて……。

「清楚なイメージになるように柔らかい白を基調にして、金色の糸で刺繍を入れてありますわ。普段とは異なる装いは、気分も新たにしてくれますから……。どうしてもお嫌でしたらこれは下げますけれど……関係を新たにするにはいいきっかけになると思うのです。ご主人には私からの贈り物だと言っていただいても構いませんわ」

「…………そう、ね。……きっかけ……」

「ええ、これは見せたい相手にだけ見せるべきものです。……どうでしょう、必要ない、でしょうか？」

「…………」

バルリング子爵夫人はしばらく考え込んでいたけれど、頬を赤らめたまま小さな声で、いただいてもよろしいかしら、と答えてくれた。

貴族の夫婦関係は形だけで冷めている人達も少なくないけれど、ただ素直になれないだけでそれを変えたいと思っている人もいるのだ。そのきっかけになるものがあれば変わるはずだ。

別に慈善事業として愛の宣教師みたいなことをしたいわけでもないし、手広く商売として進めたいものでもないが、困っている人の手助けくらいはしたいと思う。特に、自分の好ましく思う相手であれば。

こうして話すのはまだ二度目だけれども、バルリング子爵夫人はとても気の合う人物だった。誤解を与えやすい外見や言動に悩みつつも、何の問題もないような表情で抱え込んでしまう様子も、物事の考え方なども似ている。それから物語にもなりそうな夫婦関係を個人的に応援したい気持ちもある。とにかく、私としてはバルリング子爵夫妻には上手くいって欲しいのだ。

彼女は照れを隠すように何度も髪を耳にかけるような仕草や咳払いをして、ふと何かに気づいたように問いかけてくる。

「……それにしても、わざわざ私のために作らせたのですか？　色や刺繍まで指定したような口ぶりでしたけど」

「あ、それは……。えぇと、正直に言ってしまうと、工房には私が案を出して作ってもらう……などとデザイン協力のようなことをしておりまして。これは試作のうちの一つで。こういったものもいずれ商品として取り扱おうかと話は出ているのですが、ものがものですから……」

「……まぁ、なるほど」

「……手広く売るつもりはまだありませんが、こうして口伝えに欲しい方に渡るようにできればと思っていたのです。でも、こういったものを薦めることのできる知り合いや友人が残念ながら少なくて」

「ふふ、それで私に、だったのね。……光栄なこと、と言っていいのかしら」

「……それに、ご商売をなさっているというご主人にも興味を持っていただけたらと。……利用するようで、気を悪くされたらごめんなさいね」

「別にかまわないわ。下手に隠されるよりもずっとね」

ジュダール邸の応接室で、人払いもしてある安心感からか、全て包み隠さず私は話していた。そうしたことが上手く作用してくれたのだろう、バルリング子爵夫人も、信頼してくれたようだった。

照れくさそうに贈り物を片付けて、ふうと息をついて紅茶を飲みながら、次に会うのは狩猟大会ね、と話題を変える。

騎士を多く輩出する腕に覚えのある家門や、力を示したい家門が多く参加する狩猟大会だが、見物に来るだけの貴族もいる。参加するかどうか聞くと、彼女は溜め息を吐きながら答えてくれた。

「あぁいうところでしか話せないお相手も多いから大会には参加する予定よ。……あの人は自分には能力がないからと新たに人を雇ってまで。……まったく、示す力が借り物でどうするのだか」

「そういう強い人物を雇えるのもまた力ということでしょう。こちらは今年初めての参加になりますけど、護衛騎士で雇っている二人をそのまま連れていくことになりそうですわ」

狩猟大会は基本的に家門から代表者一人が参加するものだが、事故などを防ぐためにも補佐に二人ほど連れて行くのが通例だった。家門で雇っている専属騎士や、従者など、そういう人物が傍につく。

「……あら、では貴女の護衛は？　また誰かを雇うのかしら？」

「いえ、主人が所属する軍の、腹心（ふくしん）を傍に置いてくれると言っていましたわ」

「まぁそう。では安心ね」

　狩猟大会の間は夫人や参加しない貴族は別の場所で優雅にお茶や会話を楽しみながら待つものだ。今私の護衛をしてくれているニコラスとイーサンは、ギルベルトと一緒に狩猟大会へ参加するので、待つ間の話し相手と護衛として、ギルベルトは腹心のリヒャルトを連れてくると言っていた。その時は侍女であるマリーも傍にいるので、どちらかというとそっち目当てではなかろうかと思うが……。とりあえず仕事はきちんとしてくれることだろう。

「どんなドレスで参加するかとか、決まっていらっしゃるの？　また周りの方々を驚かせるような何かを考えているの？　ぜひ知りたいわ」

「いえ、まだ考えておりませんわ。とりあえずデイドレスは、淑（しと）やかなものを着るつもりですから……」

「まぁ、そうなの。つまらないわね」

「そういうバルリング子爵夫人こそ、どういったものをお召しに？」

「私？　私は、主人が喜々として寄越した毛皮があるから、それをコートに仕立てたものを着る予定よ。狩猟大会なら毛皮だと、主人が買い集めてきてしまって」

「毛皮……」

「ええ、まだたくさんあるからよかったら差し上げるわよ。贈り物をいただいたままなのも心苦しいし」

　今度はどんな衣装を着るのかと彼女に問われ、私は次は控えめにするつもりだと答えた。あまりにもやり過ぎると期待値のハードルが上がりすぎてしまうし、私は別に社交界の華などと呼ばれるような流行の最先端にいたいわけではないのである。そういう存在は、敵も多くなるのだ。味方が増えた今なら少し控え目に、狩猟大会の日は淑やかなデイドレスにしようと決めていた。

けれど、毛皮と聞いて、少しだけ思いついたことがあった。ファーを使ったアレンジや、ファーアクセサリーなどを作るのなら、時間的にも間に合うのではと。

富の象徴ともいえる毛皮は、刻んで加工するよりも大きなままコートや敷物にするのが主流だ。手触りのよい毛皮で手袋などを作ったりはするが、それをアクセサリーにしたりリボンの先につけたり、そういう細かい加工はまだあまりない。

ドレスは控えめでも、そうしたアイテムに拘るのはいいかもしれない。それに、バルリング子爵夫人とお揃い……みたいで少しだけ嬉しいのもあった。

「……そのお言葉に、甘えてもよろしいかしら？」

「ええもちろん。どう使うのか楽しみだわ」

そして明日にでも荷物を届けると約束してくれたので、私はデイドレスに似合いそうなファーを使ったアイテムの小物を考えることにする。

球状のファーが揺れるイヤリングにするのもいいし、ケープやドレスの裾や袖口に飾り付けるのもいい。普通にショールやコートにしてもいいけれど、ミニ丈にするとかもよさそうだ。とりあえずまたジャルダン婦人にお世話にならないと、と思案していると。

「……私、今日招待されたのは、パーティーの日のあの二人の令嬢のことで証言して欲しいというお願いかと思っていたわ。……違ったようだけれど」

バルリング子爵夫人は苦笑するようにそう言った。私もその言葉に、困ったように返答する。

「……どれだけ私に有利な証言を揃えても、信頼関係がないので信じてもらえないのです。ですから、味方でいてくださるだけでよいのですわ」

「……そう、……どうしたって自分の言葉が届かない状況があることはわかっているつもりよ。……それでも、弁明すべき時にはすべきだとも思うわ」

「……そうですね。けれど、今はこれでいいと思っているのです。……あの二人の令嬢は、今後私に強く出られないでしょうし。弱みとまではいかないまでも、引け目くらいは感じてくれるでしょうから」

私がパーティーで意識を失った後のことだが、結局あの二人の令嬢も私も、何かの罪に問われることはなかった。彼女達は飲み物を運ぶように頼まれたと思い込んでしまっただけで、私を陥れるつもりも、王太子に危害を加えるつもりもなかったのだという私の言葉に乗った形だ。

本来であればもう少し調べるはずだが、最悪の事態は防げたこと、令嬢二人の立場も考慮し、間違えてしまったという主張を信じて事態を丸く収めることを優先することになったようだ。

少しの間、一部の人達の間で話題にはなっていたそうだが、大きな噂にならないように鎮静化させるべくどこからか手が回されて、結局すべて有耶無耶(うやむや)になったという。私もそれに異論はない。あの令嬢達を咎めたところで、私には何の利点もないからだ。下手に恨(うら)みを買うことは逆に悪手にもなり得る。それよりは、恩を売っておく方がいいと判断したのだ。

「そう、貴女が納得しているならこれ以上私が口を挟むこともないわね」

「ええ。……でも、いつか、もしかしたら証言をお願いすることもあるかもしれません。なので、今から日記にでもそれとなく書いておいてくれると助かるかもしれないわ」

原作通りなら私に待っているのは断罪と裁判である。どんなに回避しようとしても、今回のように罪をでっち上げられる可能性も否定できない。私は万が一のためにも、いつか彼女の証言が必要になることもあるかと、そう言った。口裏を合わせたとか言いがかりをつけられたとしても、日記にでも書いてあればそれを否定することもできるだろう。もちろん、そんな証言など必要ないのが一番なのだが。

私の言葉に、彼女は頷いてくれたので、ホッと息を吐く。

原作通りの物語の展開にさせないためには、国を捨てるとまではいかなくても、せめて王都を離れられればいいのではとも思う。けれど、こうして積み重ねている交流を手放すのは、今までそれを得られなかったからか、どうしても踏み切れない。何か起きてからでは遅い、と思うのに、起きるまではこのままで、と思ってしまう。特にギルベルトはそう簡単には王都を離れられないだろうから、余計にその選択はし難い。何も起こらない可能性だってあるのだという思いに、縋りたくなる。

記憶を取り戻した当初は、ただギルベルトとの愛ある生活を望んだだけだったのに。未来のために悪評を覆すことを望んで、結果その通りになったというのに。

まだこの世界にとって……いや主人公達にとって、私は悪役のままなのだろう。それは変えられるのか、変えられるとしたらどうするべきなのか。逃げてしまう方を選ぶのか、それとも最後まで見届けてシナリオという運命のようなものと戦う方を選ぶのか。

いずれは決断しなければならない時が来るのは確かなのだろう。

「辛気臭い話はやめましょうか。……ねぇ夫人、今度悪女の物語を、一緒に観劇しませんこと？　それはもう話題になるに違いないわ」

「まぁ……ふふ、それは面白そうだわね」

私は気持ちを切り替えて、バルリング子爵夫人に笑顔を向けて悪戯っぽくそう言った。逃げるだけなら今すぐでなくてもいいはずだと、今しかできないことをしようと。こうして交流を重ねていくことも、きっと無駄にはならないはずだ。

拭いきれない不安はあるが、それと同時に成果を得ている達成感もある。諦めるのは前世でも数え切れないくらいにしてきていたのだから、しつこく希望を持ってしがみついてやる、という気持ちでもある。

とりあえず、物語が進むのはおそらく狩猟大会で、だろう。王太子や妹のシェリースがどういう立場で私達の前に立つのか。私のしてきたことで対応を変えることもあるのか。……それに対して私はどうするのか。

その時にまた考えることにしよう。

それまでは、大事にしたいものを大事にして。

時を同じくして、アルデヴァルド侯爵邸に向かう馬車の中で二人の少女が溜め息混じりに会話をしている。

「……お父様に随分と叱られたわ。あの時は、あれが最善だと思い込んでしまっていたけど……。結局アンジェラ様に助けられた形にもなるわけよね」

「私もよ。自分に疑いがかかるようなやり方は賢くない、もっと上手い立ち回りを勉強しろって」

メニエルとフィアナである。今日はシェリースと友人同士のお茶会をするために、二人連れ立ってアルデヴァルド邸に向かっているところである。二人は会話をするために同じ馬車に乗ることにして、内密の話をしている。あの、パーティーでのことだ。

二人は例のパーティーでのあれこれを父親に酷く叱られたのだった。曰く、何かをするにしても自分の手を汚すな、何があっても疑われないように立ち回れ、と。

あのままアンジェラが怒りとともに告発などしていたら、もっと調査されたはずだ。いくら王太子とも仲よくしていた二人だったとしても、もっと調査されたはずだ。王太子は二人を信じてくれたかもしれないが、あの場にいた騎士が二人を助けるように動いてくれるかはわからなかった。アンジェラがあそこで二人の言い分を強く否定しなかったことで、結果的に二人共助けられたというわけだ。

結婚前のアンジェラにはシェリースと一緒に冷たい言葉を投げかけられたこともあるので、まさかアンジェラに助けられるとはと二人は苦い表情だ。

「……お父様は、姉妹の対立を煽るのではなく、和解を促すこともできたはず、なんて仰ったわ。……あの夜も考えたけれど……。どうにも、私達はアンジェラ様が変わるはずがないという考えが捨てきれなくて……。でも、私達を咎めないなんて、確かに変わったと認めざるを得ないというか」

「そう、ね……」

「……和解なんて無理だと思っていた……けれど……」

和解を促すだけなら、それが上手く行こうが行くまいが、二人には全く関係ない。そして上手く行くならその方が、確かにいいのだ。不仲だった姉妹が和解し、姉が王太子妃という重責を負う妹を応援するようになる……というのは美談であり、それを促したとなれば二人の評価も上がるだろう。王太子だって、シェリースが和解すると言うならそれを強く拒絶することはないだろう。彼が頑なのは、婚約者が冷たくあしらわれていたことが原因なのだから。そして促した和解がたとえ上手く行かなかったところで、ただ今まで通りで何も変わらないだけだ。

なるほど、そう考えれば、対立を煽るために危ない橋を渡ろうとした自分達は何と愚かだったのかと、二人は唸るしかない。まぁ、どう考えても、あの姉妹が手を取り合うことはないだろうと、二人の中では最初からあり得ない選択肢だっただけなのだが。

「とりあえず、シェリースに言ってみましょうか。やるだけやってみてもいいかもしれないわ」

「……ええ、そうね。とりあえず、私達にとっては、王太子殿下とシェリースの結婚が無事に成立さえすればいいのだもの。これ以上は何もせず、成り行きを見守らせてもらいましょう」

あまり期待はしていないが、変わったアンジェラならば、もしかしたら、と。

何もなく全て丸く収まるのなら、それに越したことはないのだから。

二人を乗せた馬車は、そうしてアルデヴァルド侯爵邸へと入っていった。


アルデヴァルド侯爵家の異母姉妹は今でこそ不仲ではあるが、妹のシェリースの王太子との婚約内定以前はそれなりに交流があった。

「おねえさま、いっしょにあそぼう？」

「勉強するの。邪魔しないで」

「なんでべんきょうするの？　こどもはいっぱいあそぶのがいちばんだいじなんだって」

「この家のためにも私の将来のためにも必要なの。あなたには必要ないから勝手に遊んでたらいいわ」

幼いシェリースは姉と母親が違うということを、まだ完全には理解できていなかった。そのため、幼い舌足らずな言葉で姉を遊びに誘おうとすることがよくあった。シェリースよりも二つ年上の姉アンジェラは、子供のうちから既に大人びた口調で素気なく妹を追い払い、その誘いが実現したことは一度もなかったのだが。

それでも後を追いかけてくる妹に対して、姉は必要以上に声を荒らげたこともなければ、手を上げたこともない。ただ、相手にすべき存在としては見てはいなかった。

王家の傍流である公爵家の血を引く自覚、女子ゆえに家門の長にはなれずとも、長子としての責任感、そんなものが、アンジェラを突き動かす原動力だったのだ。そして侯爵家の後妻ミリアリアは下位貴族の出身であり、その血を受け継ぐ妹シェリースもまた、身分が違うという思いだったのだろう。言ってみれば高位貴族と下位貴族の令嬢が同居しているような、そんな関係性だった。

リンブルク公爵家の娘だった実母が連れてきたシッターの女性は、産まれた時からアンジェラを育て教育係もしていた。シェリースが懲りずに姉のところへ行くと、シッターの女性は苦々しい表情で、お姉様はお勉強ですので、とシェリースを部屋から追い出した。姉もそのシッターも、口調も何もかも冷たいけれど、両親や使用人から愛されてのびのびと育ったシェリースには、姉が気になって仕方なかったのだ。

何度もこっそりと顔を覗かせていると、姉が溜め息を吐いて、遊ばないわよ、と言い捨てるのだ。

「じゃあおべんきょうする！　いっしょにする！」

「はぁ？」

そうして一緒に勉強すると駄々を捏ねると、姉もシッターもまた溜め息を吐いて、邪魔だけはしないようにと告げて、部屋に入れてくれたのだった。

アンジェラはこの国の歴史や計算など、二つ年上なだけでまだ子供なのに難しい勉強をやっていた。シェリースにはさすがに理解できないため、一緒に、とごねるのはダンスや刺繍などの女性の教養の時間だけになったが。

邪魔をしなければ特に邪険に扱われることもなく、シェリースの出来がよかろうが悪かろうが気にされることもなかった。そうしているうちに、母親のミリアリアが探しにやってきて、慌てた様子で邪魔をしてごめんなさいね、などと言いながら部屋から連れ戻されるのだ。

ともかく、幼い頃はシェリース自身は姉を嫌っていなかったし、アンジェラも妹を取るに足らないものとして見ていて、そこに特に嫌悪はなかった。

関係性が変わっていったのは、アンジェラが少し成長し、もう必要ないだろうと、姉のシッターが侯爵家を出ることになった頃だ。

姉を育てた人物でもあり、教育者でもあり、唯一といってもいいほどの絶対的な味方だったその女性がいなくなることは、アンジェラにとって辛いことだっただろう。もちろん、扱い方に戸惑うだけで、アルデヴァルド侯爵家の使用人も実父も義母も妹のシェリースも、アンジェラを虐げていたわけではなかったが。

そして、折しもその頃、アルデヴァルド侯爵の弟夫婦に男子が産まれたという知らせが入ったのだ。弟夫婦は普段王都で政治に携わる侯爵家の代官として、所有するアルデヴァルド家の領地で過ごしていた。

アルデヴァルド侯爵家に直系男子は産まれておらず、後妻のミリアリアも二人目には恵まれずにいて、このままだとアンジェラが婿を取るか傍流から血縁を探すことになるだろうという話だった最中のことだ。アルデヴァルド侯爵夫妻は、これで近い血縁から跡継ぎを立てることもできると口にして明らかにホッとした表情になった。

が、アンジェラの表情は、それを聞いて凍りついた。

「……アルデヴァルド侯爵家を継ぐのは、その叔父様のご子息ということ……？」

「アンジェラ……。そもそも男子直系が跡を継ぐことがよしとされる世の中なんだ。弟の子供ならば遠縁でもない。侯爵家は婿を取らずとも存続できるだろう。お前も、好きな相手を選んでもいいんだぞ」

「………貴族は貴い血筋を残すことを重んじるべきよ。家門の格はあまり差がない方がいいし、その中から上手くやれそうな相手を選ぶことはあっても、何も考えずに誰かを選ぶことなどあり得ないわ」

「……そ、そう、だな。もしアンジェラが選ぶ相手が、貴き血筋でアルデヴァルド侯爵家にとっても婿に迎えたいほどの方ならば、後継者はそちらの方にすることもあるかもしれない。……だが、それが無理だったとしても、後継者のことでお前が無理をすることはないと……」

「………わかったわ。私は、私に相応しい相手を選ぼうと思います」

頑なほどにアンジェラが勉強に打ち込んでいたのは、自身が後継者であるという自負ゆえのことだ。それが、突然必要ないと言われたのと同じ事であると、父もハッとして言葉を変える。

政略結婚で一度目は好きな相手を選べなかった父は、シェリースにもことあるごとに自由恋愛や強制されない生き方を説いていた。アンジェラは自由恋愛など鼻で笑うような子供だったので、そういうことは言わなかったようだが。両親は多種多様な教育をアンジェラに与えて、長子としての責任を果たそうとしている彼女を頼ってもいた。拠り所のようなものだったものを取り上げようとするのはよくないと、結局父は婿を取るか弟の子供を後継者とするかの明言は避けることを選んだのだった。

アンジェラはその言葉を聞いて、スッと表情をいつもの冷たいものに変えた。そして、それからの彼女は、結婚相手を誰にするべきかの選択に注力するようになるのだった。

それからのアンジェラは、学問の知識よりも女性としての教養を更に身につけることを重視し、加えて見た目の華やかさにも拘るようになっていった。ドレスや宝石を多く購入するようになっていくのもこの頃だった。長子の責任よりも、自分の結婚が何よりも重要だと考えを変えたらしい。

対してシェリースは、そんなことは何も考えずに育ち、好きなことをして過ごしていた。

シェリースは成長とともに、母親が違うことも、それゆえにアンジェラがミリアリアとシェリースを低い身分のように感じていることも察することができるようになった。それでも、彼女が間違っているわけではなく、自分が家族に甘やかされて愛されていることや、貴族の令嬢としてはアンジェラの方が正しいことを知ると、アンジェラの振舞いにも正当性のようなものを感じてしまって、シェリースが姉を嫌うことはなかったのだ。

年を経るごとに、アンジェラとの距離感は自然と離れていった。シェリースにはアンジェラと上手くやっていきたい気持ちはあったけれど、彼女がこちらを受け入れがたい気持ちも理解できる。

何しろ、唯一の血縁である父は後妻のミリアリアとシェリースを溺愛していて、アンジェラを虐げることはなくとも同じような愛情は向けられなかったのだから。いや、努力して向けようとしても、アンジェラが嫌がるのだから仕方ない。結局、家族の絆なんてものは誰も結ぶことができずに、歯車は軋んだまま回っていった。

美しく、教養のある、貴族の令嬢らしい華やかなアンジェラ。彼女は侯爵家を支えられる婿を得るか、もしくは更に貴き血筋に自分が嫁ぎ、血筋を残すことを一番に考えて、行動していた。

そして関係性の拗れる決定的な出来事が起こる。

それが、王太子のシェリースへの婚約の申し込みだ。

今まで自分よりも身分の低い、愚かで不出来な妹として扱い、そしてシェリース自身もそうだと思っていた二人の関係性が大きく崩れることになったのだ。

「お前になんて何ができるというの！　歴史は学んだ？　他国の言葉や、文化は？　王家に嫁ぐという意味がわかっているの!?」

「こんな、教養のない、容姿だけで選ばれた妃殿下だなんて、呆れられるに決まっているわ」

「……王太子殿下もわかっていらっしゃらない……。王家の結婚は政治と直結しているというのに。貴女は選ばれるべきではなかった！　今からでも断るべきよ」

「アルデヴァルド侯爵家から、というなら私の方がよっぽど相応しいはずなのに……！」

冷たい眼差しは吊り上がり、嫌悪と侮蔑の混じった言葉が鋭く、姉から投げかけられる。さすがに両親はアンジェラを窘めたが、アルデヴァルド侯爵家の名折れだと、不出来なのは確かだろうと返されて、確かに勉強や教養については彼女の言葉通りでもあって、窘める言葉も勢いがなくなった。

両親はどちらが選ばれても喜んだだろうが、それでもシェリースが選ばれたという事実に舞い上がっていて、アンジェラの、抱えた火種の危うさに気づいた頃には遅かったのだ。

アンジェラの、シェリースに対する冷たい眼差し、差別的な言葉は激化しそれは次第に王太子の耳にも届くことになり、王太子はアンジェラを嫌悪するに至ってしまった。

結婚相手に拘り、貴き血筋をと望んでいた姉は、この国の一番の貴き血筋に何もしていない妹が嫁ぐことに怒りを燃やしていく。何より王家と連なることでアルデヴァルド侯爵家は格が上がり、家門も弟の子供がいる今では安泰で、婿を取るにも派閥にも影響がなくアンジェラも認める相手など、もはやこの国にはいなかったのだ。

シェリースも身を引くべきか最初は考えたこともあったが、両親も、王太子も是非にと言うのと、シェリース自身も物語のような王子様に対する憧れや淡い恋心もあり、簡単に手放せなくなってしまっていた。

姉妹は不仲のまま、拗れに拗れ、そうして数年の後、王命によるアンジェラの結婚を機に、話し合うこともないまま関係は断絶したのだ。

「……お姉様と、和解を……？」

シェリースは友人同士のお茶会で、二人の友人から言われた言葉に目を丸くした。

「そう。今まではアンジェラ様はあのまま変わらず貴女に酷い言葉を投げつけ傷つけるだけと思っていたけれど、……結婚を機に、本当に変わったのかもしれないわ」

「……今からでも、アンジェラ様が態度を軟化させてくれるのなら、そうして和解したと周囲に知らせられるのなら、全て丸く収まるのではないかと思うの」

「……お姉様と……」

詳しくは聞けなかったが、あのパーティーの夜に友人二人がした重大な過ちを、その場にいた姉が咎めなかったという話から、その流れで姉ともう一度話してみてはということを言われたのだ。

友人の言葉に、シェリースは姉との今までのことを思い浮かべる。確かに、記憶も覚束ない幼い頃は、姉とはここまで拗れていなかった。拗れたのは、後継者の件や、結婚相手のこと、家門のことがきっかけだろう。

ならば、姉が王命による結婚相手だったジュダール将軍との結婚生活が上手く行っているのなら、またあの頃の関係性くらいには戻れるのではないか。姉はもう結婚相手に拘らず、家門のことにも縛られない。それならば、もしかしたら。

「……このまま不仲のままでは、逆にシェリースの方が立場が悪くなってしまうかもしれないわ。歩み寄る姿勢を見せるのはいいことよ、きっと」

「……ええ、そうね……」

戻れるなら戻りたい。シェリースは本心からそう思う。一緒に勉強をした時の、真剣な眼差しを教本に向けていた姉の姿は、未だ脳裏に残っている。

支えて欲しいなどとは言わないから、せめて見守ってくれる程度なら、姉も態度を軟化させてくれたりはしないだろうか。

あの頃よりはシェリース自身成長もしているはずだし、妃教育も頑張っていて、その努力を認めてくれないだろうか。

そうすれば、今度こそ歩み寄れるのではないか。

「……狩猟大会の日に……、声だけでも、かけてみるわ」

シェリースは覚悟を決めたようにそう言った。

二章 ✦ 決別の狩猟大会

狩猟大会が行われる場所は王都からさほど離れていない王家所有の森林地帯である。自然豊かな場所だが、狩猟大会と称して人を集めるにしては周囲に宿泊可能な建物は少なく、多くの貴族は早朝から馬車で現地まで向かうことになる。その例に漏れず、ジュダール家一行も馬車と騎馬での道中となった。

「……朝が早かったから眠いわね……。路面も悪いから馬車も揺れるし……」

「遠出に慣れないうちは酔いもするだろう。必要なら休憩を入れるから無理をしないようにな」

馬車の中には私とギルベルト、それにマリーがいる。護衛騎士の二人と今回同行してくれるリヒャルトは騎馬で馬車を護衛しながら走っていた。

私は早朝からの出発だった上にガタガタと揺れる馬車の中で、眠いけれど眠れず既に疲れていた。

前世の知識を持っていると、移動手段にしろ何にしろ快適で便利なものの存在を知っているので、不便さを楽しめる状況でない時は本当に辛い。でも隣のギルベルトが揺れを抑えるように腰を抱いて引き寄せてくれているので、少しは軽減されてまぁそこはとてもよいと思う……この状況もそれだけで許せるというものだ。ただ、同乗しているマリーが邪魔をしないように……と視線を窓の外に向けているのが申し訳なくもあった。でもマリーが窓の外の誰かを見て少し微笑んでいるのを見て、私も微笑ましい気持ちになる。誰を見ているのかは明らかだ。

　そうこうしているうちに、狩猟大会の開催地へとようやく辿り着く。指定の場所に馬車を停めて、外から護衛の誰かが扉を開ける。どうやらリヒャルトがその役目を買って出たようだ。

「さぁ到着ですよ、レディ」

　にっこり笑ってリヒャルトが手を差し伸べたのはマリーである。まさか主人を差し置いてエスコートされるなんてとマリーは困惑していたが、私が笑顔で軽く頷くと、僅かに照れながらもマリーはその手を取って降りていく。

　そしてギルベルトがスッとそれに続いて立ち上がって馬車を降り、そのまま私に手を差し伸べてくれる。

「ありがとう、ギルベルト」

「なに、俺の役目だからな」

　そして馬車から降りると、森林地帯の自然豊かな少し冷えた空気が気分をスッキリさせてくれた。大きく伸びをしたい気持ちになったが、早くも周囲からの視線を感じてしまい、背筋を伸ばして深呼吸をするに留める。

　ただ、その視線も悪意を感じるものではない。あのパーティーで私が立場をひっくり返したことで、交流を持ちたいと思ってくれているのか、そわそわとしながら機会を窺っているようでもある。

　とはいえ、王太子との関係は変わっていないことを思えば、同じ場所に王太子もいるここで表立って手のひらを返すようなことをする人は少ないだろう。それでも、雰囲気や視線に混じる感情は、よい方向へ変わっていると思う。

とりあえずこちらからアクションを起こす必要はないので、私達はそんな周囲の視線など気にせずに会場の方へと歩いていくと。

「ごきげんよう、ジュダール夫人」

そう、微笑みながら話しかけて来たのは、バルリング子爵夫人だった。デコルテの開いたワインレッドのデイドレスに黒の毛皮のコートを合わせた、彼女によく似合うゴージャスな出で立ちである。

「まぁ、ごきげんよう、バルリング夫人。黒の毛皮になさったのね。とてもお似合いで素敵だわ」

「ふふ、ありがとう。そういう貴女はいつもよりどこか可愛らしいわね。白ウサギのファーを使ったの？」

「えぇ、ありがたく使わせていただきましたわ」

その出で立ちを本心から褒めると、彼女は嫌みなく頷いて、そして私の衣装について聞いてくる。

彼女の言うとおり、白のラビットファーを使って今日の衣装を作っている。淡い水色を基調としたデイドレスは、袖口やドレスの裾に、白いファーをあしらっているのだ。加えて同色のファーのついたイヤリングと、同じくファーを縫い付けたケープを身に着けて、ボンネットはアクセサリーを見せるように小さめのものを選んでいる。言われたように普段よりも可愛らしい要素が強いと思う。

「今日の貴女は何だか可愛らしいから、周りの皆も気になって仕方ないみたいね」

「そうかもしれませんけれど、今注目されているのはおそらく、夫人と一緒だからじゃないかしら？」

「それもそうね。……ふふ、注目されるのがいい気分なのは久し振りだわ」

タイプは異なるもののお互いに悪女と呼ばれていたわけで、そんな私達が何故(なぜ)か楽しげに会話しているのだから、今の注目され具合ときたら先程までの比ではない。そして今までよりも更に近寄りがたく思われているようで、もはやそういった好奇の視線すらも慣れてきている私達は笑い合うしかないのだった。

「いつの間にか親しい友人ができたようだな、アンジェラ。……ご挨拶(あいさつ)が遅れました、私はギルベルト・ジュダール。妻共々、よろしくおつきあいいただきたい」

そしてそんな私達を隣で見守っていたギルベルトが、そう言ってバルリング子爵夫人に挨拶をした。夫人は美しい所作(しょさ)で淑女(しゅくじょ)の礼をとり、ギルベルトに挨拶を返す。

「ジュダール将軍閣下(かっか)、いえ今は伯爵(はくしゃく)とお呼びすべきですわね。私はジャネット・バルリングと申します。こちらこそ、夫人にはよくして頂いております。今後のおつきあいをお願いするのはこちらの方ですわ」

「美しい御婦人方の語らいはどうにも興味を引いて仕方ないらしい。この場に立ち会えて、私としても鼻が高い気分ですよ」

「まぁ、お上手(じょうず)ですこと。……あぁそうだわ、申し訳ないのですけど、うちの主人も挨拶をしたいと言っておりましたの。ここに加えてあげてもいいかしら？」

「……ご主人、というと、若きバルリング子爵ですね？　それは是非、私共もご挨拶を……」

バルリング子爵も挨拶をしたがっていると告げると、ギルベルトはもちろんと言って頷く。次いで私も否(いな)はないと頷くと、夫人は視線を彷徨(さまよ)わせて、別の場所で誰かに挨拶をしていた男性を側仕(そばづか)

えの使用人に呼びに行かせる。

そしてこちらに駆け寄ってきたのは、元は平民だったというまだ若い青年である。二十代の半ばといったところだろうか。植物の育たない不毛の地と呼ばれていた土地を安く買い取り、その地に加工すれば燃料となる物質が含まれていると彼が発見したことで、結果として莫大な富を得ることになったのだという。今はその富を元に、商会を運営しているという。

中肉中背で、特に目立ったところも華やかさもないが、遠目で見ても表情が豊かで、どことなく愛嬌のある青年である。その彼が、満面の笑みでこちらにやってきて、勢いそのまま話しかけてくるのだった。

「ジュダール将軍閣下と奥様ですね！　ご挨拶をしたいと思っていたのです！　機会をいただけて光栄です！　あ、私はヘンリー・バルリングと申します。以後お見知りおきを」

「はは、面白い話題など提供できる人間ではありませんが、そう言っていただけてこちらこそ光栄ですとも。私はギルベルト・ジュダール。そしてこちらは妻のアンジェラです」

「はじめまして、バルリング子爵。お会いできて光栄ですわ」

まずはギルベルトに前のめりで挨拶をして、そのまま握手をしていたが、次いで私が挨拶をすると、バルリング子爵はちょっと表情を変える。何というか、尊敬を通り越して崇拝……？　に近い空気である。

「あ、あの、ジュダール夫人……！　私、あの、お礼を、何としてもお礼を言わねばと……!!」

「え、えぇと、お、お礼、でございますか？」

「そうです！　あの、例の贈り物のおかげで、えぇ、何と言いますか……最高の夜を……っ痛っ」

「ヘンリー、お黙りなさい」

崇拝に近い表情とキラキラとした眼差しでバルリング子爵は私に感謝を述べるのだが、どうやら例の贈り物はいい効果をもたらしたようである。ものすごい感謝の思いを向けられて、更に何があったかを口にしようとしたところで、隣の夫人が扇子で彼の腕をビシッと叩いていた。

夫人の表情は冷たかったが、その耳は赤い。どうやら、その夜自体はよい思い出になったようである。私も思わず微笑んでしまう。

「……あれは、商品にはしないのですか？　我が商会で取り扱いをさせていただけるなら協力は惜しみませんが」

「あ、えぇと……。あれは販売方法を間違えると悪い評判が立ってしまうと思うので……。あくまで女性が自ら選ぶものとして流行するべきだと。なので、協力していただけるなら販路開拓や商品を薦める程度のことが望ましいですね」

「なるほど。奥様のお言葉ごもっともです。男の私が出しゃばるものではないですね。でも、よろしければ是非協力させて頂きたい。商品を薦めることならお任せを！」

「ふふ、ではそれについては是非お願いしますわ。でも、ここではそのお話はこれくらいにしましょうか」

会話の内容はあの例の下着のことなのだが、今ここでヒソヒソと詳しい話をして、周囲に何の密談をしているのかと思われても困る。私がその話はまたあとでと言うと、若き子爵はにこやかに頷いた。

その後少し会話をしてバルリング子爵夫妻とは一度別れることになった。狩猟大会の前に他の人達への挨拶や交流もそれなりにしておかなければならない。ただ、自分の立ち位置が悪いものではなくなったので、以前のパーティーよりは交流に必死にならなくてもいいので気は楽である。

ただ隣でバルリング子爵とのやりとりを聞いていたギルベルトは疑問に思っていたようで、二人と離れると何の話だったのかとこっそりと問いかけてくるのだった。

「えぇと、あの、浴室の時に身に着けていたものを、ね。……子爵夫妻がご夫婦仲をよくしたいと思っていらっしゃるようだったから、使ってみたらと……。ちょっと大きな声では話しにくい内容でしょう？」

「あぁ、……なるほど。それは、彼も君を女神か天の御使いかと思うくらいに感謝するだろうな」

「おせっかいだと思われるかと心配だったけど……お役に立てたようでよかったわ」

ギルベルトにはバルリング子爵夫人との交流や、毛皮を譲ってもらったことなどは話していたのだが、例の贈り物のことは伝えていなかった。他人の閨事に関することにもなるし、簡単に話題にすべきではないと思ったからだ。私が口にしなかった理由も察したのか、ギルベルトは納得するように頷いてくれた。

「きっと彼も君の味方になってくれるに違いない。俺達を取り囲む状況も、色々とよくなってきているように思う。……このまま全て上手くいくといいのだが」

「……そうね。私もそう思うわ」

私達はそう言い合うけれど、お互いにそう上手くはいかないだろうとも思っている。

エリオス王太子が現状に納得して、私への嫌悪を持ちながらもそのままでいてくれるなら、もしかしたらこのまま何事もなく終えられることもあるかもしれない。

でもずっと不安は感じている。細かな流れは変わったとしても、原作における重要な出来事は起きてしまう可能性は高いと思っている。あのパーティーで、酒を使って私を陥れようとする流れが起きたことが、その可能性を私に強く訴えているのだ。

楽観的にはなれないままだったが、表情は明るくを心がけて、ギルベルトと私は見知った人々と挨拶をした。

ドラーケン公爵家からは当主自らが狩猟大会に参加するらしく、まだまだお前には負けないからな、などとギルベルトの肩を叩いていた。嫡男である小公爵は近衛騎士団長の役割があるため、王族の傍に控えているそうである。

同じ公爵家であるリンブルク公爵は、逆に出場するつもりなど毛頭ないと言わんばかりに、狩猟に参加しない人々のためのテーブルセットに既にどっかりと座って、誰かと政治的な会話でもしているようだった。人目のないところでなら祖父として呼んでも許されることにはなったけれど、こんな場面で突撃できるわけもなく、私はリンブルク公爵にそっと視線を向けるだけに留めた。

そしてマイネッケ公爵も不参加なのだろうと思っていたら、数人の画家を引き連れて絵のために参加してきていて、その画家の中にギルベルトを描いてくれたマルクトもいたのだった。マイネッケ公爵は私達に声をかけてくれて、そしてマルクトとも話すことになった。

「お、おひ、お久しぶりです、ジュダール将軍……!!」

「あぁ、マルクトか。画家として名が売れてきたと聞いているぞ。久しぶりだな」

「はい！　あ、あの、将軍、絵は届きましたでしょうか？」

「俺のことを描いてくれたやつだな。あぁ、先日届いた。随分美化されているように思ったが、妻が大層気に入っていて、玄関ホールに飾らせてもらったよ。少しばかり気恥ずかしくもあるが……」

「美化だなんて……退役したおれには今の将軍の戦場での姿は想像のものではありますが、あの頃から頼もしい存在で……」

マルクトは久々にギルベルトと話すのだろう、諸々の感情で感極まるといった様子だった。退役せざるを得なくなった頃にギルベルトが背中を押してくれたこと、更に彼を描いたことで評価が上がったということもあり、マルクトの中でのギルベルトはまさに崇拝対象であるらしい。

「今日は狩猟大会の様子を描かせようと思って画家を数名連れてきているのだ。マルクトのあの勢いのある絵は、狩猟の様子を描くのに向いているのではと同行させてみたのだよ」

「まぁ、そうなのですね」

「しかしこのままでは将軍専属画家になってしまいそうだな。まあ、私としては、いい作品を生み出してくれるならばそれも構わないがね」

二人の会話を聞きながら、マイネッケ公爵とそんな話をする。せっかくだからマルクトには画家として大成して欲しい気持ちもあるが、好きなものを自由に描いて欲しいとも思う。だがまぁ、ギルベルトをよく描いてくれるのなら私としてはどちらでもいいのだ。

そうしているうちに交流の時間は過ぎて、国王陛下が開会を告げる。ここでの狩猟は罠を仕掛けて捕獲するものではなく、弓矢と剣を使って捕らえるという技量を見せるものである。だからこそ、武力を示すに相応しいと言われているのだ。

参加する男性はそれぞれに帯剣し弓矢を背負い森の中へ騎馬で向かうのだが、見送る女性陣は刺繍入りのハンカチを渡して、それを弓矢や剣の束に結びつける慣例がある。私も慣例通りにギルベルトにハンカチを渡して、行ってらっしゃいと伝えるのだった。

「あぁ行ってくる。待っている間はまた交流になるのだろうが、とりあえずリヒャルトを傍に置いておいてくれ。口の軽い男だが、割と気の利く奴だからな」

「ふふ、そうね。そうするわ。ギルベルトも……怪我などなさらないように、気をつけて……」

「わかっている。……では、勝利を持ち帰るのを待っていてくれ」

「期待して待っているわ」

そのハンカチを送る慣例は、夫婦の間でも、婚約者の関係でも行われるものだ。私達が微笑みながらそんな会話をして見送りをしている周囲でも、多くの人々が同じようにハンカチを渡して男性を送り出している。その表情は儀礼的なものから仲睦まじげな関係を見せるような笑顔であったり様々である。

私がふと視線を向けた先に、王家のために用意された天幕から出てくる王太子とシェリースの姿があった。彼らもまた、慣例通りにハンカチを渡して、弓矢に結びつけている。だがその表情は、どことなく硬い。

原作の小説でも、この時の二人はぎくしゃくしている状態だった。……結局、全て変わらないまま進んでいるのかと、不安な気持ちが胸に兆す。

私の表情が強張っている理由を、その視線の先を辿って察したギルベルトは、スッと私の顎を掬い、頬に口づけをしてから囁くように言う。

「……今日のアンジェラは白ウサギのように愛らしい。間違っても狩り場に紛れ込むことのないようにな。君が捕らわれるのは、俺の腕の中だけにしてくれ」

「……言われなくても、そのつもりよ」

冗談めいた愛の囁き。そしてその言葉には、王家、いや王太子のことは気にせずに、自分のことを信じてくれという意味合いがひっそりと込められている。王太子が何をしようとも、自分の腕の中にいればいいからと。

私は頷いてギルベルトを送り出す。ギルベルトの真っ直ぐで誠実な愛情が自分に向けられているという事実は、私の不安を包み込んで溶かしてくれるのだ。

ギルベルトは微笑むと、私から離れていき慣れた仕草で馬に跨がり、狩り場へと向かっていった。

そして、狩猟大会は始まった。

残った人々は、いくつか用意されているテーブルセットの椅子に座り、優雅なお茶会をして時間を過ごす。

私は、さて誰と話そうかと、またバルリング子爵夫人とでも歓談しようかと考えて、座る場所を探して視線を彷徨わせた。

と、そこに。

「ご、ごきげんよう、お姉様」

緊張した面持ちで、話しかけてきたのは。

「………………久しぶりね。シェリース」

異母妹のシェリースだった。

緊張しながらも、笑顔で、穏やかな声音で、私に話しかけてくる。

アンジェラの記憶にあるシェリースの中でも、その表情や雰囲気は、彼女がアンジェラと仲よくなろうとしていた頃のものに近い。

……そうね、貴女は私と仲よく……いえ、そこまでではなくても、和解をしたいと思うでしょうね。

決断の時は近づいている。私とギルベルトの未来のために、どうするのが最善なのか。

私は、真っ直ぐに妹のシェリースを見つめ返した。

異母妹のシェリースはずっとアンジェラと仲よくしたがっていた。両親から愛されて、素直で朗(ほが)らかに育った少女らしく、誰かを除け者(のけもの)にすることを望まず、家族全員で円満(えんまん)に過ごせることを望んでいた。だから、アンジェラが冷たい態度を軟化させたなら、シェリースは疑うことなくそれを受け入れただろう。妹にとってはそれこそ誰も傷つかない幸せな暮らしとなるのだから。

王太子が私のことを信じないままだったとしても、優しい妹と形ばかりでも和解をすれば、ひとまず斬首(ざんしゅ)されるほどの罪を着せられて死を迎えることはないのかもしれない。

でも、私はそれを簡単には選べずにいる。

緊張した面持ちで話しかけてきたシェリースに、私は硬い声音で答えた。

王太子もギルベルトもいないタイミングで話しかけてきたのは、対立したくないという妹の気持ちからだろう。

私も、ここで冷たく当たったりはしないつもりだ。せっかくここまで評価を高めてきたというのに、また簡単に元に戻ってしまうのはよろしくない。ただ、機嫌を取るような態度を取るつもりもない。

私は、やんわりと微笑んで、何かご用？　と尋ねた。

「あ、あの、お姉様……。お話を……」

「話？ どのようなお話かしら」

「それは、その、……えぇと……。……あ！ あの、そのお召し物について教えていただけますか⁉」

話がしたい、という妹に、どんな話をしたいのかと返す。仲直りをしたい、というのが妹の本題なのだとはわかっている。けれど、アルデヴァルドの異母姉妹が不仲だったのは、当の本人同士の問題というよりは、その取り巻く環境が原因だったのだ。単純に私達がこれで仲直りだと手を取り合うことが正解ではない。

それに妹の方から、冷たい態度だったことは気にしない、とでも言われたら、苛立ってしまいそうだった。確かに態度は冷たくても、アンジェラなりの理由や事情があってのことで、今の私としてもそれは謝罪するようなことではないと感じている。

だから、どう出るかを確かめたかった。そして、妹はさすがにここですぐに和解を求めてくるようなことはなかった。当たり障りのない世間話をして、談笑することができればと考えたのだろう。

「……どこで作ったかという話でしたら、マダム・ジャルダンという工房ですわ。懇意にさせていただいているの」

「まぁ、そうなのですね！ 可愛らしいわ」

「そう、ありがとう」

ぎこちなくはあるが会話が成立したことで、シェリースは満面の笑みになった。そして、そのあたりで私は周囲からの視線が集中しているのを察する。

噂の不仲な異母姉妹の動向は、この場の誰にとっても興味津々なものらしい。

どうしたものか。私は悩ましい思いだった。当たり障りのない会話くらいなら、応じるつもりはある。それなりの関係を保つことは私にも異論はないし、ある程度関係は良好になったと思われることも悪くはないことのはずだ。また王太子に何を企んでいるのかと言われるかもしれない懸念はあるけれど。

とりあえず私からする話はないので、会話はここで切り上げてもいいだろうと、この場を離れると伝えようとしたその時。

「ご歓談のところ邪魔をして申し訳ないわね。よろしければ、こちらでお話をしたらどうかしら。……王后陛下が、そう仰っているわ」

「まぁ、デリック侯爵夫人。ありがたいお言葉ですけど、……お姉様はどう、かしら……？」

話しかけてきたのは、デリック侯爵夫人という、王后陛下と親交の深い人物である。デリック侯爵は文官で、リンブルク、アルデヴァルドと同じく政治に関わる家門だった。つまり、親王家の派閥ということである。

そして、彼女はシェリースの妃教育の教育者の一人でもあった。妃教育には時折王后陛下自らがマナーや教養を教えることもあり、シェリースがそこに呼ばれるのは自然なことだった。

私にとっては、まさに敵陣、とも言えるが、王后陛下の誘いを断ることなんてできるわけがない。

「……お言葉、ありがたくお受けいたしますわ」

そっと息を吐いて、私はにこりと笑ってそう答えた。隣のシェリースは私の返事に単純にパァッと表情を明るくして、嬉しそうにしている。自分が姉を敵地に招いているという自覚はないのだろう。

そして私は、周囲からの様子を窺うような視線の中、デリック侯爵夫人と妹に続いて、王后陛下のいる天幕の方へと歩を進めるのだった。

王家のために用意された天幕は広く、国王や王后、王太子それぞれ個人のための場所もあった。私達が通されたのは王后陛下のためのスペースで、歓談用に設置されたラウンドテーブルの一席だ。そこに、妹と一緒に着くことになった。

そこには妹だけでなく、こちらへ案内してきたデリック侯爵夫人と数名の親王家の貴族家の夫人、それから何と王后陛下も座っている。以前のドラーケン公爵家での茶会で感じたアウェー感など、比ではない。完全なるアウェーといったところだった。

しかし、隣のシェリースはニコニコと微笑みながら、私に話しかけようとしているのだった。この場では会話の主導権を握るのは王后陛下かデリック侯爵夫人になるかと思うのだが、二人共柔らかく微笑んで好きに会話をすればよい、という様子である。

私は当たり障りのない対応を心がけて、受け答えをすることに努(つと)める。

「お姉様、あの、先程もお伝えしましたけれど、お召し物が可愛らしくて素敵だわ！　ファーをこんな風に仕上げるなんて、素敵なアイデアですわね！」

「……そう、ありがとう」

シェリースの私達の関係を良好にしたいという気持ちは強く伝わってくる。私も、変わったことを示すなら、ここでは友好的にしなければと、微笑んで返した。

だが、このあたりから、同席している夫人らが私達に声をかけ始めてきたのだ。交流のための会話の席なのだから、当然と言えば当然だが。

「でも可愛らしいデザインでしたらシェリース嬢もお似合いですわよ。あぁでも、アクセサリーは大きな宝石をあしらったものになるでしょうから……」

「そういえばジュダール夫人の懇意になさっている服飾工房は顧客に平民も多いとか？　いくらデザインがよくても、やはり王室御用達の工房の方が間違いないでしょうね」

ただその会話がこんなわかりやすい嫌みだとは、さすがに私も思わなかった。いくら可愛らしくてもファーアクセサリーは大きな宝石のアクセサリーには敵わないだろうとか、平民の顧客が多い店なんて使えるわけがない、だとか。あからさまにこちらを下げるような言葉がかけられる。

確かに、今日の衣装は可愛らしいイメージになったし、これはシェリースにも似合うだろう。だが、豪華さを見せることも高位貴族には必要で、仮にも王家に連なる予定の人間ならば当然のことだと、そう言っているのだ。いくらデザインがよかろうとも、似合うかもしれなくても、着る価値はないと。逆に、もはや私にはその程度がお似合いだとも暗に言っている。

貴族が平民と懇意にするというのは、こうして侮蔑の対象としても見られることなのだ。わかってはいたが、こうまであからさまだとは思わなかった。苛立ちはするが、これは挑発でもある。ここで反発して妹を下げるようなことを言えば、やはり変わってなどいない、と断じられることだろう。

私は、笑顔を見せて、答えた。

「私の主人は民心に添い、国民のために働く方ですから。私が平民に寄り添うことは、ひいては主人のためにもなるのです。国は民なしでは存続できません。私のような振舞いも、時には必要なのですわ」

そう、言葉にして、声をかけて来た夫人がグッと言葉に詰まるのを見ても、喜べない。私はこんな話題でギルベルトの名声を使わなければならないことが辛いのだ。

「……お姉様……、本当に、よいご夫婦の関係を築いていらっしゃるのですね……」

「……おかげさまでね」

そんな中で、シェリースは安堵したような表情で、笑みを浮かべてそんなことを私に言う。まぁ、自分のせいで望まぬ結婚をすることになった姉に対して、ずっと罪悪感のようなものを抱えていたのだろうから仕方のないことかもしれない。だが、そんな空気の読めないような言葉が、この場の空気を変えたとも言える。

そこからは、会話の流れは私を揶揄したり下げるようなものにはならなかった。こういう場にはありがちな、流行についての話などが多くなる。

初めてシェリースが王室に近い場所でどう過ごしているのかを見たが、やはり王太子の寵愛と王后の後押しは強いらしい。この場にいる夫人は皆、シェリースを応援しているというか、少しくらいの空気の読めなさは微笑んで許されているようだ。妃教育はきっと順調に進んでいるのだろう。厳しくされたとしても、シェリースはきっと素直に受け止めて、努力しますという態度でいるのだろうし。

私の存在がどうとも影響しないのなら、妹の現状は上手く行っている方が望ましい。けれど、やはり腹の底のむず痒さは残るのだった。

「そういえばお姉様、新進気鋭の画家を見出して将軍閣下の絵を描かせたと聞きましたわ！　ええと……マルクト……という画家でしたかしら」

「……ええ、マルクトという画家に頼んだのは事実よ」

「素晴らしいわ！　なんて素敵なのかしら。あの、その画家の方に、殿下を描いてもらったり、私達を描いてもらったりできないものかしら？　話題の画家の方も、王家に縁ができるなら喜ばしいことなのでは……」

「…………」

　そんなむず痒い思いを抱えていたところに、シェリースからマルクトの名前を出されて、更に王太子の絵を描かせたらどうか、などと言われたことで、私はあぁこれは駄目だ、と感じてしまう。

　善意だろうとも、相性の悪さというものはある。マルクトのことは私にとっては、こちらが大事にしているものを笑顔で無意識に攫っていこうとするように思えてしまった。

　もとは我欲のためであったとはいえ、ギルベルトの、英雄として、将軍としての評価を高めたかったのは事実。そしてマルクトの起用と共にそれを得られたことは、狙ったものではなく偶然であり私の力ではないとわかってはいても、簡単にその評価を奪われては堪らないのだ。

　衣装を可愛らしいと、素敵だと言ってくれることもそうだ。妹に他意はなくても、周りはそうは見ない。私よりも妹の方が似合うだとか、いやでも王家に嫁すならば身につけるものも価値あるものであるべきだ、などと評価されてしまう。

　現状ではどうしても、私達は傍にいるべきではないのだと思う。前世の記憶を持った私に妹への悪感情はそれほどないとしても、周囲がそう見てはくれない。当たり障りのない程度であろうとも、笑顔で交流など持てそうもない。

「……残念だけれど、マルクトの画風は雅で華やかな宮廷を描くには向かない荒々しいものよ。剣を振るう殿下を描くならともかく、美しく華やかな夫人らを描くには力強過ぎるわ。それに民に平安を与えたいと願う王太子殿下の絵姿は、剣を振るうようなものではない方が望ましいのではないかしら？」

「え、あ、それは、そう、ですね……」

「新進気鋭の画家を選びたいなら、自身の目で殿下に似合う画家を選んで差し上げなさい。そうでないならば、ガルドゥーン画伯や他の著名な方を選ぶ方がいいと思うわ」

「……あ、……はい。……お詳しいのですね、お姉様……」

私は、画風についてと王太子の理想を絡めて伝える。その言葉は、窘めるようなものだったが、不勉強さを示すようなものにも聞こえたことだろう。できるだけ優しい言葉を選んだつもりだが、妹を下げるような意味合いも含んで聞こえたかもしれない。けれど、請われるままマルクトが宮廷画を描いたところで望む評価は得られないだろうし、誰も得をしないのだ。彼が画風を変えられる器用なタイプであればまた話は別だが、マルクトはそうではない。

「……ふふ、まだまだ勉強が足りない、ということじゃな。シェリース嬢。次回の教育は絵画についてにせねばならぬかな？」

「……も、申し訳ありません。王后陛下……。もっと深く勉強しなければなりませんね……」

「よい。かまわぬ。芸術など王家がよいと言えば家臣もよいと言うものよ。誰かを贔屓にしたいというならそうすればよい」

そしてその会話は王后陛下が間に入って終わることになった。結局、芸術の評価など、権力者がよいと認めたものが評価されるのだと、王后陛下はそう言った。妹に向けた言葉のようで、同時に私へも伝えている。私のしていることは些末なことで、王家にとっては何の影響もないことだと。

　私は笑みを浮かべながら、もはやこの国に居続けることに意味はあるのか、なんて思ってしまっていた。王太子だけでなくその母親の王后陛下も、私のことをよく思っていない。原作小説のエンディングの時期を無事に乗り切れたとしても、ここでの生活に未来はあるのだろうかと、改めて考えてしまう。

　せめて、この国を出ることはなくても、王都は離れるべきなのかもしれない。色々と悩んでいたが、そんな気持ちが強くなる。同時に、妹に対しても、距離を取るべきだという思いが固まるのだった。

　話の切れ目を待って、私はそろそろこの場を離れる旨を王后陛下に告げた。

「あぁ、楽しい時間であった。また機会を持てることを祈るとしよう」

「ありがたいお言葉ですわ、陛下。それでは、御前を失礼致します」

　私はそうして席を立ち、王家の天幕から離れることにした。隣にいたシェリースが慌てたように、見送りにと席を立った。

　天幕を出ると、外には護衛のために付いてきているリヒャルトが立っていた。私を見て、傍にいられなくてすみません、と申し訳なさそうな表情だ。まさか王家の天幕に許可なく入るわけにもいかない、無理もないことだと私は苦笑して気にしないでと言う。

　そのままリヒャルトを伴い歩き出そうとしたところで、見送りに付いてきたシェリースが引き止めるように声をかけてくる。

「ま、待って！　お姉様……!!　は、話を……」

私は振り返って、答える。もう話すことはないと思っている。私の答えは出ているのだから。

「…………言いたいことはわかるわ、シェリース。私が現状を受け入れて、真面目にやっているのなら、姉妹仲よくやれないかと、そういうことでしょう？」

「……っ……、……えぇ。……だって絶対その方がいいはずだわ！　殿下だって、私が今までのことも気にしていないし、これから仲よくしたいからと言えば、見守ってくれるはずだもの……！」

「……貴女はそうでしょうね。……でも、私が駄目なのよ」

そこまで言うと、シェリースは言葉を詰まらせる。その可愛らしい面立ちに戸惑うような表情を浮かべ、悲しげな眼差しを向けてくる。

私は、今までで一番、優しい表情を向けて、答えた。

「……それができるとしたら、早くても数年後ね。貴女が王太子妃として素晴らしい評価を得て、王太子殿下と共に素晴らしい治世のために尽力しているところを見られたら……そのときは、私は貴女達と仲よくやれるかもしれないわ」

「……今は、駄目だと……？」

「えぇ、せめて、貴女達が結婚するくらいまでは、離れておいた方がいいわ」

「……私達が……」

年が明けて、春には王太子の成人の儀が行われ、二人の婚約は公式に発表される。そして結婚自体は妹の成人を待って、更に翌年以降になるはずだ。原作では春より前にアンジェラの断罪があるので、その頃には私が無事に生き残れるかはわかるのだが、たとえ生き残れたとしても、そこで急に全部が解決するわけでもない。

二人が無事に結婚して、それが日常になった頃なら。その頃に私も普通に過ごせていたら。それくらいの時間を置いて初めて、私達は過去のことを気にせず周囲のことも気にせずに話せるようになると思うのだ。

「貴女自身は別に悪くないことはわかっているの。でも、私は、今までのことを謝るつもりはない。悪いことをしたとも思っていない」

「……お姉様……」

「……だから、周りが私達に興味をなくす頃まで、私は貴女とは離れておくわ。同じ場所に招かれたとしても、挨拶程度のことしかしないつもりよ」

「…………お姉様っ、私は、謝って欲しいわけでは……！」

「貴女はそうでも、周りは違うのよ」

妹を立てるような振舞いを求められ、それに反発すれば身の程知らずと嘲笑されるような空気。そして妹は、素直なために言葉の裏にある悪意に鈍感だ。そういうところが私を苛立たせ、また冷たい言動をしてしまうことになるかもしれない。

お互いの未来のために、関わらないでおくべきだと、そう思うのだ。

「……さようならシェリース。しばらく会うこともないでしょう」

「…………あ……」

そうしてきっぱりと、私は言った。別離の言葉を。

シェリースの表情は悲しみに暮れ呆然としていたが、そのままくるりと踵を返す。

天幕から少し離れたところで、傍に控えていたリヒャルトがちらりと背後に視線を向けて、いいんですか？　と問うてきた。未だ立ち尽くす妹の姿を見ているのだろう。

私はそちらには視線を向けずに、颯爽と歩きながら答えた。

「……いいのよ、これで」

後悔はなかった。たとえこれが、姉妹の最後の交流となったとしても。

音を立てずにスッと矢を番えて、そのまま弦を引き、迷わずに放つ。放たれた矢はドッ、と何かを射抜く。キュッ、というような小動物の命の途切れる音がして、ガサ、と草木に倒れるのを聞いた。

自然と詰めていた息を、ふう、と吐く。

「あぁ、流石ですねジュダール将軍。もう四匹目だ」

「小動物ばかりだがな。……大物は森の奥の方だろうか……」

「そうですね、この辺りはまだ人の気配が多いので。……奥まで進みますか」

「そうだな。小動物で地道に稼ぐのは骨が折れそうだ」

ギルベルトの矢の向かった先に行ったニコラスは、息絶えたウサギを手にして笑いながら戻ってくる。狩猟大会が始まってまだそれほど経っていないが、ギルベルトは迷いなく矢を放ち、既にいくつか成果を上げていた。

大会の優勝条件は、獲物を捕った数とどんな獲物を捕らえたかの評価点を加算していく方式だ。

自分達の出番はそうそうなさそうだ、とニコラスとイーサンが苦笑するのを、ギルベルトは頼りにしていると返して、そのまま馬を停めているところまで戻る。

森林内にもいくつか道はあるので馬での移動はできるが、その音や気配で小動物はすぐに逃げてしまうので、ある程度のところで馬を降りて森林に分け入っていくのがこういう場所での狩猟の定石(じょうせき)だ。ギルベルトらはいったん森の奥の方まで移動しようと、そうして馬に跨がった。

「いやはや、しかしこの調子では優勝してしまいそうですね。よいのですか？　花を持たせた方がいいお方もいるのでは」

「いやニコラス、ジュダール将軍の実力ならば圧倒的勝利を期待してしまう人々も多いだろうよ。ドラーケン公も同じような理由から手を抜くことはなさそうだし。やれるだけやっても構わないと思うぞ」

「あぁそれもそうだな」

護衛騎士の二人が言う花を持たせるべきという人物は言わずもがな王太子のことだろう。競(せ)り合(あ)う程度まではいいとして、勝利という花は権力者に譲るという行為はこういう場ではよくあることだ。だが、ギルベルトは自らの地位などもはや気にしていないのだ。というより、王太子が今のまま変わらずにさらなる権力を得るのなら、早々にこの地を離れようとすら決めている。そんなことは護衛騎士の二人には口にはしないが。

「俺は空気を読んで勝ちを譲らなかったからこそ、ここまで来たのでな。正々堂々とやって負けるならまだしも、手を抜くことはないさ」

「はは、それはそれで将軍らしいですね。期待しておりますよ」

アンジェラにも勝利を持ち帰る、と宣言したこともある。このままの勢いで進もうと、森林の中の道を奥まで進んでいく。

時々獲物を射抜きながら護衛騎士の二人と進む間、護衛騎士の二人はこの機会にしかできない会話を楽しんでいるようだった。

「そういえば、将軍のご生家は子爵家だったと聞きますが、こうした社交の場で再会することはあるのですか？」

「ん？　あぁ、いや、生まれたのは貴族ではあるが片田舎(かたいなか)の農耕地の領主の家に過ぎない。特産もさほどなく、慎(つつ)ましい暮らしの田舎で、結婚相手も地元の結びつきを築くために近場で探すようなところだから、王都で社交に励むことはないのだろう」

「なるほど、そうなのですね……」

「俺が伯爵位を賜(たまわ)ったのも余計な干渉(かんしょう)を避けるためでもある。こちらの地位を高くすることで、生家からの口出しをさせないようにと。……俺が家を離れたこともあって、没交渉だったからな」

ジュダール、というのはギルベルトが貴族籍を抜けてから名乗ったものだった。家名をそのまま名乗り続けることを許されることもあるが、ギルベルトは子爵家の資産相続や後継からは外してくれてよいという意思表示もあって、家名も新しくしたのである。

生家の子爵家の面々とはそこまで不仲ではなかったが、不仲になりそうな種はあったのだ。農耕地の領主の家では、多数の兄弟全てに渡るほど領地の仕事はない。当主は直系男子が継(つ)ぐとして、当主補佐や私兵をまとめたりという役職は時として兄弟の中でも能力から選ぶこともあり得るのだ。

体格もよく、誠実に育ったギルベルトは、領民や使用人らからの評判がよかった。そして、他の兄弟よりもそういう役目に就いて欲しいと望まれることも多く、それが兄弟仲の不和に繋がりかけていた。

『戦争でも起きて出征とでもなれば、きっとギルベルトは赴くことになるだろう。戦争を望むわけではないが、そうなる方がいい気もしてしまうな』

『あいつがここにいたら職を奪われかねないからな』

などと、ギルベルトのいないところで兄弟が話しているのを聞いてしまったのだ。それは悪意を感じる言い方ではなく、冗談めいたものだったが。けれど危険な地へ行って欲しいと言われることは衝撃だった。

だから、ギルベルトは成人するよりも早く領を離れることにしたのである。そうしたものが明確な悪意となって、不和を招く前に。

領を離れてから、ギルベルトが身を置く場として設立されたばかりの軍を選んだのも、体格もあるが、この兄弟の言葉を聞いてしまったからかもしれなかった。

だから、アンジェラとはまた違った意味で、実家は頼れないし頼る気もないのである。彼女と違うのは、生家の家名に少しも未練も拘りもないところだろう。

ただ生家の方は、今や将軍となっているギルベルトのことをどう思っているのか、わざわざ調べてもいないギルベルトは知るつもりもない。成功を羨んだり、その功績による利益を分けて欲しいと思っているのだろうか。まぁそれすらもギルベルトにしてみれば興味のないことだった。こちらに影響がない限りは、平穏無事に過ごしていてくれればそれでいいという気持ちである。

そんなことを話しているうちに、森の奥の方へと進んできた。だが、獲った動物をそのまま馬に載せていたのが、奥へ進む道中でもギルベルトがひょいひょいと数を増やすものだから、一度大会の審査員に途中経過として報告に戻り、それを置いてくるべきかという話になった。

血の匂いに惹かれるような肉食動物などをおびき寄せるには有効だとしても限度というものがある。そこで護衛騎士の一人が戻ろうとしたのだが、馬二頭にしっかり積まれた獲物のことを考えると、二人で行ってきた方が早いだろうという結論にギルベルトは至った。ギルベルトが特に護衛の必要はないような人間とはいえ仮にも護衛の立場の二人は難色を示す。

「いえ、でも、将軍を一人残すわけには」

「無茶をするつもりはないさ。それに、こんな機会にと一人になった俺を狙って矢や剣を向ける暴漢に出会ったとしても、それはそれで格好の炙り出しになるというもの。敵だとわかったほうが動きやすいこともある。だから気にせず行ってきてくれ。馬はわかりやすいところに繋いでそこからなるべく離れないようにしておくから」

「…………事故に見せかけて、などということを考える輩がいないとも限りません。くれぐれも無茶はなさいませんよう……」

「わかっている。早めに戻ってきてくれれば問題ないだろう」

一人ずつ行かせるなど、方法はいくつもあっただろうが、それでもギルベルトは二人を行かせることにした。別にどうしても一人になりたいなどの事情があったわけではない。ただ、少しだけ思索に耽りたい気持ちがあったのは確かだ。

自分一人だったらどうにでもなる。事実そうしてこれまで生きてきた。けれど、アンジェラという大事な存在ができた今、彼女の幸福こそが生きる意味ともなっていて、国を捨てるだとか権力を手放すだとか、そういうことを考える時間が欲しいと思ったのだ。

使用人にしても支援してくれる人達にしても、今のギルベルトには得がたい存在が多くいる。ありがたくもあるが、どのようにするのが今後のためになるのか。彼らを置いていってまで、離れるべきなのか。連れて行くことなどできるのか。できるとすればどこならばそれが叶うのか。

護衛騎士の二人は、信頼はできるけれどまだそういった深いところまで話せるわけではないのだ。

気がかりだという表情のまま、なかなか離れられずにいる二人に、ギルベルトはチラッと上空を見上げて、そのまま上空に向かって矢を放つ。

その矢は正確に飛んでいた野鳥を落とし、そして三人から少し離れたところに落ちたようだった。

「ほら、追加だ。行ってきてくれ」

「……仕方ありませんな。行くか、ニコラス」

「あぁ。……あまり奥まで行かないようにしてくださいよ？　早めに合流できるようにしてくださいね」

「わかっているとも」

そうしてようやく護衛騎士の二人は離れていった。ギルベルトは馬に乗って少し移動して、そして適当な木に馬を繋ぐと、森林をさらに分け入っていった。

悩ましいのは、王太子が明確な悪人ではないことだ。しかもギルベルトにしてみれば子供の頃から知る、まだ未熟な部分のある人物だということもある。徹底的に対立する程ではないのかとも思う。自分が領を離れた時のように、問題が大きくなる前にこちらから離れるのが一番だと。

けれどギルベルトが辞任の意向を告げたなら、国王はきっと引き止めてくるだろう。簡単に辞めるには、不祥事でも起こす方が楽だが、そうなると余計な罪を背負うことになりかねないし、そうでなくても悪評を被ることになる。更にそれを唆したのは妻であるアンジェラだとでも言われたら、それこそ意味はない。

王太子だけでなく、国王からもギルベルトへの信頼は厚い。政治的に脅かす要素もない使い勝手のよい強い駒として、将軍ギルベルトは手放し難い存在だろうと、自分のことながら評価する。となれば、簡単なのは辞任せずに王都から離れるという手段だ。これが一番叶えられそうなことだろう。けれど、それでよいのかどうか。

そんな考えをぐるぐると巡らせながら歩いていると、ふとしたところでギルベルトは人の気配を感じた。

だいぶ森の奥の方まで来ていたので、この辺りの大型の獲物を狙うような人々が近くにいるのだろうかと、ギルベルトはそっと気配を探るように周囲を見る。

「……、……」

「…………」

気配とともに、何やら会話をしている様子が聞こえてくる。どうやらこちらに気づく様子はなく、人気のないところで談笑でもしているらしいことが、声の調子からもわかる。

本来ならばそのままそこを離れるのがよかっただろう。けれども、ギルベルトは何故だかその会話主のことが気になったのだ。勘が働いたとでもいうのか、この会話を聞くべきだという考えが湧いてきて、ギルベルトはその直感を信じてそっと自分の気配を殺して会話の主達に近づいた。

大きな獲物を権力者に譲るような風潮があるとするなら、この辺りにいるのは権力者である可能性が高い。そういう人物たちが人気のないところでする会話とやらが、気になったのかもしれない。

その予感は当たっていた。

そこにいたのは、王太子と従者二人の一行だったのだ。

そして、何の因果か、その会話の内容は、アンジェラのことだったのである。

「いやぁ、アンジェラ様は随分と印象が変わられましたね。今日なんてどこか愛らしさすらあって。最初からあのような感じでしたら、殿下は彼女を選んでいましたか？」

「おい、いくらなんでも軽口が過ぎるぞ、ベルナン。口を慎め」

「いや、構わない、バルト。……こんな場所でもなければできないような話だろう。……確かに随分と変わったものだが……生来の気立てのよさはシェリースには敵うわけもない。何かしら考えがあってのことだと思ってしまうな」

「確かに、要領よく動かれているな、という感じではありますねぇ。だからこそ、姉である彼女を婚約者として推す声も多かったわけですか」

「どうあっても、私は彼女を選ぶつもりはない。……だが、まぁ女性として確かに魅力はあるのだろうな」

「ご結婚なされて、今は落ち着かれたようですしね。まだ彼女の動向が心配ならば、閨教育でも任せてみれば王室とも繋がりができてよいのでは？」

「おいベルナン！　言い過ぎだぞ」

「……将軍が傍にいる間はそれも難しいだろうが、な……」

従者のうちの一人はギルベルトはあまり見かけたことのない若い人物だった。おそらくこの狩猟大会に合わせて、王太子と歳が近く剣や弓の能力が高い人物を連れてきたのだろう。若さゆえの浅慮か口が過ぎる様子なのを、ギルベルトも見知っている専属従者のバルト・ホーエン卿が窘めている。王太子はそんな相手に、気安い感じで言葉を返していた。

ギルベルトはこの会話を聞いて、怒りが炎のように燃え盛り、ぐるぐると腹の底で渦巻くのを感じた。そして、王太子は既に子供から青年になっていて、アンジェラへの敵意が性的な意味合いを含むものになって向かいかねないと危惧したのだった。

自分がもしまた戦場に向かうことになって、そのまま命を落としたら。そうなったとしたら、アンジェラはどうなるのか。残された彼女は、王太子の敵意によって、閨教育だのを任されることになるのかもしれないと。そして屈辱を与えられながら、涙を流してそれに耐えるしかなくなるとしたら……。

もはや、ここに留まるべきではない。

早く、見切りをつけるべきだ。

だが、ただ逃げるだけなのは気に食わない。

きちんと、決別の意志を見せなければ。

ギルベルトは燃えるような瞳で前を見据え、強く足元の草を踏みしめる。ガサリ、と音が鳴って、会話の主らがハッとしてこちらを見るのがわかった。

「……ッ！　ジュ、ジュダール将軍……っ！」

「……ご安心を、彼女は私が傍に置いて離しませんので。そして早くに王都を離れることになるでしょうから、殿下のお目にかかることも減りましょう」

「……、それは、どういう……」

ザッと彼らの前に姿を見せたギルベルトに、口が過ぎたと、不味いことを聞かれたと、王太子と年若い従者が息を呑むのを、冷ややかな視線を向けて言葉を放った。

王太子がいずれ性格も落ち着き、手を取り合えない相手でも尊重する姿勢を身につけるならば、と僅かに期待していたものがすっかり消え去っていくのを感じる。

もしかしたら変わることもあるかもしれないが、もはやそんな期待をかけるのも馬鹿らしくなった。

「……どのような手段を取るかは未定ですが、私はこの王都を離れます。早いうちに。……殿下、貴方が王位を継ぐことになる前には、私は将軍職を辞するつもりです」

「な、何故……！　将軍、貴方はこの国になくてはならない人材だ！　与えられるものならば何でも与える、そのようにするつもりだ！　……アンジェラ嬢が気に入ったのならそれでよい、何かを企んでいたとしても貴方なら気づけるだろうし……」

「いい加減にしてください、殿下。いつまで善と悪はずっと変わらないものだと思っているのですか！」

「あ……」

冷ややかな中に静かに燃える怒りの視線に気づいたのか、王太子は口を噤む。従者二人も冷え切った空気に言葉をかける余裕もなく、成り行きを見届けているだけだった。

「善と悪など、立ち位置によって見え方も変わる。私とてこの国では英雄と呼ばれようとも、敵国では悪口雑言(あっこうぞうごん)でしょう」

「……そ、れは」

「そしていつまで、私が善良で従順だと思われているのか。いい加減にしてほしいものだな」

「……し、将軍、な、何を」

ギルベルトは静かに矢を番え、スッと弓を構える形を取った。さすがにこれには従者のバルトが慌て、ザッと王太子の前に立つ。そして強い語気でギルベルトに言い放った。

「気でも触(ふ)れたか、将軍!! 矢を下ろせ！」

「……覚えておかれよ、殿下。善と悪など容易(たやす)くひっくり返り、悪人が改心することもあれば、善人が道を踏み外すこともある。一国の王となるならば、もっと視野を広く持つべきだ」

「………、ぁ……」

ひりついた空気の中、従者のバルトは強い視線でギルベルトを睨(にら)みつけ、もう一人の年若い従者も腰が引けている様子ながら、王太子を庇(かば)うように立っている。そして王太子は目を見開いて、自分に矢を向けているギルベルトを見つめ、何も言えずに立ち尽くしている。

その空気を破ったのはギルベルトだった。ガサ、という草木の揺れる音と共に、ギルベルトの矢が放たれる。その矢は、王太子ではなくその草木の揺れたところ、彼らからは少し逸(そ)れて離れた場所に向かって真っ直ぐ飛び、小動物が小さく命の途切れる音を漏らすのが聞こえる。

「…………将軍、貴殿は……！」

「……失礼、獲物がいたものですから」

「不敬ですか？ 辞めさせるのならどうぞご自由に。心よりお待ちしております」

「…………あ、ぁ……」

「失礼致します、殿下。お元気で」

ギルベルトは固まっている王太子と従者をそのまま放って、射止めた小さなリスを拾い上げて、普段通りの挨拶をしてその場を離れるのだった。

背後からは、待ってくれ将軍、という縋るような言葉が小さく聞こえていたが、もはや振り向くつもりもない。

これで罪に問われたとしても構わなかった。もしアンジェラと離れ離れにされるような刑になるなら彼女を連れて逃げる自信があったし、辞任させられるようならそれこそ願ったりだった。

崩れ落ちる王太子に、従者の二人が寄り添い、殿下には私が、騎士らがついています、と力強く告げているのが微かに聞こえていた。是非とも彼を支えてやるといい、とギルベルトは思う。自分は騎士になる道を選ばなくて本当によかったと。

ザッと歩き出すギルベルトは、既に覚悟を決めていた。


「お待たせしました、将軍。……将軍？　どうかなさいましたか？」

「難しいお顔をされていますが……」

中間報告から戻ってきたニコラスとイーサンは、険しい顔つきのギルベルトに怪訝そうな表情で問いかけてきた。先程まで気が昂っていたギルベルトは、苦笑して何でもないと首を振る。

「いや何、やはり大物を捕って華々しく終えてやろうと思ってな」

王太子と決別し、何を置いてもここを離れることを優先すべき、と心を決めたギルベルトは、ここまで来たら有終の美を飾ってやろうと、二人の護衛騎士にそんな風に言った。二人はそう思わせる何かあったのかと少し疑問に思ったようだが、それ以上は何も言わなかった。

「ええ、身軽になりましたから協力致しますとも。大物を狙ってやりましょう」

お調子者なところもあるイーサンが胸を叩いてそう言うと、ニコラスはやれやれと肩を竦めたものの、意気込んだ様子であった。

王太子に対して弓引くような真似をしてみせたのだから、さすがに処罰はあるだろうとギルベルトも思っている。だが望むところであった。この地を離れる理由もできて、ちょうどいい。ならば、将軍としては最後になるかもしれないこの狩猟大会で、成果を上げてやろうではないか。

ギルベルトのそんな思考を知ってか知らずか、護衛騎士の意欲も高かった。やはり騎士にとって名声を得ることは誉れなのだろう。

「一番の大物は熊……か」

「はい、腹を空かせた状態で奥深くに放しておくそうです。通常、木の実や茸のあるところに向かうことが多いそうですが、生肉で誘き寄せた事例もあるとか」

「ふむ。あとは動きが速い中型の肉食動物も評価は高かったな。……どちらにせよ、気配を消して動いたほうがいいだろう」

これまでの道中では小動物が多かったので、狙いを変えるならば動きも変えなければと護衛騎士二人と頷き合った。

途中で馬を下りて、森の中に分け入り、足音などに気をつけて探りながら奥に進んでいく。

集中しながらも、ギルベルトの脳裏の隅には王太子への複雑な心境が消えずに残っていた。

あれほどまでに王太子がアンジェラに嫌悪や敵意を向けるのは、強い興味や関心があるからだろう。もちろん婚約者のシェリースを思うがゆえのことだとしても、どうでもよい相手ならばそこまで執着しないものだからだ。

アンジェラが自分の手の及ばないところで彼らの悪意に晒されることがあったらと考えるだけで、抑え込んだ怒りが簡単に燃え上がる。

こういう時、怒りに我を忘れる性質の人間もいるだろうが、ギルベルトはそうではなかった。こういう時ほど冷静になり、神経が過敏になるのだ。そんなビリビリと肌が粟立つような、研ぎ澄まされる感覚が、ふと、獣の気配を感じ取らせた。

「……シッ、そろそろ近いぞ」

「……っ、ほ、本当ですか？　何も感じませんが……」

「……近くに足跡などが見えてくるはずだ……さて、矢を射かけてもよいが、熊ほどの大きさならば、剣を使ったほうが仕留めやすいか」

まだ目視もできず、わかりやすい痕跡もない状況でギルベルトがそう言ったので、護衛騎士は音を立てないように静かに周囲を見渡した。そして程なく、熊の歩いた痕跡とその先に大型の熊が見つかったのだ。ごくり、と息を呑む騎士二人に、ギルベルトはどう動くかを脳内で思案する。

遠目では詳しくはわからないが、大きさなどから子供のそれではなく、親熊だと察しがつく。人によって追われ、もしかしたら子供からも引き離されたかもしれない。少しずつ距離を詰めれば、唸るような声が聞こえて、殺気立つような空気を感じる。

見逃してやる方がよいのかもしれないが、他の参加者の目もある。ここは苦しませずに仕留めてやる方がいいだろうとギルベルトは思う。

「……距離を取って矢を射かけてくれ。俺はその間に回り込む」

潜めた声でニコラスとイーサンに指示を出すと、彼らはやや緊張した面持ちで頷く。そして二人は左右に別れて、じりじりと機会を窺い、それから同時に矢を放った。

体格のよい熊にそれが当たっても致命傷にはならない。むしろ怒りを買い、咆哮を上げて、二人の方へと巨躯が迫ってくる。そこへ、回り込んだギルベルトが横から姿勢を低くして斬り込んだ。

「グァア」

後ろ脚を斬られた熊の身体が傾ぐ。そしてギルベルトは剣をクルリと持ち直し、そのまま熊の頸動脈を一気に斬り裂いた。

断末魔を上げる間もなく、熊の巨体が地に伏せる。動かなくなったことを確かめて、ギルベルトはニコラスとイーサンに向き直り、ニッと笑ってみせた。

「やったな」

「……ふぅ、襲われる間に斬りかかれるのかと冷や冷やしましたよ」

「いや、それにしても決断が早くていらっしゃる。さすがですな」

獰猛な獣を相手に、迷うことなく動いて仕留めたことを褒めるニコラスに、ギルベルトは苦笑した。

ただ単に苛立ちの発散も兼ねていただけである。まぁ、相手は獣であり、人間相手のように利害関係を考えた動きをしなくていいこともあって、早々にどう動くかを決めたに過ぎない。相手が憎らしくても、簡単に手を出すべきではないだとか。将来のことやら身分のことやら、余計なことを考えなくてよかっただけだ。

息絶えた大型の獣の姿は、自分の現状にも似ている気すらしてくる。いいように使われ、ただ穏やかに生活するだけでいいのに、それすら許されないところが。

ギルベルトはまた苦笑する。

だが、そうはさせないために、自分は動いたのだ。アンジェラとの穏やかな未来。それこそが自分が強く望むもの。戦うべきときに、戦うのだと。誰が相手だろうとも。

「さて、これで優勝は確実……とは言えないかもしれないな。もう少し続けようか」

一番の大物を仕留めたとしても、仕留めた数の多さでは負けてしまう可能性もなくはない。念には念を入れて、確実に勝利を持ち帰ろうと、ギルベルトは熊を運ぼうとしていた騎士二人に声をかけた。

半ば呆れたような表情を向けられたものの、壮年の騎士二人は最後までお供致しますよと肩を竦めて言うのだった。

◆◆◆

何故今、私はこうしているんだったかしら。あまりにも緊張し過ぎて、訳がわからない。

妹と離れた私に、人々の好奇の視線はまとわりついていたけれど、もう何も気にならなかった。憑き物が落ちたような気持ちで、スッキリしたという感覚だった。

ただ、誰かと交流しようにも、皆探るような視線でこちらを見るばかりで、話しかけてくる者はいない。頼みのドラーケン公爵夫人は多数の貴族女性に囲まれていて、混じろうものなら何があったのか好奇心とともに聞かれてしまいそうだ。それ以外では唯一話してくれそうな相手だったバルリング子爵夫人は、どうやら何処かのテーブルでこちらも多数の男性に囲まれている。いつものように彼女自身は素っ気ない様子だが、何というか私もその輪には入りにくいのであえて行くのも憚られる。私は若干手持ち無沙汰になった。

そんな私に、どこかの使用人が声をかけてきたのだ。

それは、リンブルク公爵家の使用人であり、リンブルク公が私を呼んでいる、という内容の声掛けだった。

王家主催のパーティーで思いがけず接点ができて、祖父として呼んでもいいと許しをもらったわけだけど、仲よく交流ができるような間柄ではない。何かやらかしたか、と若干緊張したけれど、誘いを拒む理由もないので、私は了承してリンブルク公のいるテーブルへと向かったのだ。

そして、今。

人払いをしたのか、私はリンブルク公と同じテーブルでほぼ二人きり、若干気まずい空気の中でお茶をしているのである。

何を話したらいいのかわからず、さっきからひたすらお茶を飲んでいるのだが、これはこちらから話しかけるべきなのだろうか。一応、話しかけるのは身分が上の人物からという暗黙の了解はあるので、私が黙っているのは間違っていないはずなのだが。

空気が重い。私はどうするべきか悩みつつ、ちらりとリンブルク公に視線を送ると、不意に視線がぶつかってしまった。逸らすわけにもいかず、私はどうにかこうにか笑みを返す。と、そこでようやく、リンブルク公が口を開いた。

「……急に呼びつけてすまなかったな。……どうやら君は妹君と……いや、王家とも距離を置こうとしたようだと、遠目からそう見えたと、既に噂になりかけていた。……このままではまた君が孤立するかと。……それは私の本意ではない」

「…………それで、私を呼んでくださったのですね。……ありがとうございます、閣下」

王后陛下は王太子の母であり、その婚約者である妹シェリースの後ろ盾だとも言える。そこに呼ばれ、何やら決裂（けつれつ）したかのように一人出てきた私のことを、リンブルク公は突き放すではなく、配慮してくれたらしい。

ありがたいことだと思う。立場が弱い私のことを、身内として守ろうとしてくれているのだろう。わかりやすく後ろ盾につくというのは立場上難しくとも、こうして目をかけているところを示すくらいならと実際に行動してくれたようだ。

諸々、離れがたいと思うのはこういう温かさを感じた時だ。王家や、妹とも距離を置くべきとしつつも、移す拠点としてどこを選ぶべきかを考えると、あまり離れすぎない場所にしたいような気持ちにもなる。どうにもならない状況ならば決断できることも、まだどうにかなる状況では決断しかねるということだ。

私がそんなことを考えながら今後の身の振り方などを思索していると、リンブルク公がこほんと咳払（せきばら）いをして話しかけてきた。

「……んん、ここは人払いを済ませている。好きなように呼ぶといい」

「……え？」

「……祖父と、呼ぶ話ではなかったか」

「ぁ……、は、はい、お祖父様……！」

どうやら、これは私のための人払いでもあり、私達の身内としての交流のための人払いでもあったようだ。私が祖父と呼びたいのだと言ったことを覚えていてくれたものらしい。私は更に心が温かくなって、自然に微笑みながらリンブルク公爵を祖父と呼んだのだった。

そこからは穏やかに話せたと思う。私の現状を考えながら、リンブルク公はゆっくりとある提案をしてきた。

それは、ギルベルトが何処かに領地を得ることを国王に願い出るのはどうかというものだった。

「領地……ですか？　でも、欲しいと言って簡単に与えられるものでは……」

「いや、ジュダール伯爵にはいずれ領地を与えようという話でまとまっている。爵位を与えた時には彼はまだ独り身であった。家門の長として扱うのは、という意見もあって、一代貴族としているが……」

「それで、領地を求めれば与えられると？」

「その可能性は高いだろう。特に王国の管理地か、彼の後ろ盾となる家門からの譲渡としてなら、さほど時間もかからずに済むはずだ」

「……それは、可能ならばその方がよいと思いますけれど。……場所の選定など、色々問題はありそうですわね。譲渡といっても、権利を容易く手放したくはないでしょうし……」

「それはそうだな。その家門の主要な場所の譲渡は難しいだろうし、そもそも将軍を僻地に置いておくのも利がないからな。……しかし現状このままでは、君達の立場は揺らいで安定しないだろう。話を進めることくらいは求めてよいはずだ」

　長く家門の長として立ち続けてきたリンブルク公は、そう真っ当な意見をくれた。領地をいずれ与えられるという話は、私もギルベルトも知っている話だったが、それがいつになるのかは知らない。そして私の知る原作の流れでは、ギルベルトが領地を得ることは結局なかったので、そもそもその可能性を捨てていたとも言える。

　なるほど、王都を離れるだけならば、領地を得ればそれは叶う。何処か王都からは離れた場所に領地を得れば、王都も離れられるしいいのかもしれない。

　ただ、この国に拘る意味はあるのかとも思ってしまうのだ。それに、どんな場所を与えられるのかもわからない。王国軍の拠点やら指示系統をどうするのかも問題になるだろう。それに、私の最大の窮地である断罪のタイミングまでに居を移せるのかどうか。

「……できれば、王都以外に居を構えることが必要だろうと、そう思っておりました。私が王都に留まり、彼らの前に居続けるからこそその状況なのでしょうから。もはや国を出ることも検討しておりましたが……」

「……、それは。……いや、何も言うまい。ただ、軍備の機密保持という面からも、それはそう簡単には許可されないだろう」

　許可を得て国外へ、というのは、かなり難しいことだろうとリンブルク公は言う。となると、逃げるように国外へ出る以外は難しいのだろうか。英雄と呼ばれるギルベルトには、できることなら明るい道を堂々と歩いてもらいたいものだが。

「敵、と言うべきではないのだろうが、君達の足を引っ張ろうとしている人々は多い。今や将軍も、貴族や騎士の家門などからも動向を注視される存在だ。……更に言えば、王太子殿下よりも、その母親の王后陛下の方が、何かを企む可能性はある」

「……え?」

「……あの御方はご自身の出身の家門の力が弱いことをとても気にしている。第一王子を正妃の身で産み、そしてその王子が王太子となり、いずれ国を担うことを誇りに思いながら、権力が次代に移ったときに、自分の力が及ばなくなることを危惧しているのだ。王太子の婚約者に君の妹を認めているのも、彼女の方が容易く丸め込めるという思いからだろう」

「………………」

「自分の思い通りにならない存在は増やしたくない、とな。いずれは生家の家門の陞爵もさせようと考えているらしい。……そう簡単には好きにさせる気はないがね」

「そうなのですね……」

王后陛下から感じる敵意のようなものは、王太子や妹を支援する立場だからこそだと思っていたが、そうした背景があったのかと私は改めて知る。

思えば、原作の小説ではアンジェラが悪役だったので他の人のことはあまり出てこないが、確か続編では妹が王家や貴族から認められるためにあれこれと奮闘する話になっていて、その時に王后陛下のエピソードが出てきたような気もする。続編ではギルベルトが出てこなかったので、流し読みで終えてしまったため、記憶があまり定かではないが。

「……ともあれ、だ。国を出るなどは正攻法では難しいだろうが、領地を得ることに前向きなのであれば、私からも王に進言しておこう。今まで何もできなかった償いとでも思ってくれ」

「いえそんな……婚家に口出ししないというのは正しいことです。今こうして、お話しする時間を作ってくださるだけでも喜ばしいことですわ」

リンブルク公がここまでしてくれることだけでも充分な変化である。本当に居を移すかどうかはわからないが、妹と離れようと決めた以上、王都を離れるために動くのはよいことだとも思う。

私は感謝の意も込めて微笑むと、リンブルク公も微笑みこそしなかったが、ゆったりと寛いだ雰囲気でティーカップを持ち上げるのだった。

祖父と孫の二人の時間は、そうしてしばらく続いた。


そして狩猟大会は終わりを迎える。

終了の合図がなされ、続々と参加者が戻ってくる。

私はリヒャルトとマリーに傍に控えていてもらいながら、戻ってくる人々の中からギルベルトを探す。

するとギルベルトが護衛騎士二人を引き連れて戻ってきた。どうやら成果は上々だったのか、護衛騎士らは若干興奮した様子で話しているようだった。

私が傍に近寄ると、ニコラスが機嫌よく状況を話してくれた。

「最初は小動物が多かったのですが、それも大量に狩ってしまわれましてね。途中で報告に戻ってからは、大物を狙い始めて……。今大会での一番の大物だと言われていた熊も仕留めてしまいましたよ」

「本当に、これはもはや優勝は間違いないのでは？」

そう言って笑っている二人とは裏腹に、ギルベルトの表情はどこか硬い。私はどうかしたのかとそっとギルベルトに問いかけると、彼は私の耳元で小さく言葉を伝えてきた。

「……すまない、我慢できずに少々やらかしてな。……辞職やらここを離れるやら、早々にしなければならないかもしれん」

「………まぁ」

私はその言葉に驚きつつも、次第になんとなく把握する。あの場でギルベルトが問題を起こしそうな相手など知れている。何やら彼の怒りを買うようなことがあって、ギルベルトが耐えきれずに踏み切ってしまったのだろう。

英雄である彼を守りたいとは思うけれど、それは彼の自尊心や気持ちを蔑ろにしてまで貫きたい思いではない。二人で何度も確認したこともあり、私にとってはそれは覚悟を決めるための一つの出来事でしかなかった。

「奇遇ね、私も、決別を告げたのよ。あの子に」

「……妹御か」

「ええ。……だから、気にしないでいいわ。迷わずに進めるというものよ」

微笑んだ私に、ギルベルトはようやくホッとした表情になる。

それから、大会の結果報告があったが、次点へ大差をつけてギルベルトが勝利したとのことだった。ギルベルトは、空気を読まずに活躍してすみません、などと勝利の言葉を残して、大会の褒美を受け取った。

決別を突きつけられた妹と王太子は、閉会の場でも、その表情を曇らせたまま立ち尽くしている。

今日の狩猟大会は原作とは大きく変わった結果を迎えたが、まだ安心はできない状況だと思いながらも、私は笑顔でギルベルトと勝利を喜んだのだった。

ぼんやりと王宮の中を歩く。

先日の狩猟大会から、エリオスは思い悩む日々が続いていた。

尊敬していた将軍からの冷たい視線と決別の言葉が、今でものしかかるようで。自分は何をしてしまったのかと、後悔の念にずっと襲われている。

自分のために彼とアンジェラを結婚させたことですら、悪手であったのかと思い始めていた。そんなことをしなくても、自分とシェリースは上手く行っていたに違いないし、アンジェラがシェリースに冷たく当たったとしても自分が守ればよかっただけで、シェリースとの結婚を反対されたとしても意思を押し通すことだってできたはずだ。

どこで間違ったのか、ずっと考えている。今から間違えたものを修正する手段はあるのか。……アンジェラを信じて、和解の道を選ぶのか？　今更、と思われないだろうか？　王家の人間が頭を下げる意味というものもある。それをするべきなのかどうなのか。

将軍にはこのエブレシアを守るために、軍を、武力を束ねる要になって欲しいのだ。新しい時代

を作るのは新しい力の象徴が必要だと、それを担うのはジュダール将軍の他にいないと思ってい
た。それが、自分のせいで立ち消えようとしている。

思い悩みながら歩いていると王宮の謁見の間の辺りに来ていた。すると、ゾロゾロと近衛騎士や護衛騎士がその謁見の間から出てくるのが見えた。

謁見の間を使わない時は無人のこともあるが、国王が誰かと謁見するのならこの人数の騎士が配されるのが普通だ。だがそれが人払いされたかのように出てくるのを見て、王太子は誰かが謁見をして人払いをしたのだと察する。

何故か気になって、扉を閉めようとしていた騎士を止めて、そっと中を窺いながら傍にいる騎士に誰が謁見しているのかを問う。

将軍閣下です、という言葉を聞いて、王太子はそのまま息を呑み、中の会話に耳をそばだてる。

声は大きく張るものではなかったが、少しだけ聞こえてきた。

「……私は、近いうちに将軍職を、退かせていただこうと考えております」

「…………今、何と申したか」

「将軍職を、辞すると申しました」

「な……ッ、何故、そんな」

「…………先の狩猟大会のことは、ご存じないのですか？」

「狩猟大会……？　何のことだ」

王太子は中の会話を聞きながら、さぁっと血の気が引くのを感じる。あの日の出来事は、国王に報告して処罰を検討しなければという従者を制して、何も言うなと指示したのだ。問題を大きくし

ないことこそが、自分の彼に対する信頼であると示したかったのだ。

　国王に辞職の意を伝えたらしいジュダール将軍だったが、先日の狩猟大会の不敬ともとれる行いが伝わっていないことを知って少し答えに迷ったようだ。が、すぐに堂々とした声が続く。

「私が王太子殿下に、畏れ多くも不敬な振舞いをしたことです。おそらく処罰を検討されていると思っておりましたが……。そうですか、殿下は大事にはしないつもりなのですね」

「…………何やらあったらしいことは聞いたが、詳細はエリオス王太子が伏せていると。王太子が許すなら、私としても問題にするつもりはないが……」

「……そうですか。けれども、おそらく私どもの間にもはや信頼関係はないと思われます。あるのは不信感のみかと。であれば、彼に相応しい次期将軍を擁してさしあげてください。私はそれでよいと思っています」

「……ならぬ、と言ったら？」

「…………」

「……貴殿にはまだ褒美として領地を与えることもしていない。与えた妻とも上手くやっているなら、貴族として家門の長としても今後ともこの国を守るために頑張って欲しいと思う。ちょうどリンブルク公からも話があったところだ。その話を動かそう」

「……領地、でございますか。確かに、妻からリンブルク公がそのように進言して下さると聞きました。……国王陛下がそれをお望みなのでしたら、私としてはそれでも構いませんが……それでも、将軍職を辞するつもりがあることには変わりません」

「…………とりあえず、どの場所を与えるかなど、検討する時間が要るな。領主となれば、また心持ちも変わるだろう。王太子も、まだ子供の部分があるのは否めない。もうすぐ成人だというのにな」

「……………」

「何、代替わりもすぐに行うつもりもない。王太子が成長して、国を任せてもよいと思うまでは、私が王でいるつもりである。……それまでは、どうか力を貸してくれ、将軍」

「…………御意のままに」

将軍が隠しもせず自らあの日のことを言うとは思わなかったが、確かにそういう嘘偽り（うそいつわ）のない誠実なところこそ彼らしくもある。けれど、本当に彼の中ではもはや決別の意思は固いらしい。グッと喉（のど）が詰まるような感覚の中、父である国王が将軍を引き止めてくれたことに内心で感謝する。国王も、将軍に対する信頼は厚いのだ。

少しだけホッとしたものの、問題が先延ばしになっただけだ。領地を与える話が動き始めるということは、彼が王都を離れることも多くなるということ。自分が彼の信頼を取り戻す前にそれが実現してしまっては、時間が経過したところで彼の中の不信感は消えてくれないだろう。

彼の信頼を取り戻すには、もはやアンジェラに心からの謝罪をするしかないのか？　でもそうしてしまったら、言葉は悪いが、負けた、というような状況になりはしないか。それこそ、アンジェラに強く出る権利を与えてしまうようで。

その時、耳元で、殿下、と呼びかける声を聞いてハッとして顔を上げると。扉を開けた将軍と目が合った。

ふと、視線が絡み合う。

しかし、将軍はスッと興味などないというように視線を外し、形ばかりの礼をしてその場を去っていった。

思わず引き止めようとして、けれども何と言えばいいのかわからずに伸ばしかけた手がそのまま力なく空をかく。

本当に、最初から悪手を打ってしまったと思わずにいられない。

結婚に期待をしておらず、子供を持つなども現実的ではないと考えていた将軍ならば、形だけの妻を与えても大丈夫なのではと思ってしまった過去の自分を諫めたい。期待していないながらも、理想の相手を追い求めた自分のように、身分よりも人柄がよい相手を与えるべきだったのだ。

いや、今やアンジェラは彼にとってのよき妻であるようだが。それが偽りだと言い切れないのでは、という考えもエリオスは捨てきれない。柔らかな雰囲気と笑顔が増えてきた様子のアンジェラに目を奪われながらも、粗を探すように見てしまう自分に惑うばかりで。

放っておいて欲しい、と言った彼女。涙を見せた彼女。将軍に愛らしさすらある笑顔を向ける彼女……。全てエリオスの知るアンジェラとは違い過ぎて、変わったのだと納得ができないまま、あの日の出来事が起きてしまった。

どうしたらよいのか。エリオスはまたふらふらと歩き出した。

「……やり直せたら……最初からやり直せたら、こうはならなかったのか……？」

慇懃な騎士とは違ってどこか粗野で、けれども強く、人々に優しく、権力に媚びないジュダール将軍。軍事演習で圧倒的な強さを見せる姿に強烈に惹かれて、幼いエリオスは憧れたのだ。

幼い憧れは彼が戦争を早期解決に導いたことで更に募り、将軍ありきの国の未来を考えていたというのに。

結局、あの血筋に拘るアンジェラでは彼とは上手くいくはずがないと高を括っていて、こうした事態になることを想定していなかった自分の落ち度をエリオスはまざまざと感じるしかない。

「やり直せたら……」

ポツリと呟いても、それは無理だとわかっていて。

ふと、エリオスは思った。

彼女は改心などしておらず、本当に悪女なのだと周囲に知れるようなことが起きれば、全ては元通りになるのでは、と。


「エリオス殿……下」

「最初から……やり直せたら……」

「……ッ……」

シェリースは王宮内で見かけたエリオスに話しかけようとして、その呟きを聞いてしまって思わず物陰に身を隠す。

ふらふらと歩いていたエリオスはシェリースの存在に気づかずにそのまま行ってしまった。シェリースは、それを追いかけることができなかった。

異母姉のアンジェラがどんどん華やかで社交的に活躍していく中、そんな彼女をエリオスが目で追うたびに、シェリースはもしかしたらという思考に囚われてしまっていた。

エリオスはことあるごとにシェリースのことを褒めそやし、大事にしてくれているのに。姉が女性として魅力的になっていくのを認めたくなくて、正反対なシェリースを持ち上げているようにも思えてしまって。

本当は、姉に惹かれているのでは、と。

でも、今更、なのだ。姉を他の男性と結婚させたのはエリオスで、シェリースもそれに反対しなかった。アルデヴァルド家も、誰も姉を優先しなかったのだ。

今更姉がよかった、姉にしておけばと思ったところで、そうはできないことなのだ。

シェリースはじわりと涙が浮かぶのを感じる。

「もう、やり直せないのに。……それなら、頑張るしかないのに……」

素直に努力しようと振舞ってきたシェリースだったが、今日、他にも衝撃的な出来事があったのだ。

それは、今日の妃教育を終えた後のこと。最近のシェリースは心ここにあらずというか、勉強も身に入らないような状況で、今日もまた、あまり芳しくない状態で教育を終えた。

頑張らなくてはと焦るあまり、シェリースは少し勉強の時間を延長させてもらえないかと訴えるべく、踵を返したのだ。

そこで、シェリースは意図せず、王后とデリック侯爵夫人の会話を聞いてしまったのだった。

『……容易く丸め込めるのはありがたいが、あのように見るからに力不足では困ったものよな』

『そうですねぇ。エリオス王太子殿下のご寵愛が続くうちはそれでもよいですけれど……。お二人共これからの成長にかかっているといいますか』

『エリオスももっとずるく立ち回れるくらいにならねばな。一国の王となるなら、時には非情になることも必要よ』

『おや陛下、何かお考えですか？』

『ふふ、何、あの姉妹の姉のように妙に小賢しいのは好かぬが、妾のために動くようなもう少し頭のよい駒が欲しい、とな』

『何とも正直で素直でいらっしゃること。……となると、そろそろ側妃候補も検討する頃合いですかねぇ』

『そうさな。すぐには無理でも、数年の後には側妃の話は出てくるだろうよ。それが政治というもの。……少し若く、数年後にちょうど年頃となるような子なら、目新しさにエリオスも頷くかもしれぬ』

『まぁ、それでしたら私の末の娘がちょうどよい年頃ですわ。是非、候補の席に加えてくださいまし』

『ふふふ、夫人も正直なこと……』

シェリースはその会話を聞いて、その場に立ち尽くした。そして、そのままそこを逃げるように離れたのである。

エリオスは側妃は望まない、自分達の子供が複数持てたならそこまで無理強いされないはずだと、そうさせるつもりだと笑って言っていた。けれど、それも政治だと言われてしまえば、断ることもできないだろうと今ならシェリースも理解できる。

姉も、冷たい言葉を投げかける時に、いつもシェリースに言っていた。側妃を持たないなんてそう簡単にはできないことで、無理を通せばそれだけ反発が出るものだと。だから能天気な思考を止めろと。

それに対して強く言い返すことはなくても、シェリースはどこかで安心していたのだ。他ならぬエリオスに強く想われていれば、何があっても耐えていけるし乗り越えていけるだろうと……。

やり直せたら、と呟いていたエリオスを思い出して、シェリースは打ちひしがれる思いで王宮を離れてアルデヴァルド邸へと馬車を走らせた。

エリオスは姉の方がよくなってしまったのか、やり直せたら姉を選んだのだろうか。もはやそれは不可能なのだから、王太子は仕方ないと思いながらシェリースに優しい笑みを向けるのか。

そして王后とデリック侯爵夫人の側妃の話もシェリースに冷水を浴びせるようだった。自分を応援してくれていると思っていた人達は、心からそう思ってくれているわけではなかったのだ。

邸宅に戻るなり自室に閉じ籠もってシェリースは涙を流した。

頑張るしかない、努力するしか自分にはできない。それでも、認められるほどになれなかったらどうすればいいのか？

「……シェリース、あぁ、どうしたの、こんなに泣いて……」

「お母様……ッ」

心配して部屋を訪れた実母のミリアリアに、シェリースは思わず抱きついた。そして、涙ながらに自分はどうしたらよいのかと訴える。

「頑張るしかないのはわかっているの。でも、でも……」

「シェリース……。えぇ、私はわかっているわ、貴女はとても努力しているって……」

「でも、私じゃ駄目なのかもしれないわ。身を引くしか、ないのかしら……？　お姉様はもう無理でも、お姉様くらい評価が高い人が改めて王太子妃になればいいの……？」

「まぁ、何を言うの、シェリース！　他ならない王太子殿下のお望みなのだから、貴女が身を引くことなんてないのよ！　……貴女には、好きなのに身を引いて辛い思いをするなんて、私のような思いをしてほしくないわ……」

「……お母様……」

母親のミリアリアは、政略結婚のために身を引いた経緯がある。それを持ち出して、諦めなくてよいのだと首を振る。けれど、シェリースは自らも首を振って、でも、と繰り返した。

「……それなら、私はどうしたらいいの……？　お姉様と仲よくなれたらよかったのかしら……。でも、私、断られてしまったわ。少なくとも数年は、離れておきましょうって」

「……あの子が、そんなことを……？」

「ええ。……私が王太子妃として認められている頃なら、話せるようになっているかもしれないけれど、今は駄目だと……。あぁ……最初からお姉様が選ばれていれば、私も諦められたと思うのに……」

「…………王太子殿下は、貴女だからこそ選んだのよ。それはないと、思うわ」

「……それじゃあ……、お姉様が変わらなかったら、あの頃のままだったらよかったのかしら……。ふふ、こんなこと考えても仕方ないことなのに……」

「…………」

自嘲気味に笑ったシェリースに、母ミリアリアは少し黙り込んだ。そして、シェリースの肩を強く抱いて、ゆっくり撫でながら、言う。

「そうよ。……あの子があのまま、悪女と呼ばれていれば。冷たい女だと、思われていたままだったら。……それは、今からでも……」

「……お母様……？」

「……シェリース、泣かなくて大丈夫よ。……ええ、何も心配いらないわ……」

にっこりと笑って大丈夫だと強く言う母親に、シェリースは何か返事しようとして、言葉を呑み込んだ。

自分にはもはや打つ手はない。王太子を好いてしまった感情も取り返しがつかず、今更手放すこともできず、努力しようにももうできる限りのことはしているのだ。

何やらよくないものを感じ取りながらも、シェリースは何も言えなかった。

三章 ✦ 近づく終わりと罠の影

「……そう、領地を与えてくださることになりそうなのね」

「そうだ。俺としては何処へなりと行くがいい、とでも言われるかと覚悟して、あの日のことを報告するつもりで行ったのだがな」

「それだけ、貴方が手放せない重要な人だということよ。それはそれで、ありがたいことなんでしょうね」

ベッドでお互いの体に触れ合いながら、私たちは話し合っていた。

狩猟大会での王太子への決別の意思表示は、不敬ともとれる行いであった。だからこそ、ギルベルトは処分を待つよりも自分から国王陛下への謁見を願い出たのだが。

けれど、国王は息子である王太子が危険に晒されたことは不問にして、ギルベルトに領地を与えると告げてきたのだった。それは、ギルベルトをこのエブレシアに引き止めるためであることは明白だ。

「この国をいずれは出るべきか、とかなり本気で考えているのだがな。……確かに、今の手持ちの資産を国外に持ち出せるかもわからず、身一つで放り出されたら君が大変だ。……できることなら円満に辞職して、自分達で安住の地を探したいものだが……」

「でも、領地を与えていただけるなら、それでもよいのかもしれないわ。領地運営に注力して、王都へは最低限訪れるだけの貴族も多いし。……ただ、そうすると貴方だけは頻繁に行き来しないといけないかしら。この国に留まるなら、貴方が辞職することは受け入れられ難いでしょうし……」

「……まぁ、何にしてもすぐにこの国を出る、というのは現実的ではないということか。この邸宅の使用人も放り出さずに行けるならその方がいい」

「そうね。出るにしても色々と準備を整えてからにしたいわね。何処へ行くかも目処を立てておきたいし」

貴族の生活というのは恵まれているものだ。それを手放すということは覚悟をしていても辛いものだろう。前世の知識があって、一般人的な感覚もある私だって、この恵まれた生活から何もかもを自分でやる平民の生活へ、簡単に移行できるかといえば不安がある。生家を離れて王国軍へ入るまでは傭兵のようなことや護衛などをして生活していたギルベルトは、何処へ行っても生きていける自信があるようだが。

ただ、不安はあってもこの人と離れること以上に辛いことはない、と思う。だから、二人で行けるなら何処でもいい。だが、ギルベルトが将軍職を辞さずに領地を得たとしたら、彼は年に半分ほどは王都にいなければならないだろう。そこに私が都度同行するとなると、あまり王都から離れる目的が達成されない気もする。

「円満に辞職できるには、どうしたらいいのかしらね」

「……今はとにかく軍と言えば俺、という印象が強すぎるのかもしれないな。自分で言うのも何だが」

「ふふ、そうね。王国軍の将軍にして英雄ですもの。みんなそのままでいてほしいに決まってるわ」

「となれば、俺の評価が下がるか、他に名を上げるような誰かが出てくるか。そうなれば代替わりも容易いだろうが」

「……貴方の評価が下がるのは嫌だわ。あとは、そうね、軍自体の評価が高まってくれば、どうかしらね」

「なるほど。それもいいだろうな」

まだまだ軍そのものの評価はあまり高いとは言えない。王国のための武力ではあるが、未だ貴族や王家の傍らには騎士らがいて、彼らに忠誠を誓い、守っているからだろう。

「じゃあ、しばらくは貴方の、でなくて、軍の評価が上がるようなことをすべきかしらね。名を上げるような誰かも、王国軍から出るならそれもいいと思うけれど」

「後進の育成か。……そういえばドラーケン公から、以前に言っていた救貧院に剣術指南場を作るという案が実現すると聞いたな。まぁそちらの育成結果が出るのは、まだまだ先の話だろうが……」

「……ふふ、きっとまた手放し難いものが増えてしまうわね」

ここを離れてもいいと考えてはいるが、手放し難いものは既に多くあって、更に増やそうとしているようでもある。しがらみはない方がいいはずなのに。

でも、結局断罪の日を無事に乗り越えられるまでは、どこにいても何をしていても不安なのだ。それであれば、やはり味方の多い場所にいるほうがいいのかもと改めて思う。居住地を移すのは、それからでもよいだろうと。その頃なら、この国で領地を得て、のんびりと暮らせる可能性も高い。

二人でそんなことを話していると、不意にギルベルトの手のひらが私の下腹を辿った。そして、静かな声で言う。

「……俺としては後進の育成もいいが、もし宿ってくれるなら君と、子を育ててみたいが……」

「それは、同感だわ」

まだ子供ができた様子はない。私に訪れるかもしれない断罪のタイミングや逃れられない死の運命があるのだとしたら、子を授かるのは難しいのかと思うととても辛い。だが、諦めたくはないのだ。それこそ、何にも代えがたい希望になるはずだから。

私達はジッと見つめ合って、どちらからともなく、ふっと笑って、今夜もまた愛情を確かめ合う、子作り作業に耽ってしまうのだった。

それから一ヶ月ほど。時節は年の暮れになっていた。

今日は、王国軍の軍事演習が行われる日であった。その年の軍備の成果を王侯貴族に見せるというもので、軍の設立から続いてきた行事だという。

例の戦争の戦果だけでもその力量はわかりそうなものだが、今なお低く見られがちな王国軍の評価を高めるにはよい機会だとも思う。それこそ、ギルベルトが円満に将軍職を辞するためにも必要なことだ。だから、今回の軍事演習には少しだけ私も口を挟ませてもらったのだ。

例年の軍事演習は軍人の強さを見るための対戦形式の模擬戦闘だった。今年も同じ内容になるだろうと言っていたのを、私は彼らに嫌がられるかもしれないのを承知で口にした。

準備期間は一月ほどとあって、それはもうバタバタで慌ただしかったが。何とか形になったと思う。今日はそれを王侯貴族に見せるのだと思うと、私も少し緊張する。

王宮の敷地内、軍の稽古場でそれは行われる。前世で言うところの球場だとかに近い施設で、土でできた広い敷地を囲むように、一段高い位置に観覧用の場所がある。王侯貴族はこの観覧用の場所に陣取り、演習を見下ろすのだ。

私はその観覧席の中でも端の方にそっと座った。劇場などと同じで、中央の王家の席から近い順に身分の高い人々が座り、私が座っている辺りは身分は下位から中位の人々が多い。

今日はそこまで特徴的ではない普通のデイドレスだが、やはりここでもチラチラと窺うような視線を感じる。とはいっても、服装に対する興味の視線ではないのだろうが。

ここまで真っ当な社交活動をしてきて味方を増やして評価を覆しても、それでも未だ私は身分に拘って妹を祝福せずに妬んで冷遇した女だという評価は消えない。もしくは本当に変わったのかを自分の目で見極めたいのかもしれない。まぁ私としてはもう何でもいい。もはやここまで来たら、周囲の印象を変えることはあまり意味のないことだからだ。

年を越してからしばらく経った頃が、原作本来の悪女アンジェラが大きく動き出すタイミングなのである。あのパーティーの夜のように、何か私を巻き込むようなあれこれが起きないようにする方が大事だろう。私からは特に動くつもりはないが、不穏な動きは潰せるように目を光らせておかなくてはならない。

断罪のタイミングまで、もう時間がない。私が無事に乗り切れるのかどうか、もうすぐわかるのだ。領地を与えてもらうという話も、今すぐ決まったとしても、準備をしているうちに断罪のタイミングが訪れてしまいそうである。

　今私のやるべきことは、あの断罪のタイミングを乗り切れるように危うい事案に巻き込まれないように気をつけることと、私がどうなったとしてもギルベルトに多くのものが残るようにすることだろう。領地を与えてもらうことも、軍の評価を上げることも、それに繋がることだと思う。もちろん、私は最後まで諦めるつもりはないが。

「……始まるわね」

　行事が始まる合図の笛が鳴り、私は姿勢を正した。私が仕掛けた案は、どう受け止められるのか、少しだけ気がかりではあるが、期待のほうが大きい。

　そして、それは正しかった。

　ザッ、と土を踏みしめる音と共に、王国軍が会場に姿を見せる。それだけで、人々の視線が彼らに集中するのがわかった。

　王国軍の皆は、私が新たに用意した揃いの軍服に身を包んでいる。戦争などで同一の軍だとわかるように同じ色のものを身につけるなど、そういったことは今までもあったし、通常の軍服もあるにはあったが粗末なものだったので、こうした式典用にと質のよいものを全員分用仕立てたのである。

　その予算は軍事演習用のもので大部分は賄えたが、少しだけジュダールの家からも出している。期間が短かったこともあってかなりバタバタだったが、大まかなサイズ分けをして同時進行で大量に製作したのだった。仕上がったのは本当にギリギリだった。

　そして基本的に同一の軍服なのだが、隊長格の人物だけ装飾を少し変えている。上着の裾の長さを変えて、将軍であるギルベルトはロングコートに更に装飾を増やしてあった。

「……かっ……」

かっこいい、と唸るように口走りそうになって、思わず唇を引き結んだ。前世のファン心理というか、推しに対する身悶えというか、そういうものが危うく前面に出るところだった。ぐ、と言葉を呑み込みながら、王国軍の姿を見下ろす。今回の彼らには統率の取れた行進をすることと、集団での模擬戦闘をしてもらうように頼んだのである。私が知る前世の軍事演習は、そういう集団での行動や武力を見せるものが主だったのだ。ここの世界観では騎士などの個人の強さを見せるものが主流なので、軍の変化を見せることができるはずだと。

短い距離の行進だが、揃いの軍服、足並みを揃えた統率の取れた様子は、それだけで目を引く。そして彼らはザッと整列して、高い位置に座る王家……特に国王陛下に向かって頭を垂れた。

「このエブレシア王国軍は、我が王国のための盾であり剣であります。日々の鍛錬の成果を、ご覧に入れましょう」

ギルベルトが朗々と述べ、そのまま集団での模擬戦闘は始まった。歩兵、弓兵、騎馬兵、簡易的ではあったが、息の合った連携でその強さを見せた。

ここにいる王侯貴族は、過去に戦場に出たことはあっても、基本的には部隊長などの役割を担っていただけで、戦闘の様子などは遠目にしか見たことはないはずだ。だからこそ、王国軍は下々の人間で組織された、末端の雑兵という認識が強い。

けれど、上質な揃いの軍服を着て、統率の取れた動きをする彼らは、その認識を覆すものだった。

今日、この日、王国軍は騎士と同等の存在になるのかもしれないという認識が、改めて植え付けられたに違いない。王国のための盾であり剣、という言葉も、王家を始めとした人々に優越感を感じさせるに足るものだった。

あぁ、と感嘆の吐息が思わず漏れる。

これが見られただけで、悔いはない。

と、思ってしまったのだが、私は苦笑した。

いや、悔いはある。この素晴らしい人を支えていく役割は、私にしかできない……というか誰にも渡したくない。

色々と理由を並べ立てても、この国を捨てることを選べずにいるのは、きっと彼が長く人々に愛されて、正当な評価を受けて、この国の英雄であり続けて欲しいからだ。他の誰でもなく、私がそれを強く望んでいる。

逃げないで立ち向かうべき、なのね。きっと。定められた運命なんてないんだと、自分の目で見届けるべきなんだわ。

今まであった迷いがふっ切れた気がした。前世の私は何かに立ち向かうような人間ではなかったし、アンジェラの精神が混じった今でも、逃げる選択肢を残してしまっていたが。

間近に迫っているあの断罪の日を、この王都で正々堂々迎えようと、決めたのだ。

エブレシアでの新年は、皆で夜通し起きて迎え祝うものである。市街は終夜明かりが灯り、街全

体がパーティー会場のようになる。
ジュダール邸ではせっかくだからとほとんどの使用人を休ませて、自由に新年を迎えるようにと勧めたのだった。

年越しを街に繰り出す人々も、家族でのんびりと過ごす人もいる。ジュダール邸の使用人らも最初は戸惑(とまど)いつつも、束の間の休暇(きゅうか)を楽しむべく出掛けていった。

残った私とギルベルトはというと。

「……本当にいいのか？　街中華やいで、祭りのようになっているが」

「いいのよ。たまには使用人達も楽しんできて欲しいし。……私達はのんびりと新年を迎えましょう？」

ジュダール邸で調理の必要のないパンや干した果物、それにワインなどを夫婦の部屋に持ち込んで、部屋でまったりと寛(くつろ)ぐ構えである。年末まで忙しく過ごしていた反動もあり、賑(にぎ)やかに過ごすよりはギルベルトとゆったり過ごしたいと思ったのだ。

「君が楽しめるならどこで過ごしても構わんとも。だが、自室に籠(こ)もって二人でのんびりと、となると」

普段とあまり変わり映えしないな、とギルベルトは笑う。

その言外に込められた意味として、結局いつものように触れ合ってしまうのだろうなというのもある。それが嫌だというわけではなくて、二人とも望んでいることではあるけれど。

慣れというか何というか、せっかくの新年を祝うタイミングだというのに、結局いつもと同じことになってしまうな、という微妙な残念さを感じる。

「それなら、普段とは違うことをしてみましょうか」

確かに今回の休暇は使用人の福利厚生的な意味合いだったが、結果としてせっかく邸内に人目もないことだ。普段とは違うことをしてみようという提案に、ギルベルトは否定はしないものの、一体何をするのかと訝しげに首を傾げる。

実は私にはやりたいことがあった。その望みを口にすると、ギルベルトは更に首を傾げつつも、応じてくれることになったのだった。

そして——。

「はぁ……最高だわ……」

「喜んでもらえてこちらも嬉しいのだが、何がそんなにいいのかちっともわからん」

私は天を仰ぐように感無量の声を漏らす。私の目の前には、軍事演習の日に大勢の前で披露したロングコートの軍服姿のギルベルトがいる。そう、私の望みとは、あの衣装を着たギルベルトがもう一度見たいというものだったのだ。

「そんなに喜んでくれるならいつでも着るというのに」

「えぇ、でも、これは式典用に仕立てたものだから、ここぞという時に着るべきものであって……」

普段着のように着るものではないからこその特別感なのだが、もう一度見たい気持ちが止められなかったのだ。

ギルベルトが、将軍職を手放してもいいと思っていること、それから私が、これからやってくる断罪の日を無事に乗り切れるのかわからないことから、あの軍事演習の日の姿が最後になる可能性もあったのだ。

とにかく、私はどうしても間近でギルベルトのその姿が見たかったのだ。普段は気安い物言いも多いが、こうした硬い印象の服装をしていると多くの軍人を率いる人物なのだと実感する。威圧的でありながら、付いていきたいと思わせる頼りがいのある様子が、征服者や覇者のようで。前世のオタク的な思考が思わず蘇り、跪いて命令されたい、なんて思ってしまうほどだ。

「それで？　これを着た俺を見るだけでいいのか？」

「では命令してくださる？」

思わず心の声を口にしてしまった。しかも前のめりに間髪を容れずに。これにはギルベルトも目を丸くする。

「……命令、とは」

「あっ、ごめんなさい、つい……いつも貴方は私には凄く優しいから……そういう面も見てみたい……と思って」

「……な、なるほど？　君は本当に時折驚くようなことを言ってくるな……」

普段から私を優先して配慮してくれる彼の、箍が外れる瞬間というか、理性で抑えられないようなところが見たくなるのはいつものことだ。特に今の衣装のギルベルトには、優しさよりもそういうところを見せて欲しい。

私の期待に満ちた視線に、一瞬悩んだ様子を見せながらも、ギルベルトは要望に応えるべく低い声で「立て」と命じた。

「はいっ」

ソファにゆったり座っていた私が思わずそう言って立ち上がると、ギルベルトは苦笑する。

「以前の縛ってくれ、というのも驚いたものだが、君はそういう趣向を好むのかもしれないな」

「えっ、あ……そうかもしれないわね……」

そういう趣向というのは、拘束とか支配とか、どちらかというと被虐的な扱いのことを言っているのだろう。ただ、それは普段優しい彼の激情に駆られた姿を見たいからで、ギルベルトが相手ならばそういうのもいいと思うし興奮してしまうというだけである。

私は、拘束してみようと言い出した前科があるので、ちょっとばかり偏った性癖を出しすぎただろうかと不安になった。

「……幻滅、する？　こんな私は、嫌かしら」

「いや、それを俺にだけ見せるなら、全然構わんのだがな。……他の誰からでも嬉しいというなら、……幻滅というよりは、そうさせないようにそれこそ拘束しておかなければと、思う」

「……そんなの、貴方にだけだわ」

どんな趣向を好んだとしても、自分が相手なら構わないというギルベルトが見せる嫉妬のような感情に、私は胸が締めつけられるような気持ちになる。

絶対にシナリオ通りにはさせないと思いながらも、それに抗えなかった時は、原作でアンジェラの処刑を自ら担った時よりも辛い思いを彼にさせてしまうかもしれないことが苦しい。けれど、ここまで愛されていることへの安堵と嬉しさは、何物にも代えがたいのだ。

貴方だけ、と言った私に、ギルベルトはまた薄く笑って、ソファに座った自分の腿を叩いて「おいで」と言った。

それは優しいけれど有無を言わさぬものがあって、私は逆らうことなく静かに従う。

傍までいくと、ギルベルトがぐいっと私の手を引いて、そのまま彼の腿の上に座る形になった。

「……こうしていると馬車の中で汚してしまうからと言われたことを思い出すな」

「……そうね」

「……今日は、どうしようか。ご希望は？　アンジェラ」

部屋に籠もって二人で過ごすとなった時点で、そういうことになるだろうとは二人とも感じていた。自分でもお誘いをすることは嫌ではないし、慣れてきたとはいえ、まだまだ照れはあるのだが。

まるで命令されているかのように、私は本心を口にしてしまう。

「……したい、わ。……でも、汚してしまうのはやっぱり嫌だし、使用人の仕事を増やしてしまうのも……」

「……ふむ、では、汚さないようにすればいいわけだ」

汚さないようにとは、どうするのかと私が思っていると。ギルベルトは私の膝裏に手を入れて、荷物を動かすようにサッと体勢を変えてしまう。私はソファの肘掛け部分に寄りかかるような形で寝そべっていて、ギルベルトはそんな私に伸し掛かるようにして、そのままスルリとドレスの裾から手を這わせてくる。

「えっ、と、あの、ギルベルト。……ここで？」

「……せっかく着替えたんだ。このままの方が面白いだろう？　さて、あとはドレスやこの衣装を汚さないようにしないとな」

いいことを思いついたとばかりに、ギルベルトはニヤリと笑う。そして、ドレスの裾を摑んで、私の手に握らせる。

「……持っていて」

「えっ、えっ、えっ？」

いつの間にか、ドレスの裾を自分で捲り上げるような格好になっていて、私は理解が追いついてきて羞恥心で顔が赤くなるのを察する。けれど、ギルベルトは有無を言わさない笑みを浮かべて、そのまま私の片足を持ち上げてソファの背もたれの方へ乗せてしまう。

「……っ、ま、まって、ギルベルト、これは、だめ」

ベッドの上で一糸纏わぬ姿で抱き合うことには慣れてきていたとはいえ、自分でドレスの裾を捲り、足を開いた格好で、目の前にはどこか悪戯めいた様子のギルベルトがいるのでは違う。私の困惑は放っておいて、ギルベルトは開かせた足の付け根に顔を寄せるようにした。

ギルベルトが何をしようとしているか、ようやく察する。いや、その行為も初めてではないのだけど、私は駄目と繰り返しながら首を振る。

「……普段の君の装いは淑女らしいものだが、その下にこんなものを隠していることは俺しか知らないのだと思うと、酷く興奮する」

「ちょ、だめ、恥ずかしいから……っ」

今日もまた私は腰の横で紐を結ぶ形の下着を着けているのだが、それを見たギルベルトの言葉に熱い吐息が混じる。そこには色気と興奮が滲み出ていて、ギルベルトのそんな雰囲気に煽られて、私の鼓動は早鐘を打った。

「もっと大胆な振舞いで俺を翻弄することもあるというのに。……ふむ。これも汚さないようにしないと、だな」

下着も汚さないようにしなければ、などと言いながら、ギルベルトはその紐を解いて、あっさりと引き抜くようにして脱がせてしまう。足が開かれていたため、秘所を晒してしまうことになる。

「……だ、だめだってば」

「こら、閉じるな。……君は感じやすくて、いつもここが溢れるくらいに濡れてしまうから……今日は舐め取ってやろうかな」

「……ッ」

何となく、そうされるのではとわかっている。けれど、逃れたいような羞恥があるのは、自らドレスの裾を捲り、恥ずかしい格好でそうされているからだろう。けれど、逆らえない。ゴクリ、と喉を鳴らして、刺激を待ってしまう。

ぴちゃり、と濡れた音がして、伸ばされた舌がそこを這うのを感じる。ヒッ、と詰めた吐息が漏れるが、刺激を快楽に変換することに慣れてきた身体は、すぐに熱を帯びていく。溢れ出る淫液を舐め取るように、時には吸い取るようにされて私の口からは上擦った声が漏れていった。

「あっ、んんッ、まっ、まって……」

「……ふ、追いつかないな」

自分でも止められないくらいに溢れてくるのがわかってしまう。顔を離したギルベルトが、ペロリと舌で濡れた唇を舐めてそんな風に言う。着ている衣装も相まって支配者のような振舞いにゾクゾクと感じるものもあるが、仕方ないじゃない、と拗ねるような気持ちにもなった。

「も、もう舐める、のはいいから……」

「……そうか？　せっかく時間もたっぷりあるのだから、もっと慣らしてからの方がいいのでは？」

「だ、だって、汚さないなんて無理だもの」

　受け入れる側なのだから、濡れやすいことはいいことのはずなのだが、やはり羞恥があるのは仕方ない。ここで続きはしないというように、足を閉じてドレスの裾を下ろそうとする。

「……では、こうしよう」

　ギルベルトは私を抱き上げると、そのまま絨毯の敷かれていない石造りの床のところに降ろし、後ろ向きで壁に手を付くような形で立たされた。そしてギルベルトの身体が私の背後に立ち、同じく壁に手を付いて、覆い被さるようにしてきた。いわゆる壁ドン……に近い形である。

「な、なに？」

「ここなら濡らしても大丈夫だからな」

　そして再びドレスの裾を捲り上げられ、先程まで舌で舐られていた箇所を、今度は指が弄ってくる。

「ひゃっ」

「君のここはいつもキツい……やはり慣らしてからにしよう」

「あぁっ、ん、んんッ」

　前傾姿勢で尻を突きだすような格好で、後ろから指を秘所に捩じ込まれて。浅いところを解すように動いたかと思うと、溢れた滑りを塗り拡げるように、その指が肉芽の方まで伸びてくすぐるようになぞる。時間にしてみればほんの僅かなものなのに、その愛撫だけで私の身体の熱は容易く燃え上がった。

「……ぎ、ギルベルト、もう……」

「ん？　なんだ、アンジェラ。どうして欲しい？」

「はやく……欲しい、の。……お願い……」

燻るように疼く熱がもどかしい。肌を合わせて抱き合って、お互いの熱を感じるように夢中で行為に耽る、いつものようにして欲しくて堪らない。

「確かに、もう吸い付くように締めつけているな……」

膣口を撫でて、焦らすように指先を潜り込ませ、またすぐに抜いてと繰り返され、私は知らずしらずのうちに腰を揺らしてしまっていた。

「こんなに感じやすくて、心配になる。……誰にもこんな姿を見せるなよ」

「そんなの、しない、貴方としか、したくないから……っ、お願い、もう……っ」

もはや羞恥心も振り切って、私は挿れて欲しいと懇願してしまう。そんな私にギルベルトは野性的な笑みを浮かべて、空いていた方の手でゆったりとロングコートの合わせを開き、トラウザーズを寛げた。そのゆっくりとした動きを荒い吐息を吐き出しながら、期待するような眼差しで見つめてしまう。

だが、ふと、逸らした視線の先、私はこちらに向いている姿見を見つけてしまった。そこには、私達の今のいやらしい姿が映し出されていて、振り切っていたはずの羞恥心がサッと舞い戻る。

「……っ、あ、待って、鏡……！　う、映って……」

私が顔色を変えたのを見て、ギルベルトがちらりと視線をその姿見に移す。ドレスの裾を捲り上げ、今か今かと後ろから指ではないものを捩じ込まれるのを待つ私の姿。淑女の装いでありながら、娼婦のような振舞いだ。

再び私が裾を下ろしてしまいそうになるのを、ギルベルトが押さえつける。そして、私を抱き込むようにして、その鏡に向かって歩き出す。

「ちょうどいい。……自分がどれほど俺を煽る表情をしているか、見てみるといい」

「え、あ……」

先程までは壁に向かって手を付いていたのが、今度は姿見に向かって手を付く形にされる。上半身はあまり崩れていないのに、ドレスを捲り上げて生足を晒し、とろとろと愛液を溢れさせているのが内腿を伝う透明な液で分かってしまう。そして、私の表情は恍惚として、頬は赤く、背後の最愛の夫に支配されることを望んでいる。

「……いつも、こんな表情で俺を煽って……優しく大事に囲い込みたいというのに、自分のものだと見せつけたい気持ちにさせるんだ」

そして同じ姿見に映るギルベルトの表情は、優しさを失わない中にも強い独占欲や支配欲が見えて、堪らない気持ちになるのだった。

「……して。そう、されたい……貴方のものだって、刻みつけて欲しい……」

そして私はそう求める。何があっても引き裂けないほどの繋がりが、二人の間に生まれることを願ってやまない。

ギルベルトが私の言葉を聞くや否や、後ろから露出させた屹立を擦り付け、早々に捩じ込んでく

る。大きく硬いそれは入り込む瞬間はこじ開けられるようで痛みにも似た何かを感じるけれど、すぐに快楽を与えてくれるものに変わってゆく。

「んあっ、はっ、あぅ……っ」

奥までズンッと押し込まれて、そのまま何度も何度も奥を叩くように穿たれる。その度に荒い吐息と掠れた喘ぎが漏れて、身体は喜びに濡れて粘ったような水音が動きに合わせて響く。

「……は、吸い付いてしゃぶりつかれているみたいだ……堪らないな」

「は、アッ、あぁん、んんッ」

馴染んだ身体は剛直で抜き差しされるだけで絶頂に追い上げられる。鏡に映る自分の顔が、蕩けて、快楽に溺れているのがわかるけれど、どうしようもない。

「いっ、イク、あ、もぅ……っ」

足先が震えて、思わず姿見に縋り付く。ぴしゃ、と水音がして、ぼんやりとした頭で足元を見れば、石造りの床に水溜まりのようなものができていて、もはや羞恥を感じている余裕もない。快楽を得始め、絶頂を迎えても、急速に冷めることのない身体は、揺さぶられるままた次の波に身を委ねる。思考力は次第に散漫になり、ただただ喘いで身悶えるだけになってしまう。

「くっ、うねって、絞り取ろうとしてくる……こちらも、保たない、な」

「あ、は……っ、なか、中に……、欲しい……」

「もちろん、そのつもりだ……ッ」

私の腰の辺りを摑むようにしているギルベルトの手に、上から重ねるようにして請うと、言われなくても、と更に動きが激しくなった。

原作におけるエンディング……断罪の日が近いことで、行為のたびに今度こそはと新しい命が宿ることを夢見てしまう。

ここで終わりたくない。奇跡よ、お願いだからこの身に宿って。大丈夫だって教えて欲しい。こんなにも愛し合っているのに、まさか引き裂かれるなんて、そんなことはあり得ないと思いたい。でも、ずっと、不安は澱のように残り続けている。例の日を無事に終えるまで、確実なことがわからないのがこんなにも辛い。

甘い強請るような声を漏らしながら、ぼんやりと霞む視界に映る、鏡の中のギルベルトを見つめた。私を支配して、手放さないで、貴方のものにして。睦言というだけでなく、本当にそう願ってやまないのだ。

私は鏡の中のギルベルトに口づけると、背後のギルベルトの苦笑いが聞こえてくる。

「……こちらにしてくれ、アンジェラ」

「……ぁ、んく、ぅ」

顎を取られ、後ろを振り向くようにして、本物のギルベルトの唇が私のそれを塞ぐ。熱い息が溶けるようで、上顎の辺りを舌でなぞられる刺激で、私はまた絶頂を迎えていた。

同時に達したらしい彼の精が下腹に温かく広がっていく。立ったままの行為は思いがけず疲労してしまって、私はガクン、と足腰から力が抜けてしまう。

「……ごめ、なさ……、立って、られな……」

「気にするな。少し休もう……あぁ、そろそろ年が変わるな」

ギルベルトのそんな言葉で、遠く、新年を告げる鐘の音を聞く。

もうすぐ。もうすぐ結末がわかる日が来る。

願わくは、この人と、二人の間に子供も生まれて、明るい未来が訪れますように。

私はそう願って、緩やかな眠気に引きずられ、目を閉じるのだった。


そして、意識の途切れる間際。ギルベルトの、どこか寂しげな声が聞こえてきた。

「……ここのところ、不安そうにしているな、君は……。……君が、どこか終わりを見ているようで、それが酷く……もどかしい」

二人の生活が終わってしまうかもしれないと不安に感じていることを、ギルベルトも察していたらしい。

けれど、原作の存在のことは、言うべきではないと思っている。

でも、それは貴方との未来を願うからこそなのだと。それもまた、眠気に襲われてしまった私には、伝えられないものだったが。


そうして、年が明ける。

新年を迎えてからは、一週間ほど皆が休む。それは平民も貴族も変わらない。食材等は買い込んでおくのが常で、できるだけ外出せずに自宅でゆったりと過ごすのである。

ジュダール邸でもそうした新年を迎えていた。

私とギルベルトは暖炉(だんろ)の前に長椅子を置いて、そこで二人で並んで座りながら、本などを読んでゆったりと過ごしている。

そんな中、部屋がノックされ、家令のダンティスが顔を覗(のぞ)かせた。手には何やら手紙を持っている。

「お寛ぎのところ申し訳ありません。お手紙が届きましたのでお知らせに……」

「あら、ありがとう。誰からかしら……今の時期はパーティーなどもないと思うけれど」

「旦那様宛(だんなさまあて)のものと、奥様宛のものが一通ずつでございます。どうぞ」

「ありがとうダンティス。あなたも休息をしっかり取ってね」

「ええ、ありがとうございます、奥様」

新年の休息の時期に働いている家令を労(ねぎら)って、そうして手紙を受け取った。私は暖炉の前でいつの間にか微睡(まどろ)んでいたギルベルトの頬を撫(な)でて、手紙が届いたわよ、と告げる。

「……ん、あぁ、すまない。誰からだ……？」

「ええと、メルゲル家、からのようね」

「……メルゲル……メルゲル領の？」

ギルベルトが微睡みから覚醒(かくせい)して、受け取った手紙を開いて読み始めた。私も、自分宛の手紙に視線を落とす。差出人は、私のシッターであった老婦人からだった。

その差出人の名前を見て、ハッとした。この中身には、思い当たるものがあった。そう、原作の小説で知ったものだ。

私は答え合わせをする気持ちで、その手紙を開く。王都を離れたシッターの老婦人は今は出身地である片田舎に住まいを移し、穏やかに暮らしているはずだ。

手紙には、こう書かれていた。

『アンジェラお嬢様、いえ、今はジュダール将軍閣下の夫人と呼ばねばなりませんね。お久しぶりでございます。

アンジェラ様のご活躍は、王都から離れた私の住む街まで届くようになりました。大変喜ばしいことです。

私がアンジェラ様を残して王都を離れることになった時に、全てを放り出してでもお傍にいるべきかと本当に悩みました。けれど、私がおらずともお嬢様は立派に成長なされて……。安堵とともに、少し寂しくも感じます。

お嬢様のご活躍を聞く度に、残念に思うのは、アルデヴァルド侯爵家のことです。王家の傍流たる公爵家の血を継ぐアンジェラ様こそ、王太子殿下の婚約者に相応しいはずと何度も思いましたが、あのミリアリア奥様がそう考えるはずもないでしょうね。

この度、お嬢様にお手紙を書こうと思いましたのは、そのミリアリア奥様のことについて、耳を疑う事実を知ってしまったからでございます。

少し前私が近隣の街に出かけた際に、そこでアルデヴァルド侯爵家でミリアリア奥様付きのメイドをしていた女性と出会いました。そして私は聞いてしまったのです。ミリアリア奥様と侯爵閣下の初夜には、破瓜の血は流れなかった、と。これは、もしかしたら、と思わずにはいられず、そしてもしそうであるなら、今こそお嬢様の血筋の正当性を世に示すことができるのではと……。

どうなさるかはお嬢様にお任せします。けれど、耳に入れておいて損はない話なのではと、こうして書かせていただいたのです……』

実は私は、この話を知っていた。そう、シッターだった老婦人からのこの手紙の内容を使って、原作のアンジェラはアルデヴァルド侯爵家に対して牙を剝く。それは、異母妹シェリースの血統の不透明さを問うもので、もし真実ならば王家に連なる人間の仲間に加えるわけにはいかないだろうと。それは真実などどちらでもよく、疑惑を持たせられればよかったのだ。

「………」

ビリ、と私はその手紙を破いた。そして、スッと暖炉の中に投げ入れて、燃えていくのを確かめるように見つめた。

原作の結末を知っている私は、その情報が結局覆されてしまうことも知っている。破瓜の血は確かにわかりやすく流れなかったが、滲む程度の出血はあり、シーツを汚さずに済んだだけだという、ミリアリア夫人の専属侍女の証言があり、シェリースの出生の不透明さを問うことは結局できないのだ。それよりも、その疑惑をかけたのがアンジェラだと知られてしまうことで、最終的にアンジェラの罪が重くなり、斬首という結末に至る一因ともなる。

こんな情報、なかったことにする方がいい。聞かなかった、知らなかった、と。

私がそうして手紙が燃えるのを見ていると、ギルベルトが燃やしてしまうのか？　と問いかけてくる。

「ええ、私には必要ない、あまりよくない知らせだったの。……そちらは？　貴方も暗い顔ね」

「……あぁ、こっちは訃報だ。……あの災害支援に向かった地の、領主の男爵殿が亡くなったそうだ……」

「……まぁ……」

問いかけてきたギルベルトの表情が暗いものだったので、こちらからも手紙の内容を問うと、それは訃報だという。

「嫡男であった長男殿を災害で亡くし、負傷した次男殿と二人、災害復興に尽力していた領主殿だったが、冬になり冷え込みが激しく体調を崩し、先日息を引き取ったと。俺に世話になったからと、次男殿がわざわざ知らせてくれたのだが……」

「……まだ何か気になることが？」

「うむ、一人遺されたその次男殿が、随分気落ちしているようでな。さて、どう返事したものか……」

私はそれを聞いてそれは気の毒に、と思いつつも、そんな出来事は原作にあっただろうか？　などと考えてしまって少しばかり自己嫌悪に陥った。原作に書かれていることだけが全てではないとわかってはいても、シナリオの強制力のようなものがあるのかないのかを判断する材料にしてしまっているのだと思う。

とりあえず今私にできることはこの手紙をなかったことにすることとだけだろう。私は暖炉の中で燃える手紙を見続けていた。

だが、事件は起きた。

年明けの休み期間が終わり、人々が活動を再開した頃。

買い出しに出かけたマリーを含めた使用人が、思いもよらぬ噂を耳にして戻ってきた。

「お、奥様！　大変です、とんでもない噂が流れていて……！」

私の自室に大慌てで飛び込んできたマリーは、そう切り出して耳にした噂を口にする。

「……な……」

それは、私が燃やしたあの手紙に書かれていた内容だった。曰く、アルデヴァルド侯爵家の後妻のミリアリア夫人は、結婚前に別の誰かと関係があったのでは、と。となると、シェリースの血筋はどうなのか疑問が残る、と……。

そして、その噂の出処として、私の名前が挙がっているとのことだった。

血の気の引く思いだった。

シナリオ通りのことが起きてしまった。私は震えそうになる指先をぎゅっと握り込むことで抑えて、少し考えてから口を開く。

「……噂を否定して、それを言ったのは私ではないという別の噂を流すしかないわね。何もしていないのに私の仕業だと思われるのは、心外だわ」

「奥様……」

「ギルベルトにも相談して、人手を借りられないか聞いてみましょう。それから、噂を打ち消すのに手助けしてくれそうな人に助けを求めて……」

「は、はい！」

狼狽えたところでどうにもならない、焦る気持ちをどうにか抑えて、私は必死に打開策を考えた。

それは、噂には噂で対抗するしかないということ。アンジェラの悪女という評価もそうやって塗り替えてきたからこそ、それは不可能ではないと思える。

ただ今回のことに関しては、私が流した噂だと思われることは避けなければならないだろう。迅速に否定して、この噂は嘘であるという話を多数派にしなければ。

しかし、と私は頭の片隅で考えた。

あの手紙は私がこの手で破いて燃やしたのだ。どうしてその内容が漏れたのか。

単純に考えれば、私の手に渡る前に開封された、ということだろう。いつ、どこで、誰が……。

考えてみれば、王都の外から入ってくる手紙は検閲を通るのだ。まさか、そこから？　でも、一見してアルデヴァルド侯爵家の不利になる情報を流すだなんて。アルデヴァルド侯爵家を目の敵にする人がいて、ちょうど上手く私に罪を擦り付けようとしたのか？

私はふう、と息を吐いた。

結局、誰がやったことにしても、私を悪人に仕立てたいということには変わりない。そこを明らかにするのはまた後だ。

思い通りになってなどやるものか。足掻いて足掻いて、私は明るい未来を勝ち取るのだと決めたのだから。

そうして私は、今やるべきことをするために、動き出すのだった。

「……そういえばそんな噂があるわねぇ。誰から聞いたんだったかしら。パン屋のご主人だったかしら？　あぁ、酒屋のご主人からも聞いたような……。それがどうかしたの？」

「いや、それがさぁ、その噂ってどうやらジュダール将軍の奥様を陥れようとしてわざと流されたんじゃないかって話でさ。まだ奥様はご実家のことを恨んでいる……ってことにしたいらしい、とか」

「えぇ？　そうなの？　最近は将軍様と随分仲がいいって、お芝居にまでなっているとかって話なのにね。なるほどねぇ、逆に妬ましくなってしまったってわけね」

「そうそう。それで、その噂を流したのが誰だか気になってさぁ。噂の内容が内容だから」

「なるほどねぇ。じゃあその噂をしている人がお店に来たら、そっちの話をしておくわ。あと誰から聞いたのかも聞いてみるわね」

「本当？　助かるよ。何かわかったら教えてくれるかい」

「えぇ。任せておいて！　それより、今夜は暇なの？　リヒャルト」

「いや、これからその将軍のところに行かなくちゃなんだ。悪いね。また来るから、ごちそうさま！」

「んもう、忙しいわねぇまったく……」

酒場の給仕の女性と話していたリヒャルトは、そうして用件を済ませて店を出た。例の噂の出処を探りつつ、打ち消す噂を流す役割を、リヒャルトも請け負っているのである。

そして、話の種としてではなく、今夜は本当にジュダール邸に用があるのだった。邸宅を訪れたリヒャルトは、出かける支度を済ませていたギルベルトに報告する。

「噂の方は何とか、逆の話を広められたと思うんすけど。なかなか出処は掴めないっすね……」

「そうか。まぁ出処はどちらでもいい。大体のところはわかりそうなものだ」

「……それもそうなんすけどね。こっちは別に対立したいわけでもないってのに。どこのどなたかは知らねえっすけど」

「身の程を弁えろと言いたいんだろうさ。俺にしても、アンジェラにしても」

「アンジェラ様は真面目にやろうとしてるだけでしょ。隊長は自ら望んで諸々与えられたわけでもないし。やだねぇ、みんな自分ばっかりで心が狭くて」

流された噂はアルデヴァルド侯爵家を中傷するものだ。だが、その噂を流したのは誰かとなると、王太子に見初められたシェリース嬢をよく思わない誰か、ということになり、結果的にアンジェラの名前が一緒に噂されていた。その噂に気づいたアンジェラが事を重く見て、早急に打ち消すような噂を流すように動いたわけだ。

王国軍やドラーケン公爵家を始めとして、懇意にしている人々に手助けを求めて、噂には噂をぶつけて、広まり始めていたものは収まってきたのだが。問題の一体誰がそんなことをしたのか、という点は未だ不明である。

特に、ここのところのジュダール夫妻の評価は高まっていて、年末の軍事演習からは王国軍の評価も高い。各方面からやっかみを向けられている現状とあって、なかなかにきな臭い状況だった。

「身に余る光栄として、引くべきところでは引けと言いたいのかもな。……さて、今夜は頼んだぞ、リヒャルト」

「へいへい、いってらっしゃいませ。オレは真面目にジュダール邸の留守をお守りしますよ」

「すまんな。何かと嗅ぎ回られているようで、念のためなのだが」

「わかってますよ。ほら、奥様がお待ちですから！　ドラーケン公も待たせるわけにいかんでしょうよ」

「あぁ、行ってくる」

今夜はドラーケン公爵家での食事会からそのまま宿泊するため、ギルベルトとアンジェラは家を空ける。今はその出かける前に報告のための時間を取ってもらっていたのだ。リヒャルトが早く行った方がいいと促すと、ギルベルトは頷いた。

リヒャルトはそのジュダール邸の留守を守るために呼ばれたのである。例の噂もあってか、ギルベルトをも探るような動きがあり、何かときな臭いものを感じるとのことで、ギルベルトとアンジェラにはいつもの護衛騎士がつくのでいいとしても、目の届かないところで何かが起こったらと案じてのことだった。

こういう悪い予感というものをギルベルトは外さない。危機察知能力が高いからこそ、戦場で成果を上げることができるのだ。ただ、本当に何かが起きてしまうことは、可能ならば避けたいことでもあるのだが。

リヒャルトはギルベルトを見送りながら、自身も不穏なものを感じていた。

そして深夜。静まり返ったジュダール邸の廊下を、リヒャルトとマリーが歩いていた。

「休んでてよかったのに。こんな夜遅く」

「いえ、私も奥様に頼まれていますから」

「そう？　それなら、ちょっとしたデート気分も味わえてオレはいいけど」

「……っ、ま、真面目にやってください……」

　リヒャルトは今夜はほぼ夜通しで警備を担う予定である。使用人の多くが自室に戻り休み始めた頃から、リヒャルトは見回りにと動き始めた。その見回りにマリーが付いてくると言うので、リヒャルトは心配でもあり休んでいていいと言ったのだが、彼女は頑なだった。

　特に何も起こらないのなら、二人で歩くことに何の異議もないので、リヒャルトはそう言って笑うと、マリーは頰を赤く染めながら怒るように答えるが、強く否定はしなかった。

「マリーちゃんは奥様に付いていかなかったんだね」

「ええ、奥様も何か不安に思うことがあるようで、こちらに残っておかしなことがないか見ておいてくれと……」

「隊長も、自分の目の届かないところで仕掛けられる可能性の方が高いからって言ってたな。同じこと考えているんだろうね」

「……あの噂も、この邸宅に届いた手紙の内容が漏れたから、なので。奥様は使用人を疑ってはおりませんが……やはり気をつけておくべきかと」

　アンジェラの専属侍女であるマリーは、いつもならばアンジェラに付いて出かけるはずだ。けれど、アンジェラはマリーを連れて行かなかった。それはギルベルトがリヒャルトを呼んだ理由と同じで、不測の事態が自分の預かり知らぬところで起きないようにという考えからのようだ。だからこそマリーは少しばかり緊張した面持ちで見回りにも付いてくると決めたのだろう。

　気がかりなことなど何もない状態だったら、この機会に好ましい女性と二人きりなことを楽しめただろうに。つきまとう不穏な空気が、何事にも気楽に構えているリヒャルトにも緊張感を与えていた。

そして小声で話しながら歩いていき、二人の足がアンジェラの私室付近に差し掛かった時。

リヒャルトは、つと歩みを止めて、静かにマリーの手を引いた。

「……っ、なにを……」

「シッ、静かに」

不意の接触に驚いて目を瞠ったマリーに、リヒャルトは口元に人差し指を立てて静かに、と伝えた。

リヒャルトはそっと気配を探るようにしながら、マリーの耳元で囁くように告げる。

「……人の気配がする」

こちらが気配を感じているということは、逆もまたあり得るということだ。リヒャルトは手短に伝えて、静かに腰に下げていた短剣を構える。その様子に、マリーが緊張と恐怖に身を縮こまらせるのがわかる。

こんな夜更け、夫人不在の私室にある人の気配など、よからぬものであろうことは明白だ。その気配の主が使用人だろうと侵入者だろうと、その意図は明らかに悪意からのものだろう。

静かに静かに扉に近づいて、リヒャルトはバンッと勢いよくその扉を開けた。

「何者だ!!」

「……!」

誰何の声と共に部屋に飛び込む。

中には、フードを被って半ば顔を隠した人物がいて、ハッとしたように身を強張らせた。体格から男性であることは確かで、その手には何やら小さな箱のようなものを持っている。

「……お、奥様の宝石箱……!!」

リヒャルトの背後からマリーが震える声で口にするのが聞こえる。リヒャルトは考える間もなく男に向かって攻撃を仕掛ける。屋内だからと、短剣のみの装備にした自分が恨めしい。投げて刺すのを狙うのも一つの手だが、武器を失くすのもよろしくない。

ただ、リヒャルトは機敏な動きを得手としている。考える間もなく前へ跳ねるように走り、僅か数歩で曲者との距離を詰めた。

ガキン、と短剣と相手の剣が噛み合った。ぐぐ、と押し込むようにしながら、リヒャルトは相手の顔を見ようとするが、フードに隠れて人相がわからない。ただ、剣の扱いには慣れているようだとは思った。そして、力が強い。

「……なかなかの手練のようだな……っ!!」

キィン、と剣を弾いて距離を取り、間髪を容れずにリヒャルトは次の攻撃を仕掛ける。悩む暇などない、隙を見せてはならない。短剣一つが武器のリヒャルトにとって今の状況では決定打に欠ける。手数で攻めるしかないと考えたのだ。

男は宝石箱を抱えたまま片手で剣を捌いている。その若干余裕すら感じさせる様子に、リヒャルトは腹立たしい気持ちで絶対に逃してなるものかと決意を新たにする。

何度か打ち合い、押して押されてとせめぎ合い、そうしているうちにだいぶ相手の癖を読めるようになってきた。リヒャルトは隙を突いて、相手の宝石箱を持つ方の手に素早い蹴りを入れた。

「……ッ!!」

「生憎とオレは手癖も足癖も悪いんでね!!」

ガシャン、と宝石箱が床に落ちる。男がそちらに一瞬視線を向けたところで、リヒャルトは短剣をガッと男の腕に突き刺した。

「ぐぅッ……」

「はっ、舐めてかかるからだ、この野郎」

にんまりと笑って煽るように言うが、男はすぐに冷静さを取り戻し、今度はリヒャルトの短剣を握る手ごとガッと掴んだ。そしてそのまま刺さった短剣を引き抜く勢いで、リヒャルトの顎を狙ってくる。

「く……ッ」

剣の柄で殴られては堪らないと、リヒャルトはのけぞるようにしてそれを躱した。が、そのせいで相手と距離ができてしまった。

宝石箱は落ちた拍子に蓋が開いて中の宝石がバラバラと散らばっている。男は舌打ちしつつ、そのうちいくつかの宝石をササッと掴むと、刺された腕を庇いながらベランダへと身を翻した。

「逃がすかよ!!」

どうやら侵入経路はベランダからだったようだ。窓が割られている。ベランダの柵には鉤爪の付いた縄がかかっており、男はそれを使って侵入して、今まさに逃げようとしている。

リヒャルトはそのままベランダへと追うが、男は途中で縄を切って地面へと着地するところだった。それを見てリヒャルトは躊躇うことなくその柵を飛び越えた。

「リ、リヒャルトさん!!」

背後から慌てたようなマリーの声が聞こえるが、リヒャルトは落下の衝撃を逃がすように上手く転がって着地すると、そのまま男を追った。

けれど、何処かに馬を隠しておいたらしい男は、それに跨り邸宅から逃げ出そうとしている。

足の早いリヒャルトではあったが、このまま自分がここを離れることも得策ではないかと、少し追いかけたところで足を止めた。

「くっそ、逃がした……」

はぁ、と溜め息を吐いたリヒャルトだったが、すぐに思考を切り替えて邸内へ戻ることにする。

深夜とはいえ、家令のダンティスを起こして、事の次第を伝えなければならないだろう。

割れた窓、鉤爪の付いた縄、それから争った痕跡、盗まれた宝石のこと。諸々、痕跡が残ったままなのが不幸中の幸いだった。この王都では犯罪が起きた時に、専属の警備団が調書を取り、犯人を捕らえる。捕らえられた犯人は裁判にかけられ、その罪を問われるわけだ。証拠が多く残るなら、調べやすくなるはずだ。

それにしても、とリヒャルトは思う。

最後に短剣を突き刺した際にほんの僅か、男の顔が見えたような気がしたのだが。

「……あの男、何処かで……」

記憶を辿るが、明確な答えが見つからない。はて、と首を捻っていると、玄関扉を開けてマリーが飛び出してきた。

「リヒャルトさんっ!!　怪我はっ?」

「あぁマリーちゃん。大丈夫大丈夫、あのくらいの高さなら何回か飛び降りたことあるし」

「……よ、よかった……びっくりして、止める暇もなくて……」

二人で邸内へと入り、明かりの下で、リヒャルトが無傷なことを知るとホッとして力が抜けたようである。へなへなとへたり込みそうになるのを、リヒャルトは支えてやった。

「……それにしても、何で今夜……まるで狙(ねら)い澄(す)ましたように」

「狙ってたんだと思うよ。夫人の不在の時を」

「……そんな……」

マリーが不安と恐怖の混じる声で、呟(つぶや)くように言うのに、リヒャルトは冷静に答えた。

そう、今夜の騒ぎは、行きずりの泥棒(どろぼう)などではなく、明らかに狙って行われたものだ。警備の薄いどこぞの屋敷を狙うなら、まず将軍の邸宅など余程のことでもなければ選ばない。仮に夫妻の不在を偶然知ることができたとしても、何処に何があるかなどわかるはずもない。アンジェラの私室を迷わず選んだことも、怪しさが増す。更には、あの強さだ。盗賊(とうぞく)の類(たぐ)いにしては真っ当な剣筋で、金銭に困ってというには屈強(くっきょう)だった。

これはもう、悪意を感じざるを得ない。誰かの悪意が、アンジェラとギルベルトに向いている。

「……まったく、どこの誰の仕業(しわざ)なのだか。……物騒(ぶっそう)だねぇ」

静かな怒りを滲ませる声で、リヒャルトは口角を上げて言った。

きらびやかな王都の中の貴族らが住まう場所だというのに、まるで戦場にいるかのようだ。不穏な空気がまとわりついたまま、そうして夜は更(ふ)けていった。

「……宝石が、盗まれた……」

「すみません奥様、オレが残っていながらみすみす犯人を逃がしてしまって」

「あ、いえ、怪我がなくてよかったわ。……宝石も全部盗まれたわけではないし、調書も取ってもらったのよね」

「はい、報告は全て済ませました」

「そう……」

噂を流されて、その噂を受ち消すために奔走して。それに協力してもらったドラーケン公爵家との交流を終えて帰宅した朝のことだった。留守を守ってくれていたリヒャルトとマリーから、邸宅に盗人が入ったことを知らされた。そして、盗まれたものは宝石だとも聞かされる。

そのことに呆然としてしまったのは、その宝石が原作でのアンジェラによる悪事に使われるものだと気づいてしまったからだった。ならず者に悪事を頼む報酬として、アンジェラは自身の宝石を売ったお金を使うのだ。

侯爵家の生まれのアンジェラから見たら質素なジュダール将軍の資産でも、原作では自由に使えるものではなかった。そもそも管理をしていないので触ることもできず、頼んで使わせてもらったとして、不仲の夫婦であればその使い道を調べられることもあっただろう。そうなればアンジェラは自身の持ち金を使うしかない。持参金もあったはずだが、派手な生活を続けていれば足りなくなるというものだ。ついには自分の宝石を手放してまで金を用立て、アンジェラは最後の悪事に手を染める。その時に使われたものが、今回盗まれた宝石なのだ。

また、原作と似たような状況になってしまった。立場や状況は違っているのに。あれこれ変化を起こしてみても、変えられないものはあるのだろうか。そんな血の気が引くような思いだった。それは、私の死の運命は変えられないとも言われているようで。

盗まれた宝石は、いずれ換金され、原作のアンジェラがしたような悪事に使われるのかもしれない。そして、その犯人が、また私だと思われる……。

「……宝石を換金できる場所を、調べたいわ。きっと、早めに手放してお金に換えていると思うの」

「また人手を借りよう。警備団を信じていないわけではないが、あまりいい結果になるとは思えない」

換金され、悪事に使われる前に止められるのが最良だが、そう簡単にはいかない気もする。けれど何もしないわけにもいかない。私の言葉に、ギルベルトも苦々しげな表情を浮かべた。

あの噂にしても、今回のことにしても。私を原作通りの悪女に仕立てたくて仕方ないのだろう。一体誰が、と思うが、大体の陣営はわかり切っている。簡単には告発できない人物が、私に悪女であって欲しいのだと。

そして、盗人の行方や、宝石の換金がなされていないかを調べているうちに、数日が経った。

だが不穏で、怪しい事案はまだ続くのだった。

「……な、何ですって……あの国の、偵察部隊が……？」

「あぁ、あの敵国との国境から少し離れた街に、あちらの偵察部隊が入り込んでいるという話が出ている。……宣戦布告はなされていないが、もしや、またも戦争を吹っ掛けようとしているのではと」

「……戦争……」

「いや、罠の可能性もある。ただ、その確認のためにも、俺たち王国軍のうち少数の精鋭部隊で、そこに赴いて欲しいとの王命だ。俺も行くようにとのことだが……さて、どうしたものか」

ギルベルトは悩ましげな表情で決めあぐねている。今回仕掛けてきているらしい敵国は、エブレシアが、いや、ギルベルトが大勝したあの戦争での敗戦国である。いずれはまた仕掛けてくるのではというのは、想定されていることだった。ただ、それにしては時期が早いのではと思うのだが。

ここのところの不穏な空気、起こっている事案。どれを見ても、これもまたそうした罠に近いものなのではという疑いはある。だがまだ、罠であるという明確な確証はない。そして、王命が下っているのだ。従わないということは、逆らうことであり、罰を受けることもあり得る。

ギルベルトが悩んでいるのは、私を置いていかなければならないからだ。罠かもしれない可能性もあり、ここで二人が離れてしまうことはよくないのではと考えてくれている。

私も、ここでギルベルトが不在になるのは恐ろしいことだった。おそらく、近いうちに私を犯人に仕立て上げるような事件が起きる可能性が高い。ただ、それは、私が原作の流れを知るからこその知識であり、その知識がなければ、私はただ何となく、不穏で、不安で、恐ろしいというだけなのだ。

更に、本当に他国からの偵察かもしれないのだ。であれば、早めにその偵察部隊を潰しておけば、戦争自体を回避することも可能かもしれない。放置することこそが、悪手である可能性もある。

私は、悩むギルベルトを前に、どう言うべきか考える。

もし、私が不安だから王命に背いて逃げようとでも言ったなら、ギルベルトはすぐに頷いてくれるだろう。だがその場合、ただ逃げただけでなく、敵国と通じているのではという疑念すら持たれるかもしれなかった。この国でのギルベルトの英雄の誇り、地位や名誉、全てを捨てる覚悟がなければ、この選択肢は選べない。更に、私もまた、今までに得た貴族家との交流や支援を、全て捨てることになる。王命に背くということは、そういうことだ。

逆に、行ってくれと言ったなら、私達の不安はともかく、この国は守られるだろう。これが罠であったとしても、そうでなくても。

「…………ギルベルト、行ってきて」

「アンジェラ!!　だが!」

「戦争になるかもしれないのに、私達の周囲に不穏な動きがあるからと、王命に背くわけにはいかないわ。それに、何も起きないかもしれないのだし」

「だが、これほどあれこれ嫌な動きがあるというのに……」

私は、きっと何かが起きると察している。何も起きないかもしれないというのは、ほんの僅かの、奇跡のような可能性でしかないとはわかっている。

けれど、私は、この国から、英雄たるギルベルトを奪えない。奪いたくないのだ。彼の輝かしい未来も。

「思うところはあれ、今この国を守る軍を率いるのは貴方しかいないわ。行くべきよ」

「……では、君も一緒に行くというのはどうだ。偵察部隊が相手なのであれば、軍が動いていることを知られないようにすべきだ。ならば、夫婦で出かけることを許可してもらえば……」

「……もし本当に戦争のきっかけになるほどのことなら、私が行くのは足手まといよ。できれば王都を離れたいとは思っていたけれど、守りが堅固なのは王都だわ。……悩ましいけれどね」

「確かに、もし戦争になるなら、危険極まりない。道中の村や街も、王都よりは守りが薄い。逆に狙われかねないとも言えるが……だが、君を残していくことも不安だ」

私を連れて行く、と言うギルベルトに、頷いてしまいたかった。確かに、何かが起こる可能性が高いなら、その前に私も王都を出てしまう方がいいのかもしれない。

でも。その場にいてもいなくても、誰かに悪事を命じることはできるだろうし、きっとそういう言いがかりをつけられる気もするのだ。となると、私がいないと逃げたととられて、反論すらできないまま結論づけられてしまうかもしれない。不安ではあるけれど、否定をするためにも残るべきではないか。

「私達がいない隙に盗みに入られたり、知らぬ間に噂を流されたり……。もしまた何かがあったら、すぐに否定して、それなりの手段を講じる必要があるわ。…………不安だけれど、私は残った方がいいと思うの」

「アンジェラ……」

「一緒に行きたい、傍にいて安心したい。そう、私も思うわ。でも、戦(いくさ)となれば足手まといとなり、王都で何かが起きたとして何もできずにまた私のせいにされてしまったら……」

これまでの不穏な出来事は全て、私の立場は異なるものの、全て原作の流れに沿うものだった。

だから、次に起こることは、おそらく妹のシェリースをならず者が襲う事件だろう。原作のアンジェラは宝石を売ったお金でそのならず者を雇うのだ。

それこそが、アンジェラが斬首されることになる、最大の、最後の悪事。王太子の婚約者を害そうとすることは、王家を害そうとするのと同じだとされ、重罪だとの判断がされるのだ。

その妹への襲撃が、きっと誰かの手によって起こる。そしてその犯人が、私だとされるのだろう。ここまで来たら、それが起こらない可能性の方が低いだろうと思うのだ。

その事件を直接止められたらいいけれど、残念ながら、それが起こった肝心の場所や詳しい日時は原作には出てこなかった。シェリースの周りを見張っていたらどうかとも考えたが、それもまた私を怪しく見せてしまうに違いない。

原作という知識があってもどうにもならないことがこんなにももどかしいなんて。

私の知る限りでは、この時期に大きな戦争は起こらないはずである。けれど、原作に記されないだけで、小競り合いはあっただろうし、あり得ないことだとも言い切れない。

やはり、国家間の大きな戦争になるのを避けるためにも、ギルベルトは行くべきだと思う。私はその意思を込めて彼を見つめた。

ギルベルトはそれでもなお迷っていた。だが、私が考えを曲げずにいると、ふぅ、と溜め息を吐いてわかった、と言った。

「早めに調査を済ませてすぐに戻ってくる。問題の国境付近までは数日。往復でも一週間から十日あれば戻れるはずだ。……アンジェラ、君も周囲に気をつけて。人を傍に置いて、たとえ何かがあったとしても無茶なことはしないで、俺が戻るまで、時間を引き伸ばして待っていてくれ」

「貴方こそ、無茶なことはしないで。無事に戻ってきてくれることが一番だわ」

行くことを決めたギルベルトに頷いて微笑んでみせながらも、私は頭の片隅で原作のストーリーのことをどうしても考えてしまう。そのことに、自己嫌悪の気持ちすら湧いてくる。

原作の流れ通りなら、きっと彼は何事もなく戻ってこられるはずだ。けれど、もしかしたら、戻ってきたその時こそ、私の断罪の場になっているかもしれない。ギルベルトのことを心の底から案じたいのに。間近に迫る自身の生死が決まる瞬間に、気もそぞろになってしまう。

シナリオ通りにならないで欲しい、私は生き残りたい。そのために色々と手を尽くしてきたのだ。

大丈夫、きっと乗り越えられる、そう思いながらグッと拳を握る。

ただ、大きな不安はずっと私にのしかかるようにつきまとうのだった。

それから二日もしないうちに、ギルベルトは精鋭の王国軍を十名ほど引き連れて、静かに王都を出ていった。

王国軍が動いていることを知られないように、静かに、見送りも許されない出立だった。

四章 ◆ 応酬の議会と訪れる結末

ギルベルトが出立して数日後。

ジュダール邸にぞろぞろと物騒な来客がやってきた。

「失礼、王都警備隊の者です。アンジェラ・ジュダール伯爵夫人。貴女にある容疑がかかっております。お話を伺いたいので、ご同行願えますか」

来客は王都警備隊の隊員数名だった。前世における警察の役割に近い彼らが来たということは、恐れていた事態が起きたと考えて間違いない。彼らの言葉は丁寧ではあるが、その表情はどこか見下すような、犯罪者を見るようなものだった。

私は全く身に覚えがないけれど、と返答しながらも、やはり来てしまった、と思うのだ。おそらく起こるだろうと思っていても、起きて欲しくなかった。ほんの僅かの可能性でも、何も起こらないことを願っていたのに。

「先日、アルデヴァルド侯爵家のご令嬢、シェリース嬢が何者かに襲撃を受ける事件がありました。貴女はそれに関与したのではと疑いがかかっております」

同行を拒否するならば更に罪に問われる可能性も、と続けられ、私は内心で覚悟を決める。

想定していたとはいえ、実際こうなると緊張や恐怖に震えそうになる。私に待つのは断罪の場だ。

ここで私が負けてしまえば、私は悪女として罪を背負って死ぬ運命にあるのだろう。

ただ、私は恐れながらも、負けるつもりは少しもなかった。これは、最後の戦いなのだ。私が穏やかで幸福な未来を掴み取るための、最後の戦い。

負けてなるものか。だって私はやっていないのだ。何も。罪を被せられそうになっているだけ。

ならば、それを覆してやるしかない。

「……わかりました。まいりましょう」

私は真っ直ぐ彼らを見据えて、そう言った。

「……奥様……大丈夫ですか？」

「……ええ大丈夫よマリー。貴女が傍にいてくれて心強いわ」

「……発言が許されるなら、いくらでも証言いたします。奥様は何もしていませんもの。それをしっかりお伝えしてきましょう」

「そうね。私は何もしていないわ。……あとは、それを信じてもらえるように言葉を尽くすだけ」

私とマリーは王城の中のどこか、小さな控え室のような部屋に連れていかれた。これから私達はさらに場所を移し、シェリースを襲撃した事件について、私の関与があるかどうかを議論する場に、容疑者として立つわけである。

それは議会として開かれているが、実際は裁判のようなものだ。私に罪があると判断されれば、そのまま拘束され、処罰されるのだろう。聞けば、国王陛下、王后陛下、三公爵家、その他主だった貴族らが参席しており、もちろん王太子とシェリースもそこにいる。

これは原作におけるアンジェラの最後の場面だ。断罪され、斬首されるに至る場面。明確な日付がわからなかったとはいえ、こんなタイミングで迎えることになるとは。

緊張のせいか吐き気すら込み上げてきて、自分でも血の気が引いているのがわかる。そんな私の背中を、隣にいるマリーが心配そうに擦ってくれていた。侍女一人のみ傍に置くことを許されたので、私にはマリーが付いていてくれるだけで、とても心強い。

これが最後、自分のこれからが決まるとあって、身震いしそうなほどの緊張と恐怖がある。特に隣にギルベルトがいないことで、不安は更に倍増する。

けれど、原作においてアンジェラの斬首をしたのはギルベルトだったことを思えば、ここにいないことこそ僥倖なのかもしれない。震える手を握りながら、ふう、と息を吐き出す。

そこで控え室の扉が数度のノックの後開けられて、私は顔を上げる。扉の外には近衛騎士が立っていた。

「ジュダール伯爵夫人、こちらへ」

とうとう時間がやって来てしまったらしい。

私は静かに立ち上がると、自身の最後の舞台へと足を向けるのだった。


議会用の広間には、国王と王后両陛下が座る一段高い席と、彼らに背を向けないように左右に長テーブルが配置されており、高位貴族がその長テーブルについている。更にその後ろにその他貴族も参席しており、さながら傍聴席のようだった。

両陛下の座る席の一段下の左右に、議長らしき人物と、その反対側にシェリースとアルデヴァルド侯爵夫妻と、王太子がいる。

私は、扉を開けて入室してすぐの位置、彼ら全員が見えるところに、一人ポツンと立たされた。

マリーは護衛兵に止められ、傍に近づくことは許されないようである。

向けられる視線はそのほとんどが厳しいものだった。中には懐疑的なものもあるだろうが、基本的には罪人を見るような視線ばかりだ。

けれど、口は閉ざしていても私を信じているような、今は出方を見極めているような人々もいるように感じられた。それは私が交流して繋いできた結果だろう。全てが敵ばかりではないと思うと、少しだけ気分も落ち着いた。

そして、静けさを破るようにして、議長席に座る人物が口を開く。

「アンジェラ・ジュダール伯爵夫人。今日この場に呼ばれた理由はおわかりだろうか」

「……ある疑いがかけられていると聞いておりますが、私には何も覚えのないことで、戸惑っておりますわ」

「そうですか。それでは説明を致しましょう。まず……」

議長である中立派のアモス伯爵はそう言って、事件の経緯を話し始めた。

事件が起きたのは、二日前。王宮でいつものように妃教育を終えて、帰宅するためシェリースは馬車に乗り込んだ。ただ、その日は運悪く通るはずの道が整備のために迂回が必要とのことで、いつもと異なる道を通っての帰宅となった。

夕方で、辺りも暗くなってきたところ、異変が起こる。馬車は人気のない道に入り込んで進み、そしてならず者達に取り囲まれてしまったのだ。王都内の移動とあって、シェリースには侍女一人と護衛騎士一人だけが付いており、馬車の内部に侍女、御者の隣に護衛騎士がいたらしい。外にいた護衛騎士はならず者を制圧しようとしたが、多勢に無勢だったようで、交戦しているうちに馬車へのならず者の侵入を許してしまったという。

恐怖に怯えるシェリースと侍女を見下ろし、ならず者は侍女を外に引きずり出すと、馬車内でシェリースにのしかかった。男達が恨むなら俺達に金を渡した女を恨め、と言ったそうだ。

刃物をチラつかせられ、その刃物でドレスの裾を引き裂かれ、伸びてきた男達の手で拘束される間際、シェリースは思い切り叫び声を上げて、助けを求めた。

そして運よく、馬車の行き先を不審に思って密かに後を追ってきた王都警備隊によって救出された、というのが事件のあらましだという。

「……この事件において、犯人の狙いは王太子殿下の婚約者であるシェリース・アルデヴァルド嬢の純潔を奪うことであった。ならず者に襲われた被害者だとしても、その純潔を散らされたとあれば、王家との婚姻は破談になるだろうと」

「……そして、そのならず者に命じた女というのが、私だと？」

「その通り。しかも、それを命じるために犯人に払った金額は、ジュダール伯爵夫人の宝石を換金したものと一致したそうだ。宝石については宝飾店ロネットの店主が、ジュダール伯爵夫人のものだと証言した」

「宝石でしたら、その事件の前に盗まれてしまいました！　何者かが、私に罪を着せるために盗んで換金したと考えられます。その件については、同じく王都警備隊に調書を取っていただいたはずです」

事件のあらましを聞いて、やはり原作の通りに宝石と換金の件が出てきたことに、背筋が寒くなる思いだった。けれど、私はそこで、宝石は盗まれたものだとしてすぐに反論する。僅かにざわめく周囲を感じつつも、肝心の議長はそれもすでに把握しているようで、軽く頷くだけだった。

「王都警備隊に調書を、と。はい、確かに報告はあるようだ。その日はジュダール将軍と夫人はお出かけなさっていて、邸宅を警備していた王国軍のリヒャルト・エーカー氏がその件について迅速に報告をした……」

「その通りですわ。何か問題でも？」

「いえ、随分と準備のよろしいことだと」

準備がよい、との言葉に、私はハッとした。そうだ、最近の私は、原作のストーリーを思い返しながら行動していた。それは、先を知りながら動いていたということ。つまり、何も知らない人から見れば、怪しい以外の何物でもない。しまった、と思ったが、だがそれだけで私は怯まない。反論の余地はまだあるのだ。

「年明けから、少しばかり厄介事に巻き込まれておりまして、エーカー副隊長に私達が不在のジュダール邸の警備を頼んだのもその備えのためですわ」

「ほう。それはどのようなことですかな」

「……年明け、アルデヴァルド侯爵家の現夫人を中傷するような噂が流れ、あろうことかそれを流した犯人に私の名前が上がったのです。そちらも身に覚えのないことでしたので、知り合いの方々に協力していただいて、噂が広まるのを防いだのですが。……その盗人が入った夜は、そのお礼のために出かけたのです。予定が宿泊になったのは本当に直前のことでしたわ。その宿泊先はここにもいらっしゃるドラーケン公爵家です。ですわね？　閣下」

　私が周囲を警戒していた事実は多数の証言が得られるはずだ、と私はそう言って参席しているドラーケン公爵に視線を向ける。議会の流れを見極めようとしていたドラーケン公爵は、私の言葉に頷いて話し始めた。

「確かに、嫌な噂が流れていて、それを流した犯人として名前が上がっているので打ち消す協力をと夫人に頼まれた。そしてそれが落ち着いた頃、その礼も兼ねた交流のための食事会を開くことになってな。ジュダール将軍とは久しく飲んで話すことをしていなかったので、こちらに宿泊するよう伝えた。それは直前に決めたものだ」

「ふむ、なるほど。その件については確かなようですな」

「ちなみに噂の打ち消しについては儂からリンブルク公にも手伝ってやれと言っておいたから、あちらも密かに協力していたはず。さすがに二つの公爵家が偽証に協力することはあり得ぬ。そもそも、リンブルク公は普段はそちらの議長席に座る男だ、嘘など言うまいよ」

「……ドラーケン公の言う通り。確かにこちらも協力した。彼女はアルデヴァルド侯爵家の悪評を撤回する動きをしており、今回の事を悪意による行動とするのは違和感があるのではないか」

　そしてドラーケン公に振られ、リンブルク公も口を開く。噂の打ち消しにリンブルク公も協力してくれたという話は、ドラーケン公爵家での食事会でも聞いたのだが、祖父である彼が敵ではないことが私の背を押してくれるようだった。

　ちなみに普段は議長席に、という言葉通り、本来の議会においてはリンブルク公こそが議長を務めている。今回に限っては、縁者である私が疑われる立場とあって、議長を譲ったわけである。

そんな風に、両公爵家が私の言葉の裏打ちをして、若干（じゃっかん）空気が好意的になったかと思った時。

それまで黙っていた議長席とは反対側の、シェリースの隣に寄り添うように座る王太子が、ポツリと何やら低く言い放つ。

「こういう状況にするために、あえて、ということではないのか？　彼女は随分と有能だそうだからな」

その言葉で、議場は一瞬静まり返る。

犯人だと声高に言うわけでなくても、その言葉に潜（ひそ）む冷たい意志がありありと伝わる。それだけで周囲の私への空気がまた冷えるのを感じた。

私は一瞬口を閉ざしたが、その後勇気を振りしぼって反論する。こんなところでそんな悪意に負けてたまるものかと思うのだ。

「あくまで私がやったということになさりたいのですね。ではお聞きしますが、盗まれた宝石が換金され、それが悪事に使われたとのことですが、そこに私の関与があるという明らかな証拠はあるのですか？」

換金自体は盗まれたその日のうちになされてしまったようだが、それはつまり、私がギルベルトと行動を共にしていた夜に行われたということである。私自身そんなことは頼んでいない以上、それこそ偽証であり仕組まれたものだと言うことで、ひっくり返すならそういうところからだろうと思った。なので、私は強気に問いかけた。

それに対し、議長が一つ咳払いしてから口を開く。

「捕らえられたならず者が口にしたのですよ。これを頼んできたのはフードを被った女だったと。

そしてそのフードの隙間から、赤みがかった金髪が覗いて見えたと……」

「それが私の髪色だと。そうですか。……けれど、あまり多くないとはいえ、この髪色が私以外に誰もいないとは言えませんでしょう。それに私でしたらそんな髪を見せるような真似は致しません。珍しい髪色であればこそ、必死に隠しますわ。それこそ、私に罪を着せたい誰かの仕業だと言わざるを得ないでしょう」

なるほど、それが決め手になって私がここに立つことになったのか。写真も録音もない時代では、確かめることもできない。だが、理屈でおかしいと思わせることができればまだ勝ち目はあると、私はなおも強気に言い放つ。

堂々と受け答えし、全て否定し一向に揺るがない私に、また少し雰囲気が変わった感覚がある。ただ、あからさまにこちらに付くということは、私を信じない王太子と対立することになりかねない。

でも、それでもいい。敵ではないだけで、私にとっては充分だった。

私は、更に言う。

「そもそも、何故宝石を換金せねばならないのです？　それこそ、証拠を残すようなものだというのに」

「それは、そのための金額が用意できない、からでしょうな。将軍閣下は、元々資産家の生まれでもなく、領地も持たないお方。夫人の資産も、アルデヴァルド侯爵家からの持参金のみであれば、大きな金額を用立てるのに、宝石を売るのが一番早いかと」

「まぁ、誤解も甚だしいですわね。私は、宝石など換金しなくとも、自由になるお金はそれなりに持っていますから」

「………それは」

「調べていただいても構いませんわ。私は、公にしてはいませんけれど、服飾関係の事業をさせていただいておりますので。そちらからの収入がありますから、わざわざ宝石を売ってまでお金を作る必要はないのです」

マダム・ジャルダンとの事業展開は、それなりに利益を生んでいる。それに、派手に見えても私が今までしてきたことの中で、大金を使ったものはあまりないのだ。マルクトの絵画を買った時だって、結局ギルベルトがマルクトの応援のためにも自分で出そうと言ったので、私の懐は痛んでいないのである。

原作のアンジェラは、最後の場面では持参金も底をつきかけていたし、ギルベルトの資産も使えなかったので宝石を売るしかなかったけれど、私は違うのだ。

変えてきた、変えられたものは確かにある。

私の言葉に、ざわざわとざわめく議会。

ひっくり返すのだ。この窮地を。他でもない自分で。

私は、真っ直ぐに前を見据えた。

「資産に関してはどうぞお調べくださいな。私は今まで着てきたドレスなどの製作協力などをして、個人の資産を持っております。その管理は私がしており、ある程度のものは支払えるのです。ですから、私が不在の間に盗人に入らせて、盗まれたフリをして換金して、そのお金で……などという手間をかける必要などないのです。あぁもちろん、私はそんなことはしておりませんが」

ならず者に金を渡してシェリース襲撃を頼んだのは、私の髪色に似た誰かを用意するか、もしくは鬘なりを用意したか、そうして私がやったことにしたい誰かの仕業だろう。

とりあえず私は、捲し立てるように思いつく限りの矛盾点を口にした。最近の私はあまり目立つ服装も着ていなかったから、金銭的に余裕がなく宝石を換金したということを信じてしまう人が多かったらしい。次第にどうやら私が疑われているのはおかしいのでは、という空気になってくる。

私は更に続けた。

「我が家に入った盗人は捕らえられたのでしょうか？　その人物が私に頼まれて盗みを働いたと証言しているなら連れてきていただけませんか？　……それとも、そちらの捜索は放ったらかしで、何となく怪しいからと私はここに呼ばれたのでしょうか」

「……それは、まだ捕らえていないようですが」

「そうですか。まぁそれも、私が犯人だと言うように仕組まれているのでしょうけれど」

私が言う言葉に、段々と信憑性を感じて、本当に犯人に仕立て上げられようとしているのではと、きちんと調べるべきなのではとの声がざわめきの中で聞こえてくる。もう一押し、と更に言い募る。

「それから、女一人でならず者のところに行って、大金をただ渡したところで金を奪われて実行されないでしょうし、そこで逆に襲われることもあり得るかと思うのですが。その辺りは犯人はどう言っているのですか？」

「女の傍には腕の立つ護衛が二人立っていたそうだ。それと、その金額は手付金で成功報酬はまた別に払うと言われたこと、襲う相手が令嬢ということで、誘惑に駆られたと」

「なるほど。私には普段護衛騎士が二人ついておりますから、その二人だとでも言いたいのでしょうか。ならばその護衛騎士をここに呼んで、私と一緒にならず者に会ったかどうか証言を取ればいいでしょう。護衛騎士ですが、専属ではなく雇(やと)いの者ですので、利のない犯罪には加担(かたん)しないでしょうし、はっきり証言してくれるのでは？」

「それは、……確かに」

流れがこちらに来ていると感じる。私が隠したり黙り込んだりせずに、おかしい点を確認してそれに対しての見解を尋ねたりしているうちに、劣勢(れっせい)になっていたのは代表して私と話している議長の方になった。参席している貴族らは、まだ言葉を挟(はさ)める状況にないようで、どうなるかと私達の言葉の応酬(おうしゅう)に耳を傾けている。

「それと、その女がならず者を訪ねた日は何日の何時のことです？　護衛二人を連れて邸宅を抜け出したなら、ジュダール邸の使用人が見ていたかもしれませんわ」

「……それは、数日前の深夜だったと聞いているが」

「まぁそうですか。深夜に抜け出していれば誰にも気づかれなかったかもしれないと。けれどそのならず者はまさか貴族街にはいませんよね？　ならば深夜に私は馬車を走らせたということになります。さすがにそこまでしていて使用人が気づかないことなどあるでしょうか？」

「そ、それは……」

「きちんと調べてください。もしくはここに呼んで証言を取ってください。襲われたのが妹だからと、その妹と不和であった私を疑いたい気持ちは理解できないでもありませんが、だからといって身に覚えのない罪に問われるのは心外です」

護衛騎士のニコラスとイーサンまで既に買収でもされていたらどうしようもないが、雇われとはいえ騎士を名乗るならばそれなりの忠誠はあるはずだ。おそらくあの二人は何も知らないだろう。

私が彼らをここに呼べと強く言うと、議長はどうしたものかと答えを濁した。

と、そこで、私の背後から震えるような声が上がる。

「あ、あの、すみません、発言をお許しください！」

「……マリー」

マリーだった。流れを見守っていた彼女は、意を決したように言った。そして議長が頷いてマリーに発言を促す。

「……発言を許します。どうぞ」

「は、はい。奥様の、専属侍女のマリーと申します。私は、奥様が嫁がれていらしてから、ずっと日記を書いておりました。奥様がその日何をしていたか、ご夫妻の様子など……。そして、奥様がお一人の時は、明け方にはお傍に控えるようにしております。奥様がもし深夜に抜け出されたりしたら、私は気づいたと思います。……日記でしたら持ってきました、ですから、これを……！」

マリーがエプロンの裏に縫い付けられたポケットから、彼女がいつも書いている日記を取り出して見せる。

「インクの乾き具合などで、これは毎日つけている日記だということはおわかりいただけるはずです。まとめて書いたり、改竄などはしていません。数日前でしたら、旦那様がお出かけになった後だと思います。奥様はずっと邸宅にいらっしゃいました！　ですから……」

その日記を証拠として見て欲しいと、マリーは震えながら言った。周囲の空気も、そうした私達の熱量に負けて、私の言葉を信じようとしているように見えた、その時。

またも、王太子が口を開く。いや、今度は椅子から立ち上がり、強い語気で言うのだった。

「君の使用人の言葉など証拠になるものか！　護衛にしろ、そこの侍女にしろ、言い包めて協力させていないとは限らない」

「……ッ、そんな」

信じてもらえないと悟ったマリーが、絶望的な声を漏らす。私はマリーを振り返り、気にするなと伝えるように首を振る。

「…………殿下は私の言うことは、何も信じようとはなさらないですからね」

当てつけるような言い方だが、本当のことだ。思えば彼は本当に最初から、私のことを何一つ信じようとしていなかった。私が一つ息を吐くと、それを呆れのように感じたのか、王太子は半ば怒りすら含んだ様子で、私の方まで歩んでくる。

そして、私の真向かいに立つと、彼は言った。

「では君は、これらの件は誰がやったことだと言うつもりなのか」

「……そんなことは、私の知るところではありませんわ」

「だが今犯人として最も疑われているのは君だ。君ではないという証明は、こちらでしなくてはならないことではない」

「…………何ですって？」

「完全に不可能だとでも証明できない限り、君は犯人の有力候補だ。違うというのなら、別の証拠、別の犯人を挙げて論じなければならない。……もしくは決闘裁判でもするか、だな」

「……決闘……裁判」

王太子の言葉に、私は愕然とする。そうだ、この時代では、罪を判断する材料はほとんどが証言であり、状況証拠なのだ。そして基本的に、利害関係のない人間の証言が優先される。だからこそ、おかしいところがあっても、私が証言をしてくれる人達として名を挙げた人物では証言としては弱くなる。そして証拠が不足して裁判に決着がつかない場合、決闘裁判を行い、どちらの証言を取るかを決めることもあるのだ。

そう決闘裁判とは、証言が対立した場合、決闘において証言の正しさを決めることだ。当主が自ら出る場合や、私兵や専属の騎士を使う場合もある。

そこで私は気づく。ああ、だから、ギルベルトがここにいないのだと。

「…………」

「可能性であればどうとでも言える。君の疑う人物は？　言えばいい。それについて論じて、君よりもそちらが疑わしいとなればいいだけのことだ」

私が怪しんでいる人物は、この目の前の王太子である。私が悪女として断罪されることを望むのは、彼と、それからシェリースもだろうか。直接彼らがしたことでなくとも、少なくとも彼らに、王家に縁のある誰かの仕業のはずだ。

だが、それを口にしたら、私は王家筋の人間を告発することになる。それはつまり、証明できなければそれこそ死に値する罪になる可能性があるのだ。

そして決闘裁判になった時、今の私には私のために決闘をしてくれるような身内がいない。ギルベルトが不在の今、私のために命をかけてくれる人は誰もいないのだ。雇われのニコラスとイーサンにそれを求めるのは酷というもので、私のために王家に剣を向けてくれと言って、頷いてくれるとも思えない。家門を背負っている公爵家や、今まで協力してくれた貴族の誰も、協力したくても家門を潰すかもしれない選択は取れないだろう。

全て罠だったのだ。ギルベルトが出立したことも、その不在を狙って仕掛けられたこの裁判も。

「……私は、主人……ギルベルトのことを信頼し、愛して、そして真っ当に彼を支える夫人として頑張ろうとしているだけですのに。……何故今更、妹を不幸にして笑う人間だと決めつけられなければならないのですか……」

「今が幸福ならばこそ。落ちた相手を見たいと願ったのでは。……でなければ、シェリースが願った和解を受け入れればよかっただろう。君が妹の手を振り払ったのは、皆の知るところだ」

「……和解などしたところで、殿下は私を信じなかったでしょうに」

動機がないと言ってみても、また決めつけられてしまうのだ。私は、そのまま口を閉ざし、考え込む。

疑わしい誰かの名前を口にして、その誰かを犯人だと論じて信じさせることができるのか。証拠も証言も、何も信じてもらえないのに。

必死に考えるも、全て信じてもらえないことで、打ち消されてしまう。王家の人間に逆らってまで、私を助けてくれる人はもはや一人しかいない。

彼がいれば。

あの時、気持ちに任せて行かないでくれと言っていれば。いやでも、あの時の決断は間違っていないとも思う。あの時はあれで間違っていなかったはずだ。彼がいないからこそ今の窮地があり、彼が残ったならまた別の窮地があったに違いない。

けれど。何より今は心細くて仕方ない。ただ、彼の力強い、逞しい腕の中にいたいと。

静まり返る議場の中で、私はそれでも何かを言おうと口を開く。が、すぐには言葉が出てこない。

「何も言えないようだな。……ならば議論は終了だ」

「……ッ」

勝利を確信したように、王太子が言って私に背を向けた。私は、その背に向かって、貴方がやったのでは、と問いかけそうになるのを、必死に堪える。彼の意思が関わっているのは確かだろうが、彼自身が指示したかどうかは、わからない。そして言ったところで証拠もない。

王太子は自身が座っていた席の方へ歩んでいく。その席の隣に座っていたシェリースは、先ほどまで緊張と恐怖に強張った顔をしていたのが、今はそれが緩んでいる。そして私に、申し訳ないような視線を向けてくるのだ。

あぁそうか。

彼女は知っているのか。私がやっていないことは。

それでも言わないでいるつもりなのか。それとも、妹も私を悪女に貶めるために、何かをしたのだろうか？

それも、またわかりようがない。問いただしたところで、私が疑われるだけなのだ。

私がどうするべきか、何を言うべきか考えていると。

ふと、部屋の外が騒がしくなった。

どうやら誰かがこちらに向かっているのを、護衛か騎士が止めているような、声が聞こえてくる。

議会の参加者も、何だ、どうしたとざわめきだす。

そして、扉が、乱暴に開かれた。

そこに立っていたのは、ここにいるはずのない、その人。

私を助けてくれるだろう、ただ一人の味方。

人々を救う英雄。彼が、愛しい人が、そこにいる。

「……ギルベルト……！」

ざわめきが一際大きくなった。

この議会に参加している貴族らは、ギルベルトが敵国の偵察部隊の調査に出たことを知っているのだろう。まだ戻ってくるはずのない彼の姿に、非難めいた言葉すら囁かれる。

護衛や近衛騎士を振り払い、部屋に入ってきたギルベルトは、少し弾んでいた息を整えて、それからニッと笑うのだった。

「間に合った、ようだな」

それは、二日程前に遡る。
王都を出立したギルベルト率いる少数精鋭の部隊は、馬をなるべく長く走らせて、予定よりも少し早く、問題の国境沿いの領地に入ろうとしていた。
国境にある領地であるために、その領地に入るためにはいくつかの関所があり、王都からの道にもそれは設けられていた。そして、そこを通った後のこと。

ギルベルトは眉間に僅かに皺を寄せて馬を止める。

「……どうかしたんすか、隊長」

「いや、おかしい、と思ってな……」

同行しているリヒャルトがギルベルトに声をかけると、ギルベルトは難しい顔で関所を振り返る。

「……ここまで誰も、他国の人間が侵入しているかもしれないなどと不安気な顔をしている民はいなかった。……平民に伝わっていないだけかもしれないが、まさか関所の人間も知らないなどあるか？」

「……あ。……そうっすね、それは、確かに」

「だろう。それこそ更なる侵入を許さないために関所では普段よりも厳しい確認がされているかと思ったが」

「全然、何か知らないけどお疲れ様です、くらいなもんでしたね……」

「王都に王国軍を動かすように要請があったのだから、もう少し何かあるはずだろう」

ギルベルトはリヒャルトにそう言って考え込む。

王都への要請は基本的には領主から行われるはずだが、それにしてもここまで誰も知らない様子なのはおかしい。何か事情があるのか、もしくは本当に知らないか。

知らないとすると、どういう事情が考えられるか。と、そこでギルベルトは思い至る。

「……まさか、俺を王都から引き離すための罠……か？」

「……そんな、まさか。王命が出ているのに、っすか？」

「……国王陛下は上がってきた情報を元に決定をしただけ、かもしれん。くそ、嵌められたか……ッ」

ここ最近の不穏な出来事を考えれば、何かを実行するために虚偽の報告くらいはされたかもしれない。何かを企て、実行するためには、ギルベルトの存在は邪魔だったのだろう。

可能性の話ではあったが、ギルベルトにはもはや確信だった。

「…………みんな、すまない。俺は王都に戻る」

「えっ……ちょ、何を言ってるんですか。王命ですよ、ここで戻ったら……」

「これは罠だ。俺を王都から引き離しておいて、何かを実行するための。……みんなは念のため調査をしてから戻ってくれ」

「ちょ、隊長！」

素早く馬の鼻先をもと来た方向へ向けて今にも駆け出そうとするのを、部隊の面々が止める。

「待ってください、もうここまで来たら、一日でも調査してそれで戻る方がいいのでは？　奥様のことが心配だとしても、護衛もついているんでしょう？」

「そうですよ、ここまで来て王命に背くなんて……、下手したら処罰を受けることになりますよ」

「わざわざ俺を引き離してまで何かを成そうとしているなら、通常通りの日程で帰還していては間に合わないだろう」

部隊の面々には面と向かって言ってはいないが、ギルベルトはもはや将軍という地位すらもいつ手放してもいいと思っているのだ。ここで戻らない選択はない。

と、そこで、リヒャルトがあっと声を上げる。そして勢いよくギルベルトを振り返り、彼が言う。

「護衛、そうだ護衛だ……!!　隊長、アイツ……あのジュダール邸に入った泥棒野郎、すぐに辞めさせられた護衛騎士ですよ!!」

「何……？」

「何処かで顔を見たような気がしてたんすけど、なかなか思い出せなくて……でも間違いないと思うっす。何となく隊長に雰囲気が似てる気がして、一回くらいしか会ってないけど顔は印象に残ってたんで」

「……ケネス……だと」

アンジェラに懸想して邸を追い出されたケネス。しかもあの男は、雇われた経緯も怪しかった。もちろん逆恨みの可能性もあるが、あの時期を選んで盗みを働こうとしたのは、何らかの意図を感じざるを得ない。

もしや、誰かの指示で盗みに入ったか。ジュダール邸で短期間とはいえ日々を過ごしたあの男であれば、侵入経路も何処に何があるかも把握していただろう。そしてその指示をしていた可能性があるのは、あの男を送り込んだであろう人物。護衛騎士の選出に介入できたのは、ランドルフ・ドラーケン小公爵の周囲の人間。……つまり、近衛騎士か、彼らを使える人間だ。

「……ますますもって帰らねばならなくなったな。悪いが王命がどうとか言っていられない」

「いや、物は言いようっすよ。罠の可能性が高かったので、王家が狙われているのかと思って急いで引き返した、とでも言えばいいんすよ。王様を守るためにとか言えば別に命令に背いたことにはならないでしょ」

「さすがだなリヒャルト、悪知恵も働く。それで行こう」

ギルベルトがますます早く戻らなくてはと意思を固めると、さすがに部隊の面々も反対はできなくなる。

　王命に背くことにならないのであれば自分達も、と全員が引き返そうとしたのを、今度はギルベルトが止めた。

「お前達は予定通り調査に向かってくれ。例の要請がまったくの嘘だという証拠もない。……リヒャルト、お前も」

「いや、オレは隊長に付いていきますよ。隊長、最近いつ辞めてもいいとか思ってるみたいだけど、次期将軍をオレにとかなら絶対嫌っすからね？　オレは隊長の手足として働いて初めて輝く男なんで」

「…………そうか。出世できないな、俺もお前も」

「奥様がいれば違うでしょ、だからここで戻るんでしょう」

「……あぁ、そうだな」

　ギルベルトは、もし王命に背いたと言われたとしても、その責任は自分だけで背負うつもりだった。だがリヒャルトは付いてくるとケロッと言う。思えば副隊長のリヒャルトはギルベルトと同じく、特段地位などには興味のない男だった。今はギルベルトの補佐をすることが、リヒャルトの望む有意義な生き方なのだろう。ならば、ギルベルトもそれを拒否するつもりはない。

　そしてお互い出世とは縁遠い生き方だと笑うと、リヒャルトはアンジェラのことを口にした。確かに彼女がいたからこそ、ギルベルトの評価は高まったと言える。彼女のおかげで人のこちらを見る目が変わった、けれど、それを維持したいがために彼女を手放すことはあり得ない。

だからこそ、戻るのだ。この不安がただの勘違いだったとしても後悔はしないだろう。

そうしてギルベルトとリヒャルトはもと来た道へと馬を走らせる。残してきた少数精鋭の部隊は、当初の予定通りに国境の領地へと進んでいった。

行きよりも更に休む時間を減らし、夜通し走り続けて、往路にかけた日数よりもほぼ一日早めて二人は王都に戻ってきた。

そしてまずはジュダール邸に戻ると、家令のダンティスと護衛騎士の二人がバタバタと出迎え、血相を変えてギルベルトにアンジェラのことを伝えてくる。

「……王宮へ、連れて行かれた、だと？　シェリース嬢を襲撃した犯人だと疑われている……？」

「はい。ドラーケン公が内密に早馬を飛ばして伝えてくださった内容によれば、確実ではないものの否定しきれない証言があり、それを覆せなければ刑罰は免(まぬか)れないかもしれぬと。下手に助ければ火の粉が及ぶかもしれず、減刑を願い出ることしかできないやも、と」

「……今、王宮に行けば間に合うか？」

「簡易的な裁判形式の議会は今日行われることになっています。議会には間に合うのではと思いますが……」

ダンティスが苦い表情でそう言うと、ギルベルトはすぐに王宮へ向かおうとする。そこにリヒャルトが声をかけた。

「隊長、オレはあの泥棒野郎を探して王宮に引(ひ)き摺(ず)って行きます。何とか、その議会ってのを長引かせるか、何でもいいから言い包めてくださいよ」

アンジェラが疑われた事情には、盗まれた宝石の件も絡(から)んでいると聞き、リヒャルトは今こそあの男を捕らえなければと鼻を鳴らす。ギルベルトも頷いた。

「……おそらく貴族街から遠くない平民街あたりに潜伏しているだろう。ほとぼりが冷めた頃にでも、金か地位かを与えられる約束で動いたはずだ。何かあれば出てきてアンジェラに不利な証言もするよう言われているかもしれん。……そう離れたところにはいないだろうよ」

「了解っす、それなら好都合だ。今日中にとっ捕まえて、議会の最中に引っ張り出してやりますよ」

「ニコラス、イーサンもリヒャルトに同行してくれ。……先日入った盗人は、解雇したケネスだったんだ。腕も立つだろうし、複数いたほうが制圧しやすいはずだ」

ギルベルトが二人の護衛騎士に盗人の件を伝えると、顔見知りの犯行だったと聞いて二人も目を瞠った。けれど、すぐに了解ですと腹を括った表情になる。

そしてギルベルトはダンティスに言う。

「ダンティス、あとはジュダール邸の使用人全員で、ケネスを探すのを手伝ってくれるか。それと情報収集のついでに誤った情報でアンジェラが捕らえられたのだと話して回ってくれ。……アンジェラは何もしていない。それは俺達がよくわかっているだろう」

「……はい。よくわかりますとも」

ただの足掻きになるかもしれなかったが、周囲から固める重要さは身に沁みている。アンジェラの悪評も、自身の評価も、全てそうした積み重ねによるものだった。なのでできることはしておこうとギルベルトが言うと、ダンティスは深く頷いた。

そして全員がすぐに動き出した。

ギルベルトはすぐに王宮に向かった。馬を駆り、物凄い勢いで城門まで辿り着く。普段のギルベルトであれば、簡単に登城を許されているのだが、王命を受け王都を離れていたはずが一人で戻ってきた様子に、警備についていた騎士が怪訝な表情で問いかけてくる。

「これは、将軍閣下。今は王命で調査に赴いているはずでは？」

「詳しくは話せぬが謀略の可能性があるのだ。直接国王陛下にお目通り願わねばならないため、急ぎ戻ってきた」

「ぼ、謀略、ですと？」

城門の警備の騎士は、おそらく中でアンジェラの罪を問うための議会が開かれていることは知っているのだろう。ここでギルベルトが戻ってきたのは、そこに関与するものだと身構えていた騎士だったが、ギルベルトを通すべきか戸惑い始める。

「国王陛下は何もご存じない。陛下を謀る不届き者が近くにいるかもしれぬのだ。余計な報告は陛下を危険に晒す。大人しくここを通せ。貴殿の責任が問われることはないように伝える」

物は言いよう、全くの嘘とも限らないと、ギルベルトは真剣な眼差しで言い募る。今までギルベルトはどんな相手にも誠実な対応をしてきた実績もあった。城門の警備の騎士は悩んだ末に、ギルベルトを通すのだった。

そして王城の扉の前でも同じ問答を繰り返し、ようやく中に入ることができた。ただ、どこでその議会とやらが行われているかは、聞くことはできなかったのだ。

「……くそ、謁見の間……ではないな。議会……議会用の広間はいくつかあったはずだが」

将軍という立場では行くことはない場所ということで、目星がつかない状況だ。けれど、広い王城の内部、一箇所一箇所確かめて回るわけにもいかない。ギルベルトは舌打ちして、とりあえず自分が普段は赴かない場所である、文官の執務室などの多い方へと足を向ける。

おそらく多くの人物が集まっているだろうと踏んで、警備の配置も多くなされているはずだと、ギルベルトはその辺りの様子を探りながら進んでいく。

そして、ある階に辿り着いた時に、二人の警備の騎士が、例の疑似裁判となっている議会の話をしているのを聞いた。

「……それにしても、あのジュダール夫人がなぁ」

「やはりシェリース嬢のことがそこまで気に食わなかったということか。……だが、将軍がいらっしゃらないうちにこんなことになるとは……」

ギルベルトは物陰に隠れてその会話を聞き、瞬時にこの騎士らに尋ねることにしようと決める。

ただ、ここまで来たら余計な問答などしている余裕はない。先程までは指示を仰ぐにも近くに権力者がいなかったからこそ通して貰えたが、場所が近くなったならば誰かに指示を仰ごうとするかもしれず、それはギルベルトの望むところではなかった。

そして、またギルベルトは瞬時に心を決める。

相談も指示を仰ぐことも、させなければよいと。つまり、一人を制圧し、半ば強引に議会の場所まで案内してもらおうと決めたのである。

その後の行動は速かった。二人が近くに来たところで、一人の首元へ腕を回し、相手が呻く間もなく強く締めて気絶させる。突然のことに声を上げようとしたもう一人の口元を手のひらで覆うようにして、それを防いだ。

「すまんな。あまり時間をかけていられない。……アンジェラの裁判が行われているところまで、案内して貰おう。違う場所へ案内しようなどとは考えるなよ？　……あれは誰ぞの謀略の結果だ。ここで間に合わなかったら、貴殿へと怒りと無念を向けかねない」

ギルベルトの瞳は冷え冷えとして、脅迫めいた言葉を告げる。警備の騎士は瞳に恐怖の色すら浮かべて、そこで警備という職務を放棄してしまうことになるのだが、それは結果的にはよい判断であったのだがその時の彼にはわかるはずもない。

可哀相なほど怯えた様子で、ギルベルトを議会の行われている広間まで案内するのだった。

人質のように警備の騎士を連れて現れたギルベルトに、扉の前を警備していたまた別の騎士は身構えたが、もはやギルベルトはその騎士達を気にもとめない。連れていた騎士を投げ飛ばす勢いで彼らに押し付け、彼らが怯んだ隙に扉を開ける。
扉を開けると、そこには、王家を始めとした貴族らに囲まれ、たった一人で彼らに立ち向かっているアンジェラの姿があった。
権力の前に劣勢になっていたのか、苦しい表情だったアンジェラが、自分を見て安堵の表情になるのを見て、やはり何を置いても戻って正解だったとギルベルトは思う。
「間に合った、ようだな」

にやりと笑い、そう口にする。

間に合った。自分の知らぬ間に彼女が悪意に晒され、罪を負わされることは回避できた。それができたなら、ギルベルトはもう構わない。罪を負わされることが避けられないならば自分もその罪を負えばいい。逃げれば解決できるのであれば、どんな誹りを受けようとも逃げ切ってやる。もちろん、ひっくり返すことができるなら、ひっくり返してやろうではないか。

戦場で奮い立つ時のように、ギルベルトは不敵に笑った。

王命の遂行を放り出して帰還したギルベルトに、その場にいた人々は思考が追いつかないのか唖然としていたが、その隙にギルベルトは急いでアンジェラの傍らへと立つのだった。

「……戻ってきて、くれたのね」

そう小さく呟くように言って、アンジェラはギルベルトに身を寄せた。不安を押し隠していつものように堂々と立っていたのだろうが、その表情には疲労が見える。ギルベルトはあぁと言って彼女を抱き寄せると、周囲がざわざわとざわめきだす。

そして、ギルベルトに責めるように言葉を放ったのは、王后だった。

「な、何故戻ってきた！　将軍！　王命を何だと思っている！　これは背任行為ではないのか？」

椅子から立ち上がらんばかりの勢いで、そう責め立てる声に、ギルベルトはいいえ、と首を振った。

「いいえ、違いますとも。実は件の領地に入るところで、どうやらこれは私を王都の外に追いやるための罠だったとわかりまして。私を王都から追い出している間になされることは、きっと王家に対する反乱に違いないと。ですので急ぎ戻りました次第です」

いけしゃあしゃあと言ってのけると、王后はグッと押し黙る。ギルベルトは、直接かどうかはともかく、王后もこの事件を知っていた一人なのだろうと思った。でなければ、ここまで焦ることもないだろう。そしてきっとまだ他にも、焦りを感じている人物はいるはずだ。

「ですが起こっていたのは反乱ではなく妻に謂れのない罪を着せることだったようですね」

「謂れのない罪だとどう証明するのですか。それが証明できればジュダール夫人は解放される。今はそれを論じているところです、将軍閣下」

「ふむなるほど。では私にもわかるように最初から説明していただけますか」

王后に代わってこの議会の議長がギルベルトに説明するのを、ギルベルトは余裕の表情で頷いていた。その余裕に、また劣勢に立たされるのは議長のようだったが、彼は何とか冷静に事件のあらまし、アンジェラが疑われた経緯を説明した。

「……それこそ罪を擦り付けようとしているようにしか感じられませんが、それでも決定的な証拠もなく、証言をするのも身内では信用がないと。……私としては、誰と決闘裁判をしても構いませんが。さて、この場合は誰と決闘すべきなのか」

「…………それは」

「告発は、婚約者のためにと、王太子殿下がなさったものですか。であれば、ここは王太子殿下に決闘を申し込めばいいのですか？」

「……ッ」

ギルベルトにもわかっている。自分がいない隙にこのような事態になったのは、決闘裁判を起こさせないためであると。そして、ギルベルトが途中で引き返して戻ってきたことで、それは崩れた。

名前を出され、ギルベルトに冷たい視線を向けられた王太子は、今や焦燥感に駆られたような表情になっている。そして、いやそれは、と小さく首を振る。どうやらまだ自分を慕ってくれているのか、ただ戦いたくないだけなのか。

そこで王太子の傍に立っていた従者が、王太子を庇うように前に出る。

「…………王太子に決闘を申し込まれるなら、私が受けて立ちます。将軍閣下」

「……ホーエン卿か。それもよいかもしれないな。私にここで勝てば、強さの証明にも正当性の証明にもなる。……なるほどそれが狙いか」

騎士が王国軍に立場を取って代わられる危機感を抱いていること、それにより将軍であるギルベルトへの風当たりは強かった。だがこうした場面でギルベルトに勝つことができれば、その評判や評価はひっくり返る。この従者が狙うのはきっとそれだろう。王国軍の、将軍の評価を下げるための絶好の機会。

ギルベルトの言葉には答えず、従者であるバルト・ホーエン卿は強い意志を込めた視線で睨んでくる。

ここで決闘だと言ってもいい。ギルベルトは、絶対に負けない自信があった。が。

「…………」

ギュ、と縋るように力を込めるアンジェラの指先に、その思考がフッと消えた。ここで戦って勝って欲しいというよりも、ただ心配だというように、けれど決闘も仕方ないのかと迷う表情がギルベルトに向けられている。

そうだ、わざわざ死に向かうことはない。二人で生きられることこそが、何よりも大事なことだった。

「……ここで決闘の許可を求めてもよい、でしょうが。まずは国王陛下にご意向を伺いたいと思います。私は、以前に申し上げたとおり、将軍職は辞するつもりであり、それは今も変わりありません。ここで決闘などせずとも、私と妻を国外追放でもしていただければ、別に今回の事件は有耶無耶にしても構わないと思っております。ただ、彼女は有罪だと極刑を望まれるのであれば、私は全力で戦うつもりです」

ギルベルトが真っ直ぐに国王を見据えてそう言うと。将軍職を辞する、という言葉に議会は更に揺れた。やっかんでいた者はそれを喜んでか、評価してくれていた人々はそれを惜しんでか。そしてそれは議長席の反対側、王太子やその隣に座るアンジェラの妹シェリースも、驚き、唖然としてギルベルトを見つめている。

「……ギルベルト……」

アンジェラがギルベルトの選択を受け入れるように、柔らかく微笑んで頷く。そう、自分達はずっと、地位や名誉よりもお互いの平穏を願っていた。もちろん、酷い悪評や重罪を受け入れなければならないならば戦う気持ちではあるが、二人でならば国外追放だとしても構わない、国を出て二人が平穏に暮らせるならばそれでもいいのだと。この事件を企てた人物にしても、その方が丸く収まるのではとも思うのだ。

ギルベルトはもう一度国王を見据えた。ここは、最高権力者の意向を聞こうと。

「お選びください、陛下。私を残すか、切り捨てるか。誰を、何を優先し、何を切り捨てるべきなのか。……決闘を命じるもご自由に。……さぁ、陛下！」

その言葉に、議会の参席者の視線は全て国王に向かう。誰の言葉を取り、誰を残し、誰を裁くのか。その選択を、国王に委ねる。

議会の流れを黙って聞いていた国王は、ゆっくりと、口を開いた。

私は彼が言ったように、国外追放になったとしても、罪を着せられてそれが晴らせなかったとしても、二人で生き延びられるならそれでかまわなかった。

決闘裁判になったとしても、ギルベルトがいれば乗り切れるだろうけれど、身一つで戦う決闘においては、何が起きるかもわからない。決死の覚悟で挑む相手との一騎打ちは、いかに歴戦の勇士といえども、万が一もあり得るとも思う。

だから、この国から出て行けと言われるならばそれでもかまわなかった。それこそ、王太子も妹も、私の知らないところで幸福になるというならそれでいい。

私もギルベルトと同じように、真っ直ぐ国王陛下を見つめる。

そして。国王陛下がゆっくりと、口を開く。

「……将軍の辞職は認められない。少なくとも現時点ではな。決闘裁判の前に、夫人の言葉を裏付ける証言を確認することとする！」

国王陛下のその言葉は、議会を揺らした。

その衝撃は私にもあった。けれど、それは背中を押すような、一筋の光を見たような、そのような衝撃だった。

　誰の言葉を取り、誰を残し、誰を裁くか。その答えとして、国王陛下は将軍であるギルベルトを取ると言ったのだから。

「へ、陛下！　何故そんな……!!　せめて決闘裁判を命じてください！」

　まさか、という様子で声を上げたのは王太子の従者のバルト・ホーエン卿だった。彼は決闘裁判を強く望んでいるようにすら見えた。近衛騎士の一員であり、王太子の従者である彼は、王国軍が名声を強めていくことに危機感を持っている人物の筆頭なのかもしれない。

　ギルベルトの強さは本物だ。けれど、英雄という評価がただ先行しているだけ、という見方をする人もいるだろう。腕に覚えがあればこそ、決闘という形でもって、自身の正しさを認めさせたいということか。

「……ならぬ！　まずは詳しく調査せよ、と言っている。決闘で決着をせねばならない段階ではないと言うのがわからぬか」

「で、ですが……！」

　言い募る従者の傍らで、王太子は呆然と父親である国王陛下に視線を向けている。王太子は今、父である国王から見放されたように感じていることだろう。そしてその傍らにいるシェリース、そしてアルデヴァルドの両親も、固唾を呑んで成り行きを見守っている。王后陛下も、国王陛下の言葉が信じられない様子で目を瞠って隣を見つめていた。

　参席している貴族達からも、ざわざわと声が上がり始める。王太子の言葉ではなく、一将軍の言葉を取るのか、と。

そんな中で国王陛下が一つ息を吐いて三度、重々しく口を開いた。

「聞け、諸君。ジュダール将軍の進退については、もはや国内だけの問題ではないのだ。あの戦争において諸外国にも強さを示した将軍がいるからこそ、このエブレシアは平穏を保てている。将軍がいるうちは、戦争を起こすことに躊躇する国も多く、同盟を求める国もある。だが、辞職にしても国外追放にしても、将軍がこの国からいなくなったとしたらどうなると思うか」

「……まず、エブレシアを狙う国々が目の色を変えるでしょうな。国外へ出た将軍の引き抜き、もしくは戦力を欠いたエブレシアへの攻撃……どちらにしても近いうちに戦争が起きる可能性が高まる」

　国王陛下が口にしたのは、国防の問題だった。なるほど確かに、ギルベルトが圧倒的に勝利したあの短期決戦で終わった戦争は、諸外国にも伝わったはずだ。特に武人や国主にそれは広く伝わっているはずで、ギルベルトを攻略しなければエブレシアへの侵攻は不可能と考えるだろう。が、国内のごたごたで彼がいなくなったとしたら。

　その結果起こるだろうことを口にしたのはリンブルク公だ。長年政治に関わっている彼は、国王陛下の考えを正しく理解しているようだった。

「その通り。我が国は気候も温暖で環境もよく、港もあり、戦争を仕掛けて狙ってくる国は多い。だが、攻めにくい立地、名高い将軍の存在により、それが防がれているのだ」

「……戦争を回避するためにも、戦争に勝つためにも、将軍は欠かせぬ存在だと。そういうことですな」

「うむ。よって、現時点で、ジュダール将軍を辞職させるつもりはない。そして、夫人についても、明確な罪の証がなければそれを問うことはしないこととする。異論は認めない。これは国防問題でもあるからだ」

きっぱりと言い放った国王陛下に、誰も異論など挟めない。この国のためには、現時点ではギルベルトは不可欠の存在なのだと。

以前にギルベルト自身も言っていた通り、並び立つ存在が出てくるか、王国軍の評判そのものが高まるか。彼に代わるものがなければならないのだ。英雄の存在はそれだけ大きいのである。

私を追い詰めていたはずの王太子はもはや逆の立ち場で立ち尽くしている。彼の狙いは私を悪女として裁き、自分の正当性を見せて、被害者である婚約者との今後を輝かしいものにすることだったはずだ。それは今や崩れてしまった。

ただ、裁くことはできずとも、疑惑はまだ晴らせていないことは確かだ。私の悪評はまた広まり、このままでは事件の真偽を問うような視線に晒されることは間違いない。それは記憶を取り戻した当初と変わらない状況であり、今は信じてくれる味方も多いけれど、打破できるならそうしたいとも思う。それこそ、ギルベルトとの未来のためにも。

「そ、それでは、ジュダール夫人の言葉通り、まずは関係者の証言を取る、ということで……」

議長が国王陛下の意向を探るように、そう言って進めるが、私の陣営の人間の言葉を聞いたところで、というような声が少なからず聞こえてきた。おそらくは王太子を支援している貴族達の言葉だろう。

ギルベルトが声のする方へ冷えた眼差しを送ると、ざわめきはシンと静まり返った。ギルベルトは溜め息を吐いて、議長に向かって問う。

「証言、というのは誰の言葉を聞くつもりなのですか」

「……襲撃犯の言葉では、数日前の深夜に護衛を二人連れた夫人と同じ髪色を持つ女から襲撃を頼まれたと。夫人は深夜に出かけていないとのことですので、まずはその真偽のために夫人の護衛騎士に話を聞くことになるかと」

「……なるほど。その二人の護衛騎士は今、私の副官でもあるリヒャルト・エーカーと共に先日我が屋敷に入った盗人を捕らえに市街に出ております。無事に捕らえられればすぐにこちらに向かってくれることでしょう」

「な、何と。……将軍はその盗人の正体をご存じだと⁉」

ギルベルトの言葉に私も驚いてしまう。あの盗みに入った人物が、誰だか分かっていると、言うのだ。

同じく驚いた様子の議長が私の疑問をギルベルトに向けると、ギルベルトはあっさりと頷いた。

「はい。その人物はケネスという護衛騎士として雇ったうちの一人でした。訳あって解雇しましたが」

「ケネスですって⁉　ギルベルト、それは本当なの？」

「あぁ、応戦したリヒャルトがそう言った。短刀で怪我(けが)を負わせたはずだから、それをもって証拠とすると。警備隊に調書も取らせたから、それと照らし合わせれば証明できるはずだと」

ケネス、確かに彼ならば、ジュダール邸の内部も知っているし、警備の配置等にも詳しい。最短で盗みに入ることができただろう。

私が疑われた経緯では、犯人は私に命じられて盗みに入ったことになっている。言わば私のアリバイ作りに協力したと。きっと私を陥れたい誰かは、私がケネスを表向きは解雇したとしつつ、ここで利用するために何処かに潜ませていたという筋書きにしたいはずだ。つまり、ケネスはその誰かの手先なのだと。

考え込む私に、議長が問いかける。

「そのケネスという騎士が盗人だとして、夫人にはまったく関係がないと？」

「……あの騎士は私に懸想したかのような振舞いをして、それがどうにも突然で不審なものを感じ、そこですぐに解雇しました。その日のことに関しては、侍女のマリーも証言してくれるでしょう。……私と通じているというより、逆恨みされていることの方があり得ます。でも、そうね、彼なら屋敷の内部も知っていて、私の寝室の場所も知っているので、素早く盗みに入れたでしょう」

「護衛騎士はもともと三人雇うつもりで、ランドルフ・ドラーケン殿に騎士の選定を頼みました。その時のランドルフ殿の三人の選定のうち、一人間違えてこちらに寄越されたのがそのケネスです。……それが単なる間違いなのか、誰かが密偵として送り込んだのか。私としては後者だと考えます」

ケネスがここに連れてこられたとして、誰かの手先であるなら、真実を語る可能性は低い。私は先手を打ち、その証言は私を陥れるものになるだろう可能性を告げ、その動向が前々から怪しかったことを伝えると、ギルベルトもそれに続いて証言する。

「本当ですか、ドラーケン近衛騎士隊長」

近衛騎士隊長であるため国王陛下の傍らに立っていたドラーケン小公爵は、水を向けられて面食らったようだったが、咳払いをして、頷いた。

「……ええ、それは確かに。私が選んだのは現在もジュダール家の護衛騎士として勤めているニコラスとイーサン、そしてケイニスという男でした。ジュダール将軍は夫人に懸想しないような、年嵩の騎士を選んでくれと求めてきたので、そのようにしたのですが。何処かで書類が入れ違ったのか、名前の似たケネスという、将軍と歳の近い騎士がジュダール家に向かいました」

「それは……まさか」

「私も忙しく、選定のみをして、通達は部下に任せました。近衛騎士の誰かであれば、その書類に触れることは可能でしたでしょう」

　国王陛下はギルベルトを優先すると伝えた。となれば、ドラーケン小公爵もその意向に添う言葉を述べるだけである。そのため、近衛騎士の一員が疑われることになろうとも、ドラーケン小公爵は庇うことなくそう言った。

「さて。その騎士はどちらの手の者なのか。捕らえて来たならば聞いてみましょう。……一体誰の指示で動いていたのかを。国王陛下が真実を述べよと仰る中で、誰の指示によるものだとするのか、興味深いものだ」

　ギルベルトが挑戦的に微笑んで、そう口にした。

　ここまで来たらもう疑わしいのは誰かわかりきっている。近衛騎士を使える人物、もしくは近衛騎士の誰か。そして国王陛下はそこに関与していない。

　国王陛下は私のことは処罰されようが構わなかったのだろうし、誰が何をしたとしても目を瞑るつもりだったのだろう。けれど、ギルベルトの進退に私が欠かせないのならば、国主として国の安全のために私のことも見捨てられなくなった。逆に言えば、その目を瞑るつもりだった誰かのことを、見捨てたとも言えるのだ。

青い顔をしている王太子と、どうしていいかわからずにただ隣の母親に縋っているシェリース、それから王后陛下にも、焦りのような表情が浮かんでいる。

現時点ではまだ私のことも疑わしく見ている人はいるのだろうが、国王陛下がギルベルトを優先した今、形勢はほぼ逆転したといえる。

あとはもう、真実が暴かれるのみだ。

護衛騎士の二人は真実を述べてくれるはず。私を庇うつもりでなくても、深夜に出かけていないのは真実なのだから大丈夫だ。

問題はケネスだ。彼は、国王陛下の意向があったとしても、本当のことを言ってくれるのかどうか。

あの解雇で私のことを恨んでいるかもしれない。騎士と王国軍の対立構造からすれば、ギルベルトに対しても何か思うところがあったのかもしれない。

とりあえずは、彼らの証言を得なくては。

そうして、ざわめきはそのまま、議会が膠着して進まなくなった頃。

再び部屋の外が慌ただしくなる。

「来たかリヒャルト。さすが仕事が早い」

「……ッ」

ギルベルトが安心させるように私の背を撫でて、そのまま扉の方を向いて余裕げに笑う。

そして本当に、その扉が乱暴に開かれて、リヒャルトと護衛騎士の二人が、もう一人男を引き摺るようにして入ってきたのだった。

「お待たせしましたぁ!!　犯人のお届けですよ、っと!」

議会の流れなど聞いていなかっただろうに、リヒャルトはそう言って現時点での鍵を握る人物を、議場に引き摺って来たのだった。

フードを被っていたその男を押さえながら、リヒャルトがそのフードを脱がせて髪を摑んで顔を上げさせる。

あの日、追い出した護衛騎士だった男、ケネスが何処か暗い眼差しでこちらを見つめた。

「ケネス……」

私が彼を見つめると、ケネスはスッと視線を逸らした。後ろめたいことがあるのだろう。

明かされた通り、彼は誰かに雇われて私の護衛騎士となり、あの夜の件が起きた。最初から裏切っていたのだから、ここで彼がする発言に信頼性はない。そして、簡単に翻意するとも思えない。

彼の暗い瞳には、誰かを蹴落としてでも成し遂げたいものがあるような、いや、もしくは蹴落とすこと自体が狙いかもしれない。

「何処にいた?」

「予想通り、貴族街から少し離れた平民向けの店が並ぶあたりっす。人の出入りが多く、人の目につきにくいところに潜んでいたところを捕らえました。人が住む痕跡は完全には消せないっすからね」

「あぁ、ご苦労だった」

彼を捕らえてきたリヒャルトは、ギルベルトの問いかけにそう答えている。

もしかしたら、私の罪を追及している間に呼び寄せ、最後に私と繋がりがあったと証言させるつもりだったからこそ、遠くない場所にいたのかもしれない。

ギルベルトがケネスに冷えた眼差しを向けると、ケネスの瞳に更に苛立ちの色が混じった。

その姿に、物語終盤で嫉妬と怒りで一線を超えてしまったアンジェラが重なる。彼にあるのは、ギルベルトへの嫉妬と羨望のようだった。

騎士として有望だったらしいが、今やこうして落ちぶれている彼は、ギルベルトと自分の何が違うのかわからずにいるのだろう。生家に頼らず、自分の力で生きてきたのは同じはずなのに、と。

私にしてみれば、ギルベルトは今のケネスの立場だったとしても、妬むことなく飄々と成すべきことをして、周囲の信頼を勝ち取っていたと思うけれど。

それでも私は、そんなケネスを完全に切り捨てられなかった。もちろん、私が悪役を引き受けてまで助けるつもりは一切ない。ただ完全に落ちる前に、踏み止まる手助けはしたいと思ったのだ。

「……ねぇ、聞いて、ケネス。貴方に命令をした相手は、貴方に出世や地位を約束したと思うけれど、きっとそれは叶わないわよ」

「…………」

私はケネスに淡々と言った。これは彼の翻意を狙うための言葉ではなく、ただの事実である。報酬目当てに悪事を働いたとして、それが本当に与えられるかはわからない。悪事をさせた後に切り捨ててしまう方が安全だからだ。

「私を上手く陥れても、ここで名前と顔を晒した貴方には疑惑と悪評は残る。今までの私を見てもわかるでしょう。悪評は一度立ってしまうとなかなか払拭できない。そしてその地位とやらを与えてくれるはずの人は、本当に味方なのかどうかもわからないわ。一時的には利を与えても、その後口封じされてしまうかもしれない。その命じた人にとって貴方は弱みになるのだから」

「……それは……」

ケネスの瞳を見てわかったのは、彼はギルベルトへの嫉妬と羨望により、彼を引きずり降ろし、あわよくば地位を得たいと思っていたらしいこと。けれども、もはや私に罪があるとされたとしても、だからといってケネスの評価が上がるわけはない。盗みに入った経緯はどうであれ、そうして手を汚した事実はなくならないのだ。もし盗みに入ったこと自体を否定できたとしても、疑いが完全に晴らせないのならば、周囲の疑惑の視線は残る。

そして、そんな状態の彼を、本当の雇い主が拾い上げる意味はない。裏切られる前に処分されると考える方が、想像に容易い。

目の前にぶら下げられたものに飛びついてしまったケネスは、そうした思考がきっと抜け落ちていたのだろう。

「今まで生かされていたのは、こうした場所で最後に私の名前を出させるためで、貴方に地位を与えるためではないわ。断言してもいい。ここで貴方の証言で、私に罪があるとされたとしても、貴方に地位は与えられない。用済みになった、と捨てられるだけよ」

「……う、あ……」

本当にその雇い主は信頼できるのか。私は淡々と問いかけた。ケネスの瞳は、困惑して揺れている。反論できないのだろう。

言葉を尽くしても、もはや諸共に落ちるしかないと思われて、そのまま真実を口にしないままで終わる可能性もあった。それならそれでもいい。国王陛下がギルベルトの意志を尊重すると決断した今、最悪の事態は回避できている。つまり、斬首されることはほぼないだろうということだ。私は死なないで済むならば、またどんな悪評や疑惑が残ったとしても構わない。

けれど、ケネスには言いたかった。自分の生き方を変えることはできるのだと。それは、今からでも遅くないはずだと。

「……私が色々な人の助けを借りたのは事実。そうして色々と与えてもらったことも。それは弱みを握ったからでもなく、金銭的な関係でもない。それには、自分の愚かさを認めて、信頼してもらうことが必要だったわ」

「………」

「だからお願いよ、ケネス。……言って。貴方に命じた者の名前を」

「……、ぁ……」

私がそう言ってケネスを見つめると、彼は動揺して、荒い息を吐いて、懊悩するのだった。

冷たい視線に晒されて、自分を助けてくれるものはない。それでも彼の雇い主は、本当にそこから救い上げてくれる人物なのか。本当に地位や報酬を与えてくれるのか。

静まり返る議会に、ケネスの低く震える声が響いた。

「……バ、バルト・ホーエン……ホーエン卿、です……」

その言葉を聞いて、私はそっと王太子の前に立っている青年に視線を向けた。王太子の従者、近衛騎士所属、諸々辻褄が合う。ようやく、全てが明らかになろうとしている。

王太子付きの従者、ホーエン卿は、否定も肯定もせず静かに平静を保ったまま立っている。それよりも、シンと静まり返っていた議場が、その言葉の意味を理解し始めてざわめきだしたのだった。

「ホーエン卿だと……!?」

「それが本当なら、まさかこれは……」

議会がざわざわと騒がしくなる。

そう、ホーエン卿がケネスを雇って私を陥れようとしていたなら、それは誰かの指示によるものの可能性が高い。そして、その人物として疑わしいのは。

皆の視線が王太子に向かう。

王太子はその視線の意味を悟り、勢いよく首を振って、訴えるように言った。

「ち、違う……私ではない……!! 私は、頼んでなどいない!! バルト……本当なのか、バルト……!」

「……殿下、私を信じてはくださらないのですか」

「信じているとも！ ……だが！ 私が頼んだのは、彼女のことを探ってくれと、それだけだったはず……」

王太子は従者に詰め寄って、何故、どうしてと繰り返した。それは演技などではなく本心からのようである。

どうやら、王太子は本当に従者の行動を知らなかったらしい。信じられない、信じたくない、そんな様子で、それ以上を問い詰められずにいる。

「……なるほど、殿下は私が悪人として裁かれることは望んだけれど、自分の手を汚してまで私に罪を着せることはしなかった、と。……では、誰の思惑かしら」

「……誰の、とは……何が言いたい、夫人……」

王太子は私が冤罪を着せられているだけかもしれないと頭ではわかりつつも、そうなる方が望ましいと、あぁして糾弾したのだろう。彼は視野狭窄になってしまっていたけれど、本来は悪事を嫌う人間なのだ。私のような悪女は、真偽はどうあれ裁かれた方がいいと思い込んでの振舞いだったわけで。

では、従者である彼はどうだろうか。ホーエン卿一人で考えて、一人で実行したとは考えにくいのだが。そこには誰かの思惑があったはず。

私の言葉に、王太子はただ否定したいかのように首を振った。

だが、そこでホーエン卿は一つ息を吐いて、口を開く。

「……言い逃れはできないようですね。これは、私一人の考えです」

「……ッ！」

「……殿下の治世に将軍も、ジュダール夫人も邪魔になるだろうと。……将軍はおらずとも、また王家に忠誠を誓う騎士の時代が戻れば、武力に見劣りなしと思っておりました。……ですが、諸外国への影響を考えれば、私はただの名もない一人の騎士だということですね」

「バ、バルト……」

「申し訳ありません、殿下。私は殿下にとっての将軍になりたかった。……唯一無二の存在だと、国を守る要となるのだと、殿下の傍でいずれはそうなるものだと思っていました。けれど、殿下は、私はあくまで従者に過ぎず、それ以上を望んではくださらなかった。……すみません、こうなった以上、私は殿下の従者でもなくなるでしょう」

「ま、待ってくれ、そんな、そんな……」

それは、自白だった。

彼の根底にあった願いは、ギルベルトに成り代わることだったようだ。王太子の信頼をギルベルトから自身へ移し、そして私を悪事の犯人として仕立て上げることで、全てが丸く収まり、彼らにとっての明るい未来が来るのだと。そう思ったのだろう。

彼によってケネスは雇われ、私を陥れるためにあの盗みは行われた。となれば、あのシェリースの襲撃も、彼がやったことになる。シェリースを被害者にして、私を加害者にするための画策だったのだろう。

王太子は愕然として、泣きそうになりながら、待ってくれと繰り返している。

でも、全てがホーエン卿一人の仕業だとするには疑問が残る。特に、あの噂の件に関しては、ホーエン卿には必要のないことだったはずだ。ではそこに関与はないのか？　でも、それこそタイミングがよすぎるのだ。

それに、あの、何かを知っているようだったシェリース。

彼女に目をやると、何やら青い顔をして震えていた。

「おそらく、ですが、全てが全てホーエン卿お一人での犯行ではないはずです。確かに、ケネスに関してはホーエン卿が命じていたことでしょう。そしてその後のシェリースへの襲撃も、最初から途中で止めると決まっていたものだった、かと」

「考え過ぎですよ、ジュダール夫人。もはや貴女に着せられる罪はない。これ以上の問答は無用です」

襲撃自体は狂言だった。私を陥れるためならば、そういうことだ。そして、シェリースはきっと、襲われても大丈夫だということを知っていた、のだろうと気付く。

　私の言葉に被せるように、ホーエン卿は言った。まだ、誰かを庇うような言葉。彼は一人で罪を被ろうとしている。

　これ以上関わっている誰かを炙り出しても意味はないと言いたいのかもしれない。確かに、私の罪は晴れただろう。

　でも、このままでは終われない。

「いいえ。アルデヴァルド家への中傷の噂の件がまだです。私はこちらに関しても無実です。こちらが明かされなければ、私への疑惑は残ります。それでは困りますわ」

　私は強い言葉で言った。そうだ、ここで全てを明らかにするべきだ。これが最後の機会。全てをひっくり返すための、これからの運命を決めるための。

　反論の声はなかった。更に、私は続ける。

「……ホーエン卿には、あのアルデヴァルド侯爵家に関する噂を知る術はないはずです。あれはジュダール邸に届いた手紙に記されていた情報。あれを知るには、使用人か、検閲の段階で手紙を見たかどちらかです。……私に付け入る隙を探るために、おそらく検閲で手紙を確認していたのではと。それはホーエン卿が口を出せるところではないかと思います」

　あの噂は誰が流したものか。ホーエン卿にはできなかったとすれば、誰が。私の言葉に答えてくれたのは、リンブルク公だった。

「検閲か。検閲に関しては国政に関わる文官の権限が必要になる。……今ここにいる中で、何かを知る者はいるか？」

議会の参席者は、王都に住まう貴族らである。そして国政に関わる文官も、ほとんどがここにいる。文官の長でもあるリンブルク公の言葉に、議会はまたもざわめいた。

しかし、それに答える人物は出てこない。けれど、私はハッとする。

「文官……それは、アルデヴァルド侯爵も含まれますよね？」

「……！」

私の呟くようなその言葉に、王太子とシェリースの傍にいたアルデヴァルド侯爵夫妻がビクッと肩を揺らす。

やっぱり、そうか。ようやくわかった。

「私があの噂を流したのでないなら、別の誰かによるアルデヴァルド侯爵家への悪意もしくは……真実を知っていて、その噂が流れたとしてもそれを否定できる誰かではないでしょうか」

これもまた、狂言だったわけだ。私を悪女として陥れるための。

ホーエン卿のそれが王太子のためであったなら、こちらはシェリースのためのものだ。

そしてその思惑は合致して、タイミングを合わせた。協力できるところはしていたのかもしれない。

「お父様。貴方もご存じでしたか？　検閲で手紙を確認したいとのことに、協力しましたか？」

「そ……それは……」

「あの噂は、夫人の過去に関すること。それが噂となっても、否定できさえすればいい。その証拠を持つのは……本人だけ」

「…………」

父である侯爵は、チラ、と隣のミリアリア夫人を見ている。父もまた、夫人のしようとしていたことに、目を瞑るつもりだったのだろう。シェリースが能力不足だと冷ややかな視線を向けられるようになって、それを覆すためには、私がまた以前のように孤立していればいいのだと。

「……ミリアリア夫人……貴女が、噂を流したのね……」

「……ご、ごめんなさい!!」

ミリアリア夫人への追及の言葉を続けようとした時、シェリースがそれを遮るように、大きな声で謝罪の言葉を口にした。

「ごめんなさいごめんなさい、私が悪いの。私が、お姉様が以前のように悪く言われていたら、孤立していたら、みんな私を庇ってくれると思ってしまったの……!! だから……だから……」

「シェリース……いいのよ。そこで貴女を止めずに、色々と準備したのは私です。……本当に、私達の前にいつも立ち塞がるのね、アンジェラ」

シェリースの謝罪に戸惑う人々。そして、それを庇うようにミリアリア夫人は首を振る。それから溜め息を吐いて、ミリアリア夫人がスッと立ち上がると、周囲を見渡して、深々と頭を下げる。

「ご迷惑をおかけ致しました。アンジェラの言う通りです。私は、シェリースのために彼女に再び悪評に塗れて欲しいと願い、そのように行動しました」

「何故、そのようなことを……」

「……私は、侯爵の前妻であるバルバラ様を嫌っておりました。彼女がいなければ、侯爵と私の結婚はいずれ成ったかもしれないのに、とずっと思っておりました。子供だって数年できなければ、離縁する口実になったかもしれないのに。そして女の子しか残せないまま亡くなった彼女に、一時は勝ったと思ったのに、私もまた、シェリースしか授かることができなかった。……私はずっと、アンジェラを認めることができなかったのです。そして、シェリースこそが望まれた子だと周囲に認めさせたかった。だから、シェリースのためと言いながら、アンジェラを陥れるようなことができてしまった……」

　私はそれを聞きながら、怒りも何も感じなかった。失いたくない誰か、譲れない誰か、そういう人物がいるということは、理解できるようになったからだ。でも、許せるかと言えば、どうだろうか。

　政略結婚、子供ができること、それは悪ではない。飲み込めなかったとしても、現状それはどうにもできないことだ。だからこそ、王太子とシェリースの結婚を何を置いても望んだのかもしれないけれど。

「……申し訳ないけれど、私は生まれてきたことを喜ばしく思っています。……実の父親にも政略結婚ゆえに愛情を向けられなくても。義理の母に疎まれようと。異母姉妹と上手くいかなくても。王太子殿下に嫌われようとも」

「…………」

「そして、それがシェリースのためとは言え、真実を語ってくれたことには感謝致します。ミリアリア夫人」

　政略結婚で好いていた相手を奪っていった女の面影を残す義理の娘。彼女の気持ちもわからないでもない。が、やはり越えてはいけない一線はあるのだ。

シェリースに向かう疑惑や悪意を引き受けるために、早々に真実を述べた彼女に対してもう思うことはない。やったことを反省してくれればそれでいい。

それからは淡々と話が進んだ。

バルト・ホーエン卿の自白と、ミリアリア・アルデヴァルド侯爵夫人の自白。二人はあの軍事演習の日に、お互いが私達夫婦を疎ましく感じていることを知り、協力することにしたという。そして、その後の経緯が語られた。

ちなみに、私とされた女の髪色の件は、平民街で流行っている悪女が改心する話の、私がモデルの登場人物のものだったらしい。その鬘を使用し女性の役者を雇って、ならず者相手に一芝居打たせたと。そちらも、後ほど裏付けを取るらしい。

不明点が残ったのはギルベルトの遠征の件だった。これも全てホーエン卿が仕組んだことだと言ったが、一人の従者がやったことにしては、大掛かりである。おそらくここに、ホーエン卿が庇う誰かがいるのだろうと思われたが、彼はそれ以上を言わなかった。

そうして全て明かされて、議会はまた静まり返った。さて、どうするのがいいか。誰をどう裁くべきなのか。

私にかけられた罪はなくなった。そして、本当の犯人は明かされた。

けれど、落とし所をどうするか。これはなかなかに困難だった。

重罪を望むにしても、私やギルベルトを陥れるためのものであり、全て未遂に終わったこと。原作におけるアンジェラの断罪は、それが王家へ向けられた悪意だとされたからだ。それが、加害者と被害者がひっくり返った今、どう決着をつけるのがいいのか。

国王陛下すらも逡巡(しゅんじゅん)して、そして私に問いかけてくる。

「ジュダール夫人。君の意見はどうだね。悪評の流布(るふ)、そして自作自演の襲撃事件。罪に問うことはできる、そしてその償(つぐな)いを求めることも。……君は何を望むのか」

「私は……」

私は、打ちひしがれている王太子とシェリースを見つめる。そして、項垂(うなだ)れている侯爵夫妻を。

そして、今まで私の隣でずっと見守ってくれていたギルベルトを見ると、好きにしたらいい、と言いたげな瞳とかち合った。

彼らを追い落とし、厳罰を望むか否(いな)か。

私は少し考えた後に、これ以上はもういいだろうと思い至った。

だって、王都の貴族の面前で、全て明かされたわけである。死でもって償えとまでは私は思わない。周囲から責められること、それこそが彼らへの罰だろう。

「罰と言っても、それぞれは微罪に過ぎません。相応の罰を与えてくださるなら、それで結構です。……悪評と戦っていただくこと、それが私が望む罰ですわ」

「……わかった。それを鑑(かんが)みて、それぞれに沙汰(さた)を伝える。まずは……」

そして、国王陛下が淡々と罰を告げていく。

「何故、何故です国王陛下!!　何故エリオスまで……!!」

「静かに、王后よ。この度の件、エリオスの対応によっては全て回避できたことである。成長を見守るべきかとも思うが、視野を広げるためにも、エリオスには友好国へ勉学のために留学をさせる。そして、現在留学中の第二王子を呼び戻し、第二王子にも王太子教育を行うこととする」

「な、何故……!!　エリオスが王太子から外されるということですか！」

まず懲罰が与えられたのは、王太子だった。懲罰というよりは、今後の身の振り方を改めて考え直す、という意味らしい。友好国への留学、これは側妃が産んだ第二王子が現在していることで、立場を入れ替えるとも取れるのだ。

慌てたのは王后陛下である。王太子の実母であり、正妃であり第一子で男子を産んだ彼女は、それだけで身分が確立されたと思っていたのだから。いずれは生家の爵位を公爵家に上げることすら考えていた王后にとっては受け入れがたいことだろう。

だが国王陛下は、淡々と答える。

「戦争になるかもしれない、などという虚偽の情報操作は、国にとっては大問題だ。確かに例の領地はホーエン卿の出身地ではあるが、卿一人が協力を求めたところで了承されないだろう。……彼に指示を与えられる誰かの関与があったことは明白。……これ以上追及しないことをよしとして欲しい」

「………」

なるほど、ホーエン卿が隠したかった存在はそれか、と思い至る。王太子でないなら、王后陛下しかいないとも思った。彼女が罰されるということは、多くの貴族の派閥に影響が出る。

国王陛下は、そこを追及しない代わりに、王太子に罰を与えることにしたわけだ。王后陛下にとっては、王太子こそが最大の武器であったから。王太子を遠ざけることで、彼女への罰としたのだ。

「王太子の座は剥奪とはしないが、第二王子の素養も問うことにする。そして改めてどちらが王太子に相応しいかを考え、第二王子の方が相応しいとなればその時に剥奪するものとする。……それを考えて、勉学に励め、エリオス」

「……はい」

「それからシェリース・アルデヴァルド嬢。話の通り、エリオスの今後が未定となった今、その婚約についても公示は延期することとする。……エリオスの帰国がいつになるかはわからぬ。それでもよければ婚約者は内定のままにしておく。解消を申し出るならそれもよかろう。……よくよく考えるがよい」

「……は、はい……」

憑き物でも落ちたかのように落ち着いた様子で、王太子はそれを受け入れた。

シェリースの方は、未だどうすべきか悩んでいる様子だったが、それも自身の身の振り方を正しく考えているだけのようだった。

己の未熟さが招いたもの。二人共、成長せざるを得ない状況なのだろう。きっともう、そこに私の存在は必要ない。

「バルト・ホーエン卿については、王太子付き従者を解任、近衛騎士からも除隊とする。血縁などのない領地にて、一兵士、一騎士からやり直せ」

「……寛大な措置に感謝致します、陛下」

「アルデヴァルド侯爵については、降格及び罰金処分を課し、検閲の権限は剝奪、しばらく雑務のみを担当すること」

「……了承致しました」

「そしてそこの窃盗の犯人の元騎士についても、所定の罰則の通りに裁くものとする」

「……は、仰せの通りに」

ホーエン卿は現在の地位を剝奪、そして血縁もいない場所に、いわゆる左遷という形になった。出身地はあの国境沿いの領地だというので、さらなる裏切りをさせないために、監視できるところへ行かせる、というのが実情のようである。けれど、国家騒乱罪での重罪に問われてもおかしくなかったとなれば、それはそれで寛大な措置とも言えるだろう。

アルデヴァルド侯爵への罰は、ミリアリア夫人の件も含めての措置のようだ。二人は、神妙な面持ちで頭を下げる。

そしてケネスも、暗い表情は変わらなかったが、処罰を受け入れているようだった。

そうして、全て終わった。

全て終わったのだ。

私は、生き延びた。それでいい、のよね？

原作通りにはならなかったけれど、大丈夫よね？

でも、この件で王太子とシェリースの成長を促したということならば、原作通りに進んでいるとも言えるのか？

そんな不安がまた伸し掛かりそうになった時、突然吐き気が込み上げてきたのだった。

「……ッ、ぐ……」

「……アンジェラ？　大丈夫か、具合でも悪いのか？」

思わず口元を押さえた私に、ギルベルトが寄り添う。そして背中を撫でてくれて、少しだけ落ち着くのだが、吐き気は継続的にやってくるのだ。

まさか、死期は変えられないなんてことは、ないわよね？

ここで訳のわからない病気で死ぬなんてこと、ないわよね……？

大丈夫だと口にしながらも、私は恐怖に震える。

嫌だ、このまま生きていたい。せっかく勝ち取った未来を、ギルベルトと二人で生きたいのに。

ハァハァと荒く息を吐き出していると、マリーが隣に駆け寄ってきてくれた。

そして、私の背を撫でながら、あの、と泣き笑いのような表情で言う。

「……あの、奥様。……もしかしたら、ご懐妊(かいにん)、では……」

「……え……」

ご懐妊、という言葉がしばらく呑み込めない。

私が呆然としていると、マリーは続ける。

「ここのところ、食欲もなかったようですし、その吐き気も他の体調不良も……。悪阻(つわり)の症状だと……月のものも、来ていませんよね？」

「……不順だからだと、思っていたわ……まさか……」

死への不安だったものが、次第に別の感情へと変わっていく。

確かに、生理不順だと思っていて気にしていなかったけれど、二月ほど月経は来ていない。

恐怖による震えは、歓喜(かんき)による震えになる。

「……あ、赤ちゃん……」

泣き笑いで呟いて、ギルベルトを見上げると、彼もまた思いがけない幸運に言葉をなくして、けれどもその後、私をバッと抱き上げるのだ。

「……や、やった、やったなアンジェラ!!　新しい家族だ……俺達の……」

「えぇ、よかった、よかったぁ……本当に……」

念願の、希望の証。私達に宿ったもの。

ようやく、実ったものに、私達は周囲のことなど一切目に入らずに、喜んだ。

二人の不幸を願った人々は、申し訳なさに視線を逸らし、二人を応援してくれていた人々は、同じように喜んでくれた。

王太子やシェリース、アルデヴァルド侯爵夫妻も、そんな私達を呆然と見ている。

「……あの様子を見れば、誰かの不幸を願って蹴落とそうとしているだなどと、誰も思わなかっただろうに。……本当に、愚かなことをしたものだな……」

そう言ったのは、リンブルク公だった。

誰に向けて言った言葉だったのかはわからないが、アルデヴァルド侯爵夫妻も、シェリースも、王太子も、その言葉に俯くほかはない。

春近いまだ寒い日のこと。

ようやく迎えた一つの決着。

けれど、私の物語はここから始まるのだ。

いや、私の、ではなくて。夫婦の、でもなくて。

家族のこれからが、始まろうとしているのだった。

エピローグ

それから数ヶ月。季節は春の盛りを迎え、そろそろ初夏の気候になろうかという頃。

私は妊娠七ヶ月を迎えていた。

少し散歩したり身体を動かすようにはしているが、ベッドの上で休むことも多くなった私の傍で、ギルベルトは時間がある限り過ごしている。今もそうだ。

ベッドの上で、上半身を緩く起こした私の背もたれになるかのように、ギルベルトは大きな身体で私を抱き込んだまま、感慨深い様子でゆったりと私のお腹を撫でた。

「……ここに俺達の子がいるんだな」

だいぶ膨らみが目立つようになってきて、もうすぐ家族が増えるのだという実感が湧いてくる。

どうか無事に生まれて来て、と毎日祈るような気持ちだ。

あの怒濤の日々が懐かしいほどにゆったりと流れる時間の中で、ふと思いついてそう言うと、ギルベルトはそうだな、と答える。

「……そういえば、殿下はあちらに着いた頃かしら」

春に予定されていた王太子の成人の儀式と婚約の公示だが、婚約は保留となったので成人の儀式だけ予定を少し早めて行われた。そしてそこで、王太子は留学し、第二王子が帰国、王太子同様の教育を受ける……ということが公示されたのだ。

婚約の正式発表がまだだっただけで、一般の人々にもシェリースの存在は知られていたので、そういった人々も何があったのかと一時は騒然となったらしい。王太子は貧しい人々を救いたいだとか、そういう活動は熱心だったので、支持する人々も多かったのだ。

それでも成長して戻ってくる、と言う王太子に、皆それぞれ応援する声をかけたのだった。

そんな王太子の出立はちょうど今から十日ほど前のことだった。船旅となるが、留学先の友好国はそこまで離れていない。食料や飲水もそこまで補給の必要はないため、十日もあればもう着いている頃だろう。

「……元気かしらね。……二人は」

私はそう呟いて、その王太子が出立した日を思い出す。


「……わざわざ王都からここまで嘲笑いに来たのか、夫人」

「まぁ捻くれていますこと。見送りですよ、心からのね」

船での旅立ちは王都から一日ほどの距離の港街からになる。抉れたような形の沿岸部にある街で、攻めにくい立地の港町だと言われているところだった。

私とギルベルトは王太子の出立を見送りに、その港街を訪れた。悪阻も落ち着いてきていたし、彼の行く末を見てやりたいという気持ちで、ギルベルトに同行してもらってやってきたのだ。

旅装の王太子には思い切り顔を顰められてしまったけれど。

とはいえ、王太子も私への感情にあの議会から変化があったらしく、嫌みや悪態はあれど、そこに強い嫌悪は感じられなくなった。なので、私も嫌みったらしく返答すると、王太子は苦い表情になった。

「……改めて、悪いことをした。今更謝罪など、貴女には不要かもしれないが」

そして、王太子は王家にあるまじき行動を、つまり私に対して頭を下げた。周囲にいた王太子の留学に付き添う人々がギョッとしてこちらを見ていたが、その相手が私だったことで、経緯を知る彼らはそっと視線を外してくれた。

私は何と返そうかと少し考えたけれど、寛大な気持ちで応じることにした。何にしても、私は生きていて、この先の未来が明るいことをありがたく思っているからだ。随分と酷い目に遭ったし、憎々しい気持ちもあったけれど、元々は主人公である彼は、きっと色々と成長してくれるに違いないとも思う。小説という知識があったからこそ、そこを信じようと思えるのだ。

「……いいえ、気分がよいのでその謝罪、受け取っておきますわ。……それに、殿下の仰る通り、改心などしない悪人もいることは事実ですから。好きな相手を守るために牙を剥くのは、まぁわからないでもないので」

「…………そう、か。……あぁ、本当に、貴女は変わったな。私はそれに気づけなかった。信じられなかった……、それがこうなった原因なのだろうな」

以前の私だったら共感を示すことはなかっただろう。それを感じ取ったのか、王太子はようやく、私の変化を受け入れたようだった。それはもはや、今更、なのかもしれなかったが。

「……何にせよ、私は、殿下には感謝している部分もあるのです。他ならぬギルベルトと結婚させてくれたことだけは、感謝してもしきれませんから」

「あぁ、確かに。そこだけは深く感謝致します、殿下」

私が、ギルベルトと結婚できたことだけは、王太子の行動の中で唯一感謝するべきものだったと伝えると。隣で黙っていたギルベルトも頷くのだった。

一時は決別を伝えたこともあり、ギルベルトは王太子に冷たくも見える表情を向けていたが、その時だけは柔らかい表情になった。

王太子の表情が、後悔に歪む。

「……そんな二人を自分本位な考えで引き離そうとしていたわけか、私は……。私の傍に誰も残らないのは、その罰なのかもしれないな」

「それを糧とできるかどうかが、今後の殿下の行く末を決めるのでしょう。……改めて、私は殿下が成長して戻ってこられるのを、見てみたいと思いますわ」

「…………将軍、将軍も、そう思ってくれるか？」

気心の知れた従者も傍にいない。権力を持ち続けることに執心した母である王后も厳しい監視下に置かれることになり、父である国王からも突き放された。そして婚約者であるシェリースとの今後も、どうなるかわからない。

同じ状況なら、ここで腐る人間もいるはずだ。入れ替わるように戻ってくる第二王子に王太子の素養有りとなれば、王太子の座すらも失うかもしれない。

希望に縋るように、王太子はギルベルトに視線を向ける。もし、努力して自分が変われたならば、信頼は取り戻せるのだろうかと。

「……私は、躓いても立ち上がり、努力する人間は信頼に値すると考えています。……殿下も、そうであることを願います」

「………あぁ。ありがとう、それで充分だ、将軍」

冷たい表情ではあるが、完全に見放してはいない。怪我人や訳ありの使用人を多く雇っていたりと、ギルベルトはそういう人を見捨てない。優しい声をかけはしなかったものの、王太子が遠いいつかを期待するには充分だったようだ。

王太子の出発の時間が近づいてくる。

彼は視線を周囲に向けて、少し寂しげに言う。

「……そろそろか。シェリースとも、しっかり話をしてから行けたらよかったが……」

「婚約は破棄しないと、妹は言っていたのでしょう？」

「あぁ、それは嬉しかった。彼女は私を見捨てないでくれたのだと……でも」

直接聞いた訳ではないが、シェリースは王太子との婚約は継続する意向とのことだ。ただ、離れ離れになる期間が未定なので、いわゆる行き遅れと呼ばれる年齢まで未婚になってしまう可能性もある。そして、王太子妃になれるかどうかも確定ではない。

ここにシェリースがいないことこそが答えなのではと、王太子は思っているらしい。離れ離れのうちに、やはり婚約は破棄にするとでも決められて、それを手紙やらで知ることになるのではと。

私は、シェリースは本来、そういう地位に拘るタイプではないのではと思うけれど、あえてそれは口にしなかった。

だが、それから程なくして。かなりの速さでこちらに向かっている馬車が目に入った。しかも二台だ。一台の馬車を追いかけるように、二台の馬車が連なってこちらに向かっている。

「……あれは、アルデヴァルド家の……？」

それはアルデヴァルド家所有の馬車だった。王太子も気付いたのか、その馬車を見つめている。

そして、先頭を走る馬車が私達の傍まで来て、止まった。

馬車の扉が慌ただしく開かれ、跳ねるように飛び出して来たのは、ハニーブロンドの少女。

シェリースだった。

「……シェリース！　見送りに来てくれたのか……！」

「いえ、殿下。見送りではありません。私も一緒に行きます!!　……両親に許して貰えなくて、飛び出して来てしまったの」

「……い、一緒に……？　それは……」

よく見れば旅装のシェリースが、王太子に一緒に行くと言うのである。これには王太子も、傍にいた私とギルベルトも驚くほかなかった。

「ま、待ちなさい、シェリース!!」

そしてもう一台の馬車から降りてきたのは、アルデヴァルド侯爵夫妻だ。行くなと止めていたものの、強行突破されてしまって、こうして後を追ってきたのだろう。

「私、殿下と一緒に行きます！　止められても絶対に付いていくわ!!　……急にごめんなさい、エリオス殿下。でも、私、貴方の傍にいるほうが大事だと思ったの」

「……シェリース……」

シェリースは両親に向けて語気も強く言って、それから王太子へと顔を向けて、改めて一緒に行きたいのだと告げた。

　王太子は困惑している。いけないことだとわかっているのに、嬉しい気持ちになってしまうのが止められない。

「だ、駄目だ、一緒になんて行ってしまったら、君は王太子妃になれなくなってしまう。数年後になってしまうかもしれないが、必ず迎えに行くから……」

「……いいえ、私は王太子殿下と結婚したいわけではないの。エリオスだったら王太子でなくても構わないの！　王太子妃になりたいわけではなくて、貴方と結婚するなら王太子妃にならなければならないから、頑張っていただけなのよ。それがようやく、わかったの」

　このままシェリースが王太子と二人で旅立てば、男女の関係が深まったとされ、処女性についてが疑わしくなってしまう。恋仲の男女が数年一緒に過ごしていて何もなかったとするよりは、あったことを前提に考える方が手っ取り早いからだ。それは即ち、王太子の正妻にはなれないことを意味する。

　だからこそ、王太子は付いてきて欲しい気持ちはあったが、それでも止めた。しかしシェリースは首を横に振る。そして、なりたいのは王太子妃ではなくて、王太子の、エリオス殿下の妻なのだと言うのだ。

　両親も、王太子も困惑する中で、シェリースがふと、私に視線を向ける。

「以前、お姉様が言っていた意味が、ようやくわかった気がするわ。私は、王太子妃になれなくてもいいの。もし、殿下が無事に戻ることができて、私が付いていったために正式な婚約者やお妃様になれなくても側妃や愛妾としてお傍にいられるならそれでもいいって」

傍に置きたいだけなら、側妃か愛妾にでもすればいい。以前のアンジェラはそう言っていた。
シェリースはもともと、権力にも地位にも拘りがなかった。奔放で、天真爛漫で、自由だった。
だからこその選択。そして、屈託のない、朗らかな笑顔で、一緒に行くわ、と改めて言うのだ。

「……そうだ、私は、そういう君だから好きになったんだ。いつの間にか、王太子妃に、と型に嵌め込んでしまっていたのは私だったのか」

「私も、王子様が迎えに来てくれる物語に憧れてもいたし、殿下が私を選んでくれたことはとても嬉しかったわ。でも殿下を好きになっていくたびに、王太子殿下に相応しくならなきゃ、って思い込んでしまって。結局、未熟なのは自分のせいなのに、比較されて落ち込んで、お姉様を巻き込んでしまって……。お姉様、改めてごめんなさい」

もはや二人の意志は固まったらしい。二人は手を取り合った。
そしてシェリースも私に謝罪をして、頭を下げる。

「……ま、待って、待ちなさい、シェリース……!!」

どうやら本当に愛する我が子が旅立とうとしていることを悟り、ミリアリア夫人が追い縋るようにシェリースに呼びかける。侯爵も同じように行って欲しくないようでシェリースを見つめたが、シェリースは両親にも気持ちは変わらないと首を振ったのだ。

差し出がましいようだが、私はそこでアルデヴァルド侯爵夫妻に声をかける。

「……お父様、ミリアリア夫人。お二人の子供らしく、真実の愛を貫こうとしているシェリースを応援してあげればいいでしょう。……それとも、王太子妃の両親になれないことがそんなにお辛いのかしら？」

「アンジェラ……！　貴女……!!」

「それとも婚約破棄をさせて、改めてシェリースに他のお相手を宛(あて)がいたかったのかしら。貴方達のお嫌いな政略結婚をさせたいと？」

「……ッ、違う、そんなことは……！」

「ならば潔(いさぎよ)く手を離すべきよ。子供はいずれ巣立つもの。少しだけ早いかもしれないけれど」

私がそう言うと、侯爵夫妻は黙り込んでしまった。そして、しばらくしてようやく、父である侯爵が、身体には気をつけて、無事に戻ってくるのだぞ、とシェリースに言った。ミリアリア夫人も泣きながら、どうか無事に、と祈るように口にした。

「……ありがとう、お父様、お母様。行ってきます！」

意地の悪い言い方をしたが、きっと最愛の娘が離れることが単純に耐(た)え難(がた)かったのだろう。

そうして王太子にシェリースも同行する形で、二人は船に乗り旅立っていったのだった。


「まぁ、慣れるまでは大変だろうが、二人で手を取り合って努力するなら、きっと乗り越えられるだろうよ」

「あら、随分と投げやりね？」

「随分と困らされたのだから、これでも優しい方だとも。君こそ、あの二人に随分と優しい」

「……それはまぁ、私は貴方との今後が安泰(あんたい)ならば、他の大抵のことには寛容(かんよう)になれるもの」

王太子とその旅立ちに付いていったシェリースのことを思い出しつつも、結局努力するのは当人でしかない。けれど、あの旅立ちを見て、期待が持てそうだとも思うのだ。あれこそ、小説における本来の二人のイメージ、というか。

だから、困ったことは多かったけれど、成長して戻ってくるならそれでいい。距離を置いている間に、蟠りも少しずつ解れていくだろうとも思う。

「しかし、メルゲル領に行くのはしばらく先になりそうだな。……子供が無事に生まれるまでは、王都の方が色々と便利だろう」

そして今度は、私達の今後のことを考えなければ、となった。

河川氾濫という災害に遭い、立て直しに奮闘していたものの、領主である男爵も亡くしたメルゲル領。残された男爵家次男は国に領地を返すことにしたそうだが、この度、ギルベルトがかの領地を受領することになったのだ。

あれこれと振り回された私達への詫びも兼ねて、ギルベルトに領地を与えることを実行するべく場所の選定をしていた時、ギルベルトはメルゲル領を、と願い出たのである。

一度は何もできなかったような無力さを感じたが、己が領主となることで、長い時間をかけてあの地の人々を支えたいと思ったのだという。何も知らない場所よりも、そういう地の方がいいと。

「……領主代行としてその次男殿がしばらく仕事をしていてくれるというし、落ち着いたら顔を出したいわね」

「あぁ、産後の君の体調を見て、赤子も連れていけるようにしっかり準備をしてからだが」

「そうね。私の体調が戻ってから……。あっ、マリーの方のことも考えないと」

出産は不安なことだらけだが、王都には出産経験のある使用人もいるし、交流のある貴族の面々もいる。私達が与えられた領地に足を踏み入れるのは、もうしばらく先になるだろう。

そして私がマリーのことを口にすると、ギルベルトは苦笑した。

「そうだった。……まさか二ヶ月遅れでマリーも身籠もるとは。本当にリヒャルトは手が早い……」

「ふふ、でも嬉しいわ。同じ時期に出産となると、心強いというか。それに、私達の子の乳母になってもいいですね、なんて言って笑ってくれて……」

そう、何とマリーも妊娠が判明したのだ。

どうやら諸々の事件が落着した頃、二人の関係に進展があったらしく。ギルベルト曰く手の早いリヒャルトは、まさかこんなに早く授かろうとはと笑っていたらしい。私達が気を揉んだ期間も、マリーの子を持てなかった過去も、全て吹き飛ばすような明るい出来事で。まさに幸福な未来を思い描かずにはいられない状況だ。

今はマリーにも充分な休息を取って貰っている。そして幼馴染みや乳兄弟として、子供をも含めて長く付き合いたいと話しているところなのだ。

「……男の子かしら、女の子かしら？　同性同士でもいいし、異性でもいいわね」

「リヒャルトの子が男子で俺達の子が女子だったら、手の早さには気をつけなければな……」

「あら、きっといい友人になってくれるだろうし、もし好き合うならそれでもいいと思うわ。……そうなったら彼らと親族になるかもしれないのね。……ふふ、気の長い話だわ」

領地を得たギルベルトは、一代のみの貴族ではなく、正式に伯爵位を賜ることになった。となれば、生まれる子は跡継ぎということになるのだろうが、私もギルベルトも性別はどちらでもいいと思っている。

地位や名誉よりも大事なものができるならばそれでいいし、この賜った伯爵位を守ってくれるならばそれでもいい。その選択を否定せず、背中を押すことができればいいのだ。

そしてリヒャルト達も、無事に子供が生まれてくれるならばそれでいいと考えている。それより何より、乳兄弟になれる、などと言って喜んでおり、ギルベルトは苦笑しているのだった。

領地のこと、子供のこと、先は見えなくても、その先にあるものは明るい。

ベッドの上でそんな風に未来の展望を語りながらも、私はほんの少し思いついた不安を、拗ねるように口にする。

「……妊娠出産の間、私が無理できないからといって、娼館などへ行ったら嫌よ？」

「行くわけがないだろう。君以外の女性に惹かれることはもはやないとも」

「でもそういうことしたい、ということもあるでしょう……？」

「それは、まぁ。ないわけではないが」

「……………身体に負担がかからないなら、て、手伝うことはできるから……言ってね」

真面目なことで悩むのはもういいだろう。今の私の専らの不安は、妊娠出産の間はそういう欲求を満たしてあげることができないことだ。ギルベルトに限ってそんなことはないと思ってはいるけれど。

手伝う、と言う言葉に、ギルベルトは一瞬返す言葉に戸惑って、少しだけ赤面して咳払いする。

そして、耳元で、何をしてくれるんだ？　と低く尋ねてくる。

「……それは……口で……、とか……」

「…………はぁ、全く。君はそういう知識をどこで仕入れてくるんだ？」

そして小さく答えた内容に、ギルベルトは想像をしたのか、そういう欲求に少しばかり意識が持っていかれそうになったものの、それからすぐに溜め息を吐いて、そんな風に言うのだった。

それは、私の官能的な願望のあれこれは、前世の記憶によるものだけど、とふと思って。

私は、このことを話してもよいのだろうか、と考えるのだった。

前世の記憶とアンジェラの記憶は今は混ざり合っている感覚で、あれはアンジェラの未来を奪ったわけではなく、前世の私も、アンジェラをも救うための神様か何かの悪戯のようなものだったのかと思う。

そして、ギルベルトに言わないままでいいのかを考えて。言ったらどうなるだろうかを思い描いたのだが。

きっとギルベルトは、そんな私のことを受け入れてくれるだろうと思ったのだ。

「ねぇ、ギルベルト。……転生、というものを信じる?」

「……何だ、いきなり。転生？」

「そう、死を迎えて人生を終えたら、その魂は別の誰かになって、新しい人生を生きること」

「……ふむ、そうだな。魂の存在はあるとされているな。実感はないが」

「…………私ね、その、別の人生を生きた誰かの記憶がある時蘇ったの。……その別の人生を生きた誰かは、物語に記された貴方をとても好いていて……。色々な知識も、その記憶で得たのよ」

「…………それは……」

「私がアンジェラ・アルデヴァルド……いえ、アンジェラ・ジュダールである事実は変わらないわ。貴方を大好きだということも。でもその記憶が、私を助けてくれた。……遠いところの、物語の貴方を好いていたその誰かのことを、知っていて欲しかったのよ」

これを伝えるのはエゴ、というものだろう。ギルベルトにとっては必要ない情報だ。ただ、知っていて欲しい、救国の英雄に、あの頃の、前世の私を救って欲しいと、思ってしまった。

不味いことを言ってしまっただろうかと、私がそっとギルベルトを見上げると。

突然の話に戸惑っていた様子のギルベルトが、安心させるように言ってくる。

「……今の君が、嘘偽りなく俺の傍にいてくれるなら、それでいい。……だが、それは何時、思い出したんだ？　出会う前、からか？」

「……その記憶が戻った瞬間が、今の私が生まれた瞬間だったかもしれないの。だから……」

全ての始まりは、あの日の初夜。

私は伝える。

転生したら、初夜だったのだ、と。

番外編 ✦ ある侍女と軍人のあれこれ

「……リヒャルトさん」

「あ、マリーちゃん。今日も、お仕事？」

年越しの夜、アンジェラに急に休暇を言い渡されて、マリーは何をしたらいいのか、と悩んだまま、とりあえず邸内をうろうろとし、玄関ホールに来た時に私服姿のリヒャルトがいるのを見つけた。

割りといい雰囲気になってはいるけれど、まだ決定的に関係が変わるようなことは起きていない二人だ。一人の相手と真剣に向き合うことのなかったリヒャルトと、過去のこともあって踏み出すことに躊躇してしまうマリーなので、お互いを意識しながらもまだ進展はない。

そっと声をかけると、振り返ったリヒャルトがパッと明るい表情になり駆け寄ってくる。

「いえ、今日は休みだと言われてしまったところです」

そちらは何の用事があって来たのかと聞けば、報告することがあったのだがこちらも自由に過ごせと言われてきたところだという。

「じゃあ、二人で過ごさないか」

お互いに時間を持て余していることがわかると、リヒャルトは軽い様子で誘いをかけてきた。マリーはどうしようかと少し迷ったが、年越しの夜は祭りのようになっていて、どこもかしこも楽しげな雰囲気なこともあり、断ることも憚られたのだ。戸惑いつつも頷くと、早速とばかりに手を取られ、行こう、と歩き出した。

「ま、待ってください、あの、着替えてきますので！」

私服姿のリヒャルトと違い、マリーはまだメイド服のままだ。さすがにこのままではと言うと、リヒャルトはそれもそうかと立ち止まる。

「楽しみに待ってる」

「そんな大層なものではありませんが……」

ニカッと笑って楽しみにしているなどと言われて、マリーは恐縮するしかない。アンジェラの身支度に付き合ってきて、見た目の印象の重要さはわかっているつもりだけれど、自分ではあまり気にしたこともなく、持っている服装もこざっぱりしたごく平凡なものしかない。自室へと向かい着替えてみるが、やはり思った通り目新しさなどどこにもない。仕方ないので、その中でも仕立てのいいものを選んで身につける。

再びリヒャルトの待つ玄関ホールに向かおうとするが、自信のなさが足を鈍らせる。マリーはアンジェラに出かけることを伝えようと思いついて、一旦アンジェラの元へと足を向けた。

まだアンジェラが部屋にいたので、マリーはホッとした気持ちで、出かけてきます、と伝える。

「あら、いいわね！　楽しんできてね」

「は、はい。あの……それで、格好におかしなところはないでしょうか……」

「いつも通り清潔感があって素敵よ。……もしかして、デートだったりする？」

「……ッ」

マリーとリヒャルトのことはアンジェラも知っている。身綺麗にして出かけようとするなら、相手は察しがつくというものだろう。それでも恥ずかしさはあって、マリーは赤面しつつ頷いた。

するとアンジェラがはっと何かを思いついたように表情を輝かせて言った。

「いいこと思いついたわ。マリー、ちょっとこっちに来て」

にこやかに笑うアンジェラの表情は心から楽しげで、マリーはその提案に驚きつつも断ることができなかった。

「わ、可愛いね！　奥様のケープ？」

「は、はい。着る機会がなかったからと、奥様が……」

アンジェラが思いついたのは自分の服で似合いそうなものをマリーに貸すことだった。差し出されたのは、狩猟大会でアンジェラが着ていたものと型違いのケープだ。それとマリーに似合う色合いのリボンもまとめ髪につけてくれた。

恐縮しきりのマリーだったが、アンジェラが楽しんできて、と背中を押してくれたので足取りが軽くなる。そして、玄関ホールで待っていたリヒャルトも、その装いに目を輝かせてくれた。

「真面目な仕事用の服装もいいけど、やっぱり私服もいいなぁ」

うんうんと頷きながらそう言って、リヒャルトは今度こそマリーの手を引いて外へ出るのだった。

「残念ながら馬車を用意する時間はなかったんだけど、街までだし二人で馬に乗っていこうか」

「え、ええと、大丈夫でしょうか？」

リヒャルトは外に出てすぐ乗れるように馬を用意していたようで、慣れた手付きで手綱を持つと、戸惑うマリーに声をかける。一般的に女性は一人で馬に乗ることはあまりない。

「大丈夫大丈夫、ちょっと失礼」

「えっ、ちょっ……」

有無を言わさずリヒャルトはマリーの腰を持ち上げて馬に乗せてしまうと、しっかり掴まってて、と言いながら、自身はその後ろにひらりと跨がる。バランスを崩すかと思ったが、リヒャルトはマリーを片腕で抱き込むようにして器用にもう片方の手で手綱を操った。

「……」

「さ、行こう」

リヒャルトは上機嫌でそのまま馬をゆっくり走らせる。マリーは照れもあって、身を縮こまらせて馬に揺られていくのだった。

平民街の商店が立ち並ぶ辺りに来ると、すでにズラリと屋台が並び、客も店員もみなわいわいと楽しげに過ごしているのが見える。

マリーも休みの日に買い物などでこの辺りに来ることがあるが、二人ということもあって新鮮な気持ちで思わず笑みを浮かべた。

リヒャルトは乗ってきた馬を繋いで戻ってくると、街の様子を楽しそうに見ているマリーに、彼自身も嬉しそうに微笑むのだった。

「何か食べようか。ほら、こっち」

「……は、はいっ」

思えばマリーは今まで仕事ばかりで、こんな雰囲気の街でのんびり過ごすことなんてなかった。

リヒャルトに手を引かれながら、二人はあれこれ食べ歩き、即興劇を冷やかしたりして、お祭りのような街中を存分に楽しんだ。

日が落ちてくると、祭りの雰囲気が一変し、酒宴のようになってくる。リヒャルトは酒屋の外に設置されたテーブルセットにマリーを案内すると、さっさと店員に酒を頼んだ。

「……あの、あまりお酒は……」

「あれ、苦手だった？　まぁ一口だけでも。残ったらオレが貰うよ」

せっかくだし、と朗らかに笑って言われてしまうと、断れない。マリーも全く飲めないわけではないのだが、酔ってしまうと仕事に影響が出るからと、あえて避けていたのだ。

飲みやすいという果実酒を選んで貰って、木の器に入ったそれを手渡される。そして乾杯、とコツンと合わせると、マリーはそっと口をつけた。

「……美味しい、ですね」

「うん、よかった」

ニッと笑うリヒャルトと、場の雰囲気でマリーも気分が解れていくのがわかる。

お酒が少し入ったことで、会話も弾んだ。話の種は最初はジュダール夫妻のことが多かったけれど、そのうちお互いの話題になっていく。

リヒャルトは飄々としているように見えて、存外真面目で一本気で、頑固なところもあることとか、ギルベルトを信頼しているところとか、意外と自分とも気が合いそうだと思うマリーだった。

そしてそれは、リヒャルトも同じだったようで。

ほろ酔いの様子でマリーをじっと見つめると、ねぇ、と気軽な調子で、声をかけられた。

「……マリーちゃん、結婚する？」

「へ？　誰と、ですか？」

結婚、と言われて、マリーは意味を測りかねて首を傾げる。するとリヒャルトは朗らかに笑いつつも答えた。

「やだなぁ、ここであそこの誰々と～なんて言うわけないじゃん。……オレと、だよ」

「……っ」

思わず返答に困る。飄々としすぎて、リヒャルトの言葉は冗談と本気がわからない時もある。ここで冗談めかして軽い返答をすることなど、生真面目なマリーにはできなかった。けれど、本気の受け答えも求められていないような気もして、言葉に詰まる。

二人の間の空気が少しばかり気まずくなる。でもリヒャルトは、冗談だよ、とは言わない。何と答えるべきか、とマリーが悩んでいると、近くを通りかかった人が不意によろけて、軽くぶつかってきた。

「あ、っとぉ、ごめんなさぁい」

ぶつかってきたのはかなり酔いが回っている様子の艶やかな女性だった。間延びした声で謝りながら体勢を立て直している。マリーが突然のことで驚いて固まっていると、助けそこねて気まずいらしいリヒャルトが立ち上がって、マリーに大丈夫かと問いかけてくる。

「え、えぇ、大丈……ぶ……あっ……」

マリーが大丈夫だと答えようとして、ふと着ていたケープを見ると、よろけた女性が手にしていた果実酒が零れて、ケープを濡らしていたらしいことに気づく。

「た、大変……っ」

果実の色が布地に移ってしまっている。マリーは慌てててケープを脱いで、ポケットに入れていた質素なハンカチで濡れた箇所を拭いていく。

「ごめんなさいねぇ、って、あら、リヒャルト？」

「は？　……あ、おま、レーナか？」

焦るマリーをよそに、女性は反省など少しもしていない様子で謝罪したものの、すぐにリヒャルトに顔を向けた。リヒャルトは名前を呼ばれて振り返り、見知った顔だと思い至ったのかどこか苦い表情だ。どうやら気安い関係らしいとマリーは少し気になったが、それよりもケープの汚れを何とかしなければとそちらから意識を逸らす。

「ちょっと、やだ、こんなところでどうしたの」

「どうしたのじゃねえよ、まったく……奥様のってことは、高い……よな」

「こんなところに高い服着てくるのも悪くなぁい？」

悪気はないのだろうが、その女性の言葉にマリーはいたたまれない気持ちになる。自分に自信が持てずに、アンジェラからの借り物で補っていたことを指摘されたような気がしてしまう。

「……水場が何処かにありますか？　濡らしてからならもう少し落ちるかも……。それに、私から奥様に謝りますからお気になさらず」

「でも、マリーちゃん」

「大丈夫ですから」

「本当？　よかった、弁償とか言われたらどうしようかと思ったわ。水場なら、あっちにあるわよ」

女性がこっちだとマリーを水場に案内してくれるのに、マリーは言われるがまま付いていく。リヒャルトは付いていっても役に立たないとわかっているからか、ここで待ってる、と申し訳なさそうに言っている。

酒場の裏手にある水場には、人気がなかった。酒宴の喧騒が少し遠くに聞こえて、マリーはそこで水でケープの汚れを落としながら、少しずつ浮ついていた気分が普段のものに戻っていくのを感じる。

「あのさ、あんた」

マリーを連れてきた女性が、すっかり酔いの抜けた声で話しかけてくる。マリーは何でしょうと答えつつ、何気なく顔を上げると、その女性の表情の冷たさに思わずビクッとする。

「結婚、とか聞こえたけど。リヒャルトとそういう関係なの？」

「あ、えぇと……それは」

まだ、と言ってしまいそうになって、ふと、マリーは口を噤む。何やら察するものがあったのだ。このレーナと呼ばれた女性は、リヒャルトとマリーの関係を快く思っていないのだと。

「……あのさ、将軍サマと同じで、リヒャルトもそのうち出世するだろうねって、私達も狙うなら愛人とかだねって話しててさ。リヒャルトもいいとこのお嬢様と結婚とかするのかもって、みんな諦めてたんだよね」

「…………」

だからリヒャルトと気安い関係を持っていた多くの女性達は、本気にならないようにしていたのだと、苦言を呈するように言ってくる。その瞳には、いいところのお嬢様でもない、マリーの出る幕はないと、そう言いたげなのがありありとわかる。

「……ま、リヒャルトがどうしてもって望むなら仕方ないんだろうけど。あんたに何ができるか、よく考えたほうがいいんじゃないの」

選ぶのはリヒャルト自身だと言い切れたらよかった。自分に何ができるかなんて、マリーはわからない。釣り合っていないと言われてしまえば、そうだろうとも思ってしまう。

それだけ、と女性はそう言ってマリーから離れていった。よろけてぶつかってきたのも、それを言いたかったがゆえの行為だったのかもしれない。

マリーはぐっと唇を噛み締めて、そのままケープの染みをどうにか落としていく。何とか滲んだ程度に薄れたものの、完全には落としきれなくて、マリーはそっと肩を落とした。

マリーの過去の結婚生活は辛く苦しいものだった。けれど、リヒャルトとなら、と期待しかけてしまったのを、また現実に引き戻された気分だった。

何しろ、子供も持てないかもしれず、強い後ろ盾があるわけでもない。ここのところの王国軍の高い評価を見ても、何の利も生み出さないマリーとの結婚など、誰からも望まれないものなのだろうと思ってしまう。

暗い気持ちになりながらも、ケープを手にして元の場所に戻ると、大人しく待っていたらしいリヒャルトが表情を明るくして、手を振ってくれる。あの女性がいなくなったことにホッとしつつも、もうあの楽しいだけの時間は戻ってこない。

「……汚れ、大丈夫だった？」

「あ……少し……落ちきれなくて」

もう結婚云々などという会話のできる空気ではなかった。どこか落ち込んでいるマリーと、この事態を回避できなかったことを悔やんでいるリヒャルトと、喧騒の中で、酒を飲み交わし、微笑みは浮かべるものの、どこか引き攣るような違和感を覚えてしまう。

そして年が明けたことを伝える鐘の音が響く。

「……年が明けたね。……今年もよろしく、マリーちゃん」

「はい、よろしくお願いします」

周囲も新年の喜びを口にしているので、二人も違和感なく言い合えた。

「あのさ、さっきの……」

その雰囲気に乗せて、リヒャルトが先程のことを言おうとしてくるのをマリーは察して、スッと立ち上がって頭を下げる。

「リヒャルトさん、私、もう帰ります。今日は楽しかったです」

「あ、うん。そっか。……送っていくよ」

「……はい」

いずれは決断を迫られる時がくるのかもしれないと思いつつ、まだ、あやふやなままでいたいのだ。ここで強く自分の望みを言えないのは、自分に自信がないからだ。

マリーとリヒャルトはそうして年明けの夜をジュダール邸へと戻っていった。

それから、二人で話をする機会もないうちに、立て続けに事件が起き、アンジェラが王太子の婚約者であるシェリーズ嬢を襲撃させた犯人として断罪されてしまったのだ。

　二人の事など考える余裕はなかった。

　しかし事件はジュダール夫妻にとっては喜ばしい知らせで幕を閉じる。それはアンジェラの懐妊(かいにん)であった。

　その議会で、ジュダール夫妻の喜びの表情を見つめながら自身も喜びを噛み締めていたマリーの隣(となり)に、リヒャルトが静かに立った。その喜ばしい空気に頬を緩めながら、再びマリーに結婚しようかと言うのだ。

　マリーは静かに目を閉じる。この裁判で、今後の王国軍の評価は更に高まることは間違いないと感じた。そして、そこに自分は必要ないだろうとも感じたのだ。

「……リヒャルトさん、私……」

　ごめんなさい、と口にしようとしたところで、リヒャルトがバッとマリーの手首を掴み、ちょっと待った、とその先を遮(さえぎ)った。

「いや、ごめん。いい雰囲気だからって流れで言うようなことじゃなかった。……マリーちゃん。オレの話を、聞いて欲しい。……お願いだから、逃げないで」

　マリーが断ろうとしたのを察したのか、まずは話を聞いて欲しいと、逃げないでくれとリヒャルトは言う。

　マリーは何も答えられなかった。断るのが最良の選択で、それは正しいと思うのに。確かに、逃げている、のかもしれない。マリーには、アンジェラのように立ち向かえるだけの強さはないのだ。

疑似裁判となった議会での沙汰を巡って、しばらくジュダール夫妻はバタバタと慌ただしかった。諸々落ち着いた頃、リヒャルトはマリーと話をしたいからとギルベルトに休みをくれと申し出たという。それはアンジェラへも伝わって、マリーにも休みが言い渡された。

そして当日、年越しの夜のようにリヒャルトが玄関ホールで待っていて、マリーもようやく覚悟を決める。

二人で話がしたいから、とリヒャルトは自分の部屋に来て欲しいと言った。

リヒャルトは一見気さくではあるが、どこか自分の内面へ踏み込まれることを避けているところがある。だが、自分の部屋へ入れるくらいにはマリーには心を許しているのだという事実に、ちょっと心が躍る。

マリーが頷くと、リヒャルトもホッとした様子になる。そして、あの日と同じように、馬に乗せられて二人で王国軍の寮へと向かうのだった。

王宮から少し離れたところに建っている寮は、いわゆる独身寮である。通されたのは隊長格のための少し大きめの部屋だった。

「……寝るために帰ってくるくらいだから本当に何もないけど」

どうぞ、と迎えられて中に入ると、私服がところどころに投げ出されている他はほとんど物がなく、机とベッドがあるだけだった。けれど、ふわっと感じる匂いはリヒャルトのもので、本当に個人的な空間に呼ばれたのだと、マリーは鼓動が逸るのを感じた。

座るところがないので迷っていると、リヒャルトはベッドに座って、その隣に座るように促してくる。ドキッとしたが、さすがに拒むことはできなくて、恐る恐るリヒャルトの隣に座る。

二人して少し黙り込んでしまうが、最初に口を開いたのはリヒャルトだった。

「ねぇマリーちゃん。……結婚の話、もしかして嫌だった？　断る……つもりだったでしょ」

「……それは」

「それって、オレのことが嫌いだから、ではないよね？」

「嫌いだなんてことは、ないです、でも」

「……でも？」

もうここまで来たら逃げることも避けることもできない。マリーは、自分の迷いを口にする。

「……リヒャルトさんは、旦那様……ジュダール将軍と同じく、将来を見込まれている方です。いずれ、良縁を得られることになるかもしれないのに、私と結婚してもいいことなんて……」

「マリーちゃんと結婚できることがいいことなんだってば」

「…………でも、子供ができないかもしれないのに……」

マリーが絞り出すように伝えたのはそれだった。自分が三度も流産してしまって、我が子を見ることが叶わなかったことは、今もなおマリーを縛りつけている。

リヒャルトもマリーの過去のことは聞いていた。さすがに、気にしないだとか大丈夫だとかは言えないらしく、リヒャルトは少し考えてから、また話し始める。

「オレはさ、言ったことあるかと思うけど、田舎の男爵家の庶子なんだ。母親は……マリーちゃんと同じ、メイドだった」

マリーはリヒャルトの方へと顔を上げる。苦い思い出なのか、語るリヒャルトの表情は少し固い。

「自分が望まれて生まれたわけじゃないって、結構きついもんだよ。母親は、生まれてきたオレのことはそれなりに大事にしてくれたけど、男爵家は酷いもんでさ。正妻だった夫人には女の子供が多くて、なかなか男子が生まれないからって、オレと母親を傍に置いて暴言吐かれながらもその屋敷に住まわされて」

子供が健康に育つかどうかはわからず、戦争などもある。そのため嫡男以外にも複数の男子を欲しがる貴族は多い。特に田舎の領主の家ではそれが顕著である。リヒャルトはそうした家庭で生まれ育った。

リヒャルトがその家を出たのは、ようやく夫人に男子が授かったことと、同じ頃リヒャルトの母親が体調を崩して亡くなったことがきっかけだという。

「エーカーってのはその男爵家の家名なんだ。その家の一員だって、一応数えておいてやるってさ。予備、だって」

「…………」

「だから、オレは立身出世も、子供のことも、なくていいくらいだと思ってたんだ。それよりも、好きになった人と家族になれるほうが大事で。……それで、一緒にいるならマリーちゃんがいいなって、思ったんだよ」

家のことも子供のことも考えなくていい、ただ一緒に、とリヒャルトが言う。マリーは頷いてしまいたかった。自分も、リヒャルトといると楽しいし、大事にしている物も、したい事も似ていて、きっと、いい夫婦になれるのかもと思ったりもする。

けれど、マリーを縛るものはまだあった。それは、過去の酷い夫婦関係からくる、自己肯定感の低さだ。

「……嬉しい、のに、駄目なんです……自信が、なくて。わ、私、前の夫に、酷いことを言われて、でも、確かにそうだな、って」

「……何、言われたの」

「……っ、つまらない、とか、女として魅力がないとか、へ、下手くそ、とか」

マリーは過去に言われた言葉の数々を思い出して、涙を浮かべながら、言った。

「……家の仕事をいくら頑張っても、駄目で。ずっとそう言われて……。きっと、リヒャルトさんも、そう思うと……。だから、だから」

結婚となると、そういったことを求められるとわかっている。だからこそマリーは踏み出せなかった。心を許したリヒャルトに、同じように思われてしまったら、それこそマリーはこれ以上なく傷つくだろうから。おそらく、根は優しいリヒャルトはそんなことは口にしないかもしれないが、不満を溜めて欲しくもないのだ。

マリーは、だから駄目なのだ、と続けようとした。が、リヒャルトの表情がマリーの言葉を聞いて険しくなっているのを察して、思わずビクッとして口を閉じる。

「……あーくそ、そんなくそ雑魚がマリーちゃんの初めての相手で、三度も孕ませたってのが本当……やべえほど腹立つな」

「ざ、雑魚……？」

「そうだよ、くそ雑魚。そいつ絶対下手くそだから、絶対粗末なもんぶら下げてるくせに粋がってる。そういう奴に限って自分の妻とかに大きく出るんだよな」

「……あの」

話が若干下品なものになっていって、マリーは少しばかり赤面する。だが、リヒャルトが怒っているのは前の夫のことであって、マリーに対しては独占欲のようなものが見え隠れする。それがマリーには少し嬉しいのだった。

マリーはそれから何を言おうか迷った。身分も子供のことも関係なく、ただ愛する者同士で一緒にいたいということなら、マリーも同じ気持ちである。だが、植え付けられた自信のなさは、どうしても消えなくて、そして、それを消してくれるのはきっとリヒャルトなのではとも思うのだ。

「……リヒャルトさん……あの、確かめて、もらえませんか」

「……ん？　何を？」

マリーは勇気を出して、口にした。赤面して、こんなことを言い出すなんて、恥ずかしいと思いながらも、続けて言う。

「……女として、み、魅力があるか……あの、リヒャルトさんが、好ましいか……確かめてくれたら、と」

その意味を察して、リヒャルトが目を瞠る。だが、マリーは真剣そのもので、そうでなければ先に進めないのだと言わんばかりだった。

「……あのさ、いくら軽薄な野郎だと思われていようと、オレだって結婚をちゃんと考えててさ。初夜として初めてそこでそういうことしようと思ってたんだよ、マリーちゃんとはさ」

「……す、すみません……でも」

「……絶対大丈夫だとオレはわかってるし気持ちは変わらない。オレはマリーちゃんと結婚したい」

「………」

「でも、前のくそ雑魚夫のせいで自信がべっこべこに凹(へこ)んでるマリーちゃんには、ちゃんと大丈夫だよって確信してもらわないと駄目ってことはわかった」

困ったような、呆(あき)れたような、少し怒っているような様子でもあり、それでもリヒャルトはマリーの気持ちに寄り添うように言った。

リヒャルトがベッドの上、マリーの肩を摑んで改めて向かい合う。そして、真剣な眼差(まなざ)しでマリーを見つめてくる。

「……あ、の」

「………ここで、今、触れてもいいの？　後悔しない？」

「……はい。私も、先に進みたいんです。……奥様達とも、リヒャルトさんとも、ずっと一緒にいられるのが一番理想で。……でも、リヒャルトさんに後悔して欲しくなくて」

「しないって言ってるのになぁ」

困ったもんだ、と肩を竦(すく)めてリヒャルトはまた笑うと、少し真面目な表情になる。

「誓(ちか)いの口づけは先にしちゃうからね。オレは気持ち変わらないんで。マリーちゃんはあとで誓ってくれたらいいから」

あくまでも結婚前提のことだからとリヒャルトは言いたいらしい。一人勝手につらつらとマリーを妻とすることを誓いますかと自分で結婚誓約の言葉を述べ、そのまま誓います、と言って、そうしてマリーの唇にリヒャルトは己のそれを重ねるのだった。

「ッ……」

「……じゃあ、確かめる……といいますか、マリーちゃんのくそ雑魚夫の悪夢をオレとの気持ちいいことで塗り変えるとしますか」

「……は、はい……」

ごくり、とマリーが緊張で喉を鳴らすのを、リヒャルトはにんまりと笑う。そしてリヒャルトはゆっくりマリーをベッドに押し倒すと、自分の着ていたシャツを乱暴に脱ぎ捨て、ひょいっと放り投げる。

露になった、細身だが引き締まった上半身から、目が離せなくなる。筋肉はよい、なんてアンジエラに言われていたが、堪らなく惹かれてしまうのは、きっと好意ゆえのことだろう。

そうして、二人で座っていたベッドを、正しく寝台として使うことになるのだった。

緊張に強張るマリーを、リヒャルトは優しく手際よく宥めて抱き締める。そして身体中を撫で、マリーの力が少し抜けたところで、リヒャルトはガバッと足を開かせて、マリーの陰部に顔を寄せたかと思うと躊躇うことなく舐めてくるのだった。

「あ、待って、だめです、だめ、舐めないで、そんなところっ……あぁ、あぁぁ」

「前の夫はしてくれなかったの？　舐めて、解して、気持ちよくなってから繋がるのが最高なのに」

マリーは今までこんなことをされたことがなかった。基本的に舐めて奉仕するのはマリーの役目だったし、その後胸を揉みしだかれたかと思えばすぐ挿入というのが、マリーの知る行為だったのだ。リヒャルトの言葉も指も舌も全て初めてのことで、目を白黒させているうちに、マリーは知らずしらず喘ぎを漏らしていた。

「ちょ、待って、駄目、あ、や、嘘、おかしい、こんなの、あぅ、う」

「そういうときは駄目じゃなくて気持ちいいって言うんだよ。あとリヒャルトさん好きって言って。ほら、ここは？　気持ちいい？　オレのこと好き？」

「す、すきです、すき、あ、気持ちいい、こんなの、だめ、アッ」

開いた足の間、陰部が熱いくらいで、知らぬ間にとろとろに濡れて解れてきたらしい。こんなふうになるのをマリーは知らなくて、それを与えてくれるリヒャルトが本当に堪らなく好きで、促されるまま好きと気持ちいいを繰り返した。

「……ふふ、ちょっとだけ溜飲が下がった。ん、本当は最後までしなくても、って思ったりもしたけど、やっぱり駄目だな、ここで止まれたら苦労しないね」

はぁ、と溜め息のようなものを漏らして、リヒャルトはまだ穿いていたトラウザーズを脱ぎ捨てて、マリーに覆い被さる。下腹に熱くて固いものが当たって、マリーはハッとする。自分が奉仕しなくても、ここまで求められていることを、身体で自覚するような、感覚。

恐る恐る二人の間のそれを見てしまうと、反り返って臍に付きそうなくらいに勃起したものが目に入った。

「……ッ、ぁ」

「前の夫と是非とも比べて。オレとするの、気持ちいいって思って欲しいし、実際そうするつもりだから」

リヒャルトのそれは大き過ぎず、本人の体型のようにスラリとして、何故か目が離せない。好ましい気持ちにすらなって、繋がってみたい、などという気持ちが湧き起こる。

「り、リヒャルトさん……」

覆い被さっている相手に、恥ずかしさはあったが、それを欲していることをこっそりと伝えると、リヒャルトは嬉しそうに笑ってマリーをギュッと抱き締めた。

「……可愛い、好き、マリーちゃん、マリー」

「あ、あぁ、は、入って……」

「ん、痛くない？ ゆっくり、動くよ」

好きだと言われながら挿入されて、マリーはもう駄目だった。蕩けていく思考と身体が、全身でリヒャルトを受け入れているのがわかる。そして、何をするにもマリーの意思を尊重するようにしてくれるリヒャルトが、ゆっくりと腰を動かして、余裕がありそうだった表情が切羽詰まったものになると、マリーもリヒャルトに気持ちよくなって欲しいと思うのだ。

「……リヒャルト、さんも」

「……ん？」

「気持ちいい、ですか？ 私……」

蕩けた表情で聞くと、リヒャルトはまたにんまり笑う。

「最高、マリーちゃん。……結婚して」

「…………ふふっ、ん、はい……」

マリーは、今度こそ、頷いた。これほどまでに求め合えて、愛し合えたなら、手放す方が馬鹿らしい。そんなふうにようやく考えられるようになったのだ。

そして、返事をしたはずの声は次第に、相手を求める声と甘い喘ぎだけになっていく。

それから。リヒャルトとマリーは結婚することになった。そして新居は、新たに構えるのでなく、ジュダール邸に居候という形になった。

マリーもアンジェラの専属侍女を続けるし、リヒャルトは独身寮にはいられないからと。

ギルベルトは渋い顔をしていたが、アンジェラは賛成していたので何も言えなくなっていた。それに、あの日の情事がかなり周囲に筒抜けだったようで、独身寮の面々の恨めしそうな顔と、それを知ったマリーがもうそこには行けないと赤面して言うので、ギルベルトは呆れつつも最終的には仕方ないなと受け入れたのだった。

そして、しばらくしてマリーの懐妊も発覚することになり、日を遡ればおそらくあの独身寮での情事で授かったのではという話になった。

ギルベルトはおめでとうと言いつつも、手も足も早ければ子種まで、と苦笑いしていた。

「何だか、悪いような気もしますが……でも、旦那様と奥様とのお子様と乳兄弟になれるなら、嬉しいですね」

「乳兄弟かぁ。乳母になれたら、って言ってたもんね。それもいいけど、あっちが男の子だったらちょっと考えちゃうな……」

マリーの懐妊に、アンジェラが今度こそ休んで子供が安定するまで動いちゃ駄目だと言うので、マリーはジュダール邸の使用人室で、リヒャルトと一緒に寝起きして、大人しく過ごしている。

「……あ、そういえば」

「どうしたのマリーちゃん」

「……バタバタと籍を入れて、妊娠で慌ただしくてそれどころじゃなかったですけど」

「うん？」

「……誓い、してなかったな、と思って」

「あっそうだ、そうだよ、マリーちゃん」

リヒャルトは聞きたいと口にする。

マリーは、気恥ずかしさで赤面しつつも、軽く咳払(せきばら)いしてからリヒャルトの手を取って言う。

「……あなたを夫として末永く支えることを、ここに誓います」

好きな人と、いたい場所に、望むように。そこに誰かの意思は関係なく、自分がどうしたいのかが、ようやく言えるようになったマリーは。

輝くような笑みを浮かべて、そう誓うのだった。

あとがき

この度は、拙作をお手に取っていただき、誠にありがとうございます。作者の赤砂夕奈と申します。

二巻と冠していると思いますが、ひとまずアンジェラとギルベルトのお話に決着がついて、私もホッとしております。

個人的には他にも書きたかったことはあるのですが、蛇足になりそうなので、何処かで機会があれば公開したいと思っています。もし見かけるようなことがあれば、覗いてみていただければと思います。まだ何も書けておりませんが（笑）。

色々と名前を出すだけ出して、登場回数が少ないキャラとかもいますからね。何処かで出してあげたいですし、そこそこバックボーンとかも考えていたので、それを出してあげたかったのですが。本編ではついぞ出す機会がなく。ちょっとだけお話ししますと、バルリング子爵夫人には最後に証言の出番を作る想定でおりました。出せなかったですね……とても残念です。

それと、あとがきから読む方がいるかもしれないのでぼやかしつつ言いますが、王太子のあれこれについて。今はざまぁ展開が好まれるとわかってはいても、完全には悪役として書けなくて、苦労しました。この人何考えてこんなことしてんの？　といつも自問自答していました。女性的な魅力をアンジェラに感じつつも、認められなくて苛々しているところもあったとは思いますが、とりあえず若さゆえの過ち……ということにしておきます。彼の将来も暗いままにするつもりはなかったので、最後の流れは個人的には納得しています。あんまりざまぁではないかもしれませんが、その辺りはご容赦いただけると幸いです。

いや本当に、それぞれのキャラクターでまだ書きたい、書けるものがある気がしますので、いずれ機会があることを願っております。基本的には私が書かないといけないのですが。

この作品は投稿サイトで公開して、それを書籍化していただいたという流れでしたので、一度結末まで書ききって油断していたところもあり、書籍化作業では編集様に大変ご迷惑をおかけしてしまいました。

無事に皆様のもとへ届けられるのは、多くの関係者の方々のおかげでもあります。そして、手にとってくださった方々、応援してくださった、してくださっている方々、皆様あってのことでございます。本当にありがとうございます。

可能な限り末永く、皆様の心に少しでも残る作品になっていてくれたらと願いつつ、最後のご挨拶とさせていただきます。そしてこれからもよろしくお願い致します。

赤砂夕奈

本書は「ムーンライトノベルズ」(https://mnlt.syosetu.com/top/top/)に
掲載していたものを加筆・改稿したものです。
この作品はフィクションです。実在の人物・団体・事件などにはいっさい関係ありません。

●ファンレターの宛先
〒102-8177　東京都千代田区富士見 2-13-3　eロマンスロイヤル編集部

転生したら初夜でした。2

著／赤砂夕奈
イラスト／八美☆わん

2023年5月31日　初刷発行

発行者　山下直久
発行　株式会社KADOKAWA
〒102-8177　東京都千代田区富士見2-13-3
(ナビダイヤル) 0570-002-301
デザイン　AFTERGLOW
印刷・製本　凸版印刷株式会社

●お問い合わせ
https://www.kadokawa.co.jp/ (「お問い合わせ」へお進みください)
※内容によっては、お答えできない場合があります。
※サポートは日本国内のみとさせていただきます。
※Japanese text only

ISBN978-4-04-737500-0　C0093　　Printed in Japan
定価はカバーに表示してあります。